بسم الله الرحمن الرحيم

Dua Yayıncılık : 22
Roman : 7

Dizgi:
Dua Yayıncılık

•
Mizanpaj:
Dua Yayıncılık
0 212 526 60 68

•
Grafik:
Akademi
0 212 493 24 67

•
Baskı ve Cilt:
Karmat
0 212 528 4617

•
1. Baskı : Aralık 2006
2. Baskı : Mart 2007
3. Baskı : Temmuz 2007
4. Baskı : Şubat 2008

isbn:978-975-01430-2-7

Sertifika No:
0107-34-007181

Şubat 2008
Vezneciler/İstanbul

DUA YAYINCILIK

irtibat:
Büyük Reşit Paşa Cad.
Yumni İş Merkezi 22/40
Vezneciler/İstanbul
Tel ☎ : 0 212 526 60 68
Fax: 0 212 526 67 84

DUA YAYINCILIK

Bilal Yararlı

Akıbet

Cennet mi Cehennem mi?

Roman

İSTANBUL • 2008

ROMAN HAKKINDA!..

Ölümü ve hayatı imtihan gereği olarak yaratan, Hayy ve Kayyum olan Allah'a hamd; âlemlere rahmet ve en güzel örnek olan Hz. Muhammed(s.a.v)'e salat ve selam olsun.

Bu çalışmayı yapmamın amacı; daha çok gerçeklerin ölüm ötesinde nasıl tartıldığını göstermek... Üstad Bediüzzaman'ın deyimiyle "**Kur'an'ın üçte biri haşrı anlatır**". Ancak günümüzde haşrı anlatan kitap sayısı çok az. Bu konuda yazılmış az sayıdaki çalışmaya ben de bir katkı sağlamayı düşündüm. Belki de konunun hassasiyetinden dolayı bir çekingenlik söz konusudur. Fazla yorumlara girmemek, kaynaklara dayanmak gibi zorunluluklardan dolayı romanda istenen akıcı üsluba, canlı tasvirlere ulaşmak zor olmaktadır. Ki kendim bunun zorluğunu çok çektim. Yani didaktik olarak anlatılacak konuyu zihinde daha canlı ve sinemasal yer etsin diye roman olarak ele almayı yeğledim. Kitabın başındaki ilk yirmi sayfayı dibace olarak oluşturdum, gerisini temellendirmek için.

Elinizdeki roman tamamen kaynaklara dayalıdır. En önemlisi İbn-i Kesir'in "Ölüm Ötesi Tarihi" kitabı oldu. Eğer o kitabı okursanız, **"AKIBET"**in ona dayalı olduğunu göreceksiniz. Bunun yanında İmam Gazali'nin "Ölüm ve Ötesi", Ahmet Deniz'in "Ölüm son değil" ve Alkım yayınlarının "Bilim, Felsefe ve Metodoloji" kitapları direk referans aldığım kitaplar oldu. İbn-i Kesir'in Tefsiri, Tirmizi'nin hadisleri, Risale-i Nur, İmam Rabbani'nin "Mektubat"ı, ve daha önceleri çeşitli yerlerden aldığım notlar, ayrıca Riyazu's-Salihin de destekleyici kaynaklar oldu.

Belki de böylesi bir konuyu kurgulamak/romanlaştırmak tuhaf da olabilir. Yalnız Cenab-ı Allah'a ait lafızlar, kesinlikle ayetlere ve hadislere dayalıdır. Bunları lafız olarak bile değiştirmedim.

Yine romanı en sahih hadisler ışığında yazmaya gayret ettim. Kaynak ayet ve hadis olunca kavramların benzeşmesi ve tekrarı dikkat çekecektir. Hadislerin kaynaklarını belirtmedim. İbn-i Kesir'de hepsi mevcuttur. "Mektubat"ı okuyunca hadislerin kaynağını belirtmediğini gördüm ve aynı yolu benimsedim. Zaten alınan hadisler büyük oranda bilinen hadislerdir.

Roman okunurken göz ardı edilmemelidir ki, ayetler bazen olduğu gibi bazen de sadece bir kısmı yahut muhtevası alınmıştır. Mefhum olarak alıntıladıkladıklarımı tek('... '), olduğu gibi alıntıladıklarımı da çift tırnak ("...") içinde belirttim.

Ayrıca konularla ilgili bütün ayetleri ayrı ayrı çıkardım. Ayetlerin dizilişi ve romanda yer alışını, İbn-i Kesir'in tefsirindeki yönlendirmelere göre, siyak-sibakına dikkat ettim. Oluşum sıralarına göre romanda yer vermeye çalıştım.

Romanın başındaki fikirsel tartışmaları felsefe kitabından, insan kopyalama üzerine düşünceleri de Yusuf Karadavi'nin fetvalarından aldım.

Dipnotlara gelince; aslında romanın yapısına dipnot aykırı, bunu biliyorum. Fakat okuyucuların bunların ayet olduğunu, Kur'an'da var olduğunu bilerek okumalarını istedim. Bu sebeple bunu merak edenlere ilgili ifadenin hangi ayetlerden alındığını belirtmek için dipnotları romanın sonuna aldım.

Bu çalışmamın faydalı olmasını umarak Rabbim, bizleri, ahiret azığını yüklenen, kitabı sağ eline verilen, ak-pak bir yüzle huzuruna çıkan, Kevser'in başında Resul'le (s.a.v) buluşan salih ve bahtiyar kullarından eylesin. Âmin.

22.05.2006 / VAN

"O ki, hanginiz amelce daha güzeldir diye
sizi imtihan etmek için ölümü ve hayatı yarattı.
Ve O, Aziz(kudreti daima üstün gelen)'dir,
Gafûr(çok mağfiret eden)'dir."
(Mülk:2)

Mart ayının ortası, güneşin soğuk yüzünü sıcak yüzüne değiştiği, toprağın kış örtüsünden ve tembelliğinden sıyrılıp soluklanarak ilkbaharın heyecanına susadığı an... Bereketin, dirilişin masum adı... Bu günlerde güneş daha cömert, daha sevimli durur semanın göbeğinde.

Vıcık vıcık olan çamurdaki su birikintileri güneş ışınlarını ışıl ışıl yansıtarak daha parlak bir hal çiziyor, duygulardaki tazeliği depreştiriyordu. Toprağın, süsü olan bitkiye hazırlanışı ve parıltıları, insan ruhuna verdiği dinginlik...

Sabah saatlerinde, üniversitenin servis arabaları, zincir oluşturup öğrencileri indiriyor, ardından beklemeksizin dönüyorlardı. Bir öğrenci seli oluşuyor ve fakültelere doğru sessiz bir akış izleniyordu.

Arabadan inen Orhan, başı önünde yolu adımlamaya çalıştı. Fakülteye giden kısa topraklı yola baktı; çamuru görünce, bir önceki akşamın rahmet yağmurunu hatırladı ve parkeyle döşenmiş yola yöneldi. Fakültenin önüne geldiğinde ders saatinin gelmesini bekleyen öğrencilerin, binanın girişinde bekleştiğini gördü. Artık bu manzaraya alışıktı. Sabah erkenden gelen öğrenciler, günün kasvetini atmak, ders öncesi zihni diri tutmak ve motive olmak için olsa gerek, öbekleşerek selamlaşır, merhabalaşırlardı. Günün ilk ışıkları altında hoş bir duyguyu yaşamak, esnemeyle başlayan günü canlılığa dönüştürme hamleleri gibiydi...

Orhan, kafasını kaldırmadan göz ucuyla kalabalık arasında Mehmet'i aradı, Mehmet'i sınıf arkadaşlarından Bünyamin'le çam fidanlığı yanında konuşurken gördü. Hafifçe yönünü değiştirip yürüdü ve önlerinde durdu:

— Esselamu aleyküm, hayırlı sabahlar arkadaşlar!

— Ve aleykümü's-selam hocam! Size de hayırlı sabahlar!

— Nasılsınız arkadaşlar?

— Sağ olasın hocam! Hayırdır, bugün şık giyinmişsiniz.

— Unuttunuz mu arkadaşlar? Bugün Cuma, haftalık bayram günümüz. Bayramlarda böylesi temiz ve en yeni elbiseleri giymek sünnet olsa gerek, değil mi?

— Doğru ya! Biz cumayı unutmuşuz, ama öğle vakti gelseydi hatırlardık tabi ki, ilk başta bu şıklığı felsefi bir taktik olarak anladık.

Bu takılmalar ve latifeler, hafif gülüşler ve gülümsemeler eşliğinde devam ediyordu. Birazdan Felsefe Hocası Abdal Bey'in dersleri başlayacaktı. Felsefe dersleri hararetli tartışmalarla geçerdi. Abdal Bey, öğrenciler arasında münazara yapar gibi tartışma ortamı oluşturur, gerektiği yerde müdahale eder, kendince öğrencilerini pratize yoluyla doğru akıl yürütmelere sevk ederdi. Böylece öğrencilerin bilgi, kültür, idrak seviyelerini ölçüyor, daha iyi bir değerlendirme yapabiliyordu.

Orhan, Abdal Bey'in amacını iyi analiz etmişti. Bu nedenle sadece boy göstermek değil, müntesip olduğu düşünceleri, karşıt görüşlere karşı doğru savunmak için didiniyordu. Zira Üniversite, fikir akımlarının boy gösterdiği alandı. Nice donanımsız öğrencilerin seraplara, boş hayallere, sığ düşüncelere aldandığı bir ortam.

Her sınıfta, öğrenciler arasında fikirsel ayrılıklar oluşmuş, artık durum gruplaşmalara dönüşmüştü. Bu sınıfta da aynı manzara söz konusuydu. Orhan, bulunduğu fikir grubunun öncüsü konumundaydı. Bunun için oylama yapılmış değildi; bu, sürecin doğal sonucuydu.

Altı yıl önce, İslami faaliyet yapan bir cemaatin üyesi olmakla suçlanmış, beş yıl boyunca çeşitli zindanlarda kalmıştı. Hayatın cilvelerini zindanda müşahede etmiş, düşüncelerini demlemişti. Negatif şartlarda pozitif düşünerek bu süreci fırsatlara dönüştürmüştü. Elbette ki yaşama zindan penceresinden bakan, yaşam akışı içindekilerin fark edemediği çok noktaları tespite ve tanımlamaya daha iyi giderdi. Denizde gemiye kaptan olanın hassasiyetini kazanır ve hayatın bir ödev, muhasebesi olan bir süreç olduğunu iyice kavrardı.

Hayat; acılarını, deneyimlerini onu eğiterek vermişti. Yaşı üzerinde bir olgunluk, adım atışında ağırlık; bakışında derinlik; düşüncesinde bir enginlik hâkimdi. Duruşu; olgunluğunu, tecrübesini, sabrını anlatırdı söze hacet bırakmadan.

O eşkâl tanımlamasını bilmezdi, ama bulunduğu cezaevlerinde nice kez eşkâli alınmıştı, artık ezberlemişti. Kendisi değişse de zihnine kazılan eşkâli hep aynı kalacaktı:

Orta boylu, orta kilolu, dalgalı kahverengi saçlı, yuvarlak yüzlü, küçük kulaklı, ince bıyıklı, kahverengi gözlü, uzun burunlu...

Nihayetinde o süreç de bitmiş yarıda kalan öğrenimine bu sene devam edebilmişti. Nice insanın amaç edindiği meslek hayatını araç görüyor, kutsal amacı için hayatını, enerjisini adamaya çalışıyordu.

*

Ders başlamıştı. Öğrenciler pür dikkat Abdal Beyi dinliyorlardı. Abdal Bey "bilginin kaynağı" ile ilgili konuyu ele almış, bu alandaki felsefi görüşleri veriyordu. Anlattıklarını noktalayınca öğrencilere dönüp sordu.

— Evet arkadaşlar, şimdi size soruyorum, sizce bilginin kaynağı nedir? Akıl mı, duyular mı, madde mi, yoksa doğuştan mı? Kutsal kitaplar mı ya da bunların sentezi veya apayrı bir şey mi?

Öğrenciler ilk anda birbirlerine bakıştı, ürkek kalkan ellerle fikirler dile getirildi:

— İnsan aklı,

— Madde varlığı,

— Duyular,

— Sezgi,

— Deney ve düşünce,

— Kutsal kitaplar.

Orhan belli bir süre tereddütte kaldı. Fikrini belirtmeliydi, yadırganacağını biliyordu.

— Bence, dedi doğru bilginin kaynağı vahiydir.

Mimiklerinden de şaşkınlığı anlaşılan Abdal Bey, sakin ve meraklı bir edayla sordu

— İlginç, böylesi bir düşünceye rastlamadım, kutsal kitaplara girmiyor mu bu? Açar mısın?

Tüm bakışlar Orhan'a odaklanmıştı, dikkatli dikkatli konuşmaya başladı.

— Bilgi edinmenin elbette farklı yolları mevcuttur. Ancak biz bilginin ana kaynağı üzerinde duruyorsak, bunun "vahiy" olduğu inancındayım. Sizler Farabi ve Gazali'nin düşüncelerini de aktardınız. Farabi "akılcı ekol" savunucuları arasında gösteriliyor, oysa o bilgiye ulaşmanın yolu olarak "aklı" ele alır. Nitekim "İnsanın doğada yaptığı her araştırma Allah'ın işaretlerini ortaya çıkarma amacını taşır" demiştir. Gazali de "kalp gözü"nden bahsetmiştir. O da bilginin kaynağının aslını manevi boyuta bağlamıştır.

Sonuçta bu çıkarsama, sınıflandırma yapanların ürünüdür. Eminim ki, iyice araştırılırsa onların satır aralarında bilginin ana kaynağının "vahiy" olduğunu belirttiklerini göreceğiz. Vahiyle gelen bilginin mutlak doğru olduğu kanısındayım. Nitekim vahiyle gelen Kur'an'da Yaratıcı tarafından insanın ilk atası Âdem'e (a.s) her şeyin isimlerinin öğretildiği belirtiliyor.[1] Buradan yola çıkarak bu düşüncemi savunuyorum. İnsan aklının kesin ve net ölçüt olmadığı aşikârdır. Tarih boyunca vahiyle doğruya iletilen kuşakların, zaman sürecinde akıl yürütmelerine rağmen sapkınlıklara, onulmaz hatalara duçar olduklarını biliyoruz. Ardından Yaratıcı Allah, seçtiği Resullere vahyederek, insanın aklını vahiy ölçüleriyle değerlendirmesini sağlayarak, doğruya varmalarını istemiştir. Bilginin ana kaynağı vahiydir. Duyularla bilgiyi müşahede eder, algılarız. Deney ve gözlemlerle tecrübe eder, akılla değerlendiririz. Aklın ölçütü ise vahiydir.

Orhan, susmuştu. Bakışlarıyla etrafı süzdü, simalardan tepkiyi çözmeye çalıştı. Ablak yüzlü, düz ve kahverengi saçlı, ela gözlü, hafif kilolu, alaycı duruşuyla Ruşen elini kaldırmıştı. "Allah" mefhumuna özel bir antipatisi olan Ruşen, Abdal Bey'in başıyla onay vermesi üzerine söze girdi. Tepkili ve soluyan bir edadaydı.

— Arkadaşımız tamamen soyut ve varsayımsal düşünüyor. Tanrı'nın varlığı bile tartışılırken böyle bir fikri savunmak saçmadır, bilimsellikten uzaktır. Evren, maddesel yönüyle var olandır. İnsanın beyni boş bir bilgisayar gibidir, bunu çocuklarda görebiliyoruz. Çocuk hangi bilgiyle dünyaya geliyor ki? Duyularımız beynin uç elemanlarıdır. Beyin duyularla nesnelerin/maddelerin varlığını fark eder. Ama nesnelerin var olması beyne işlevlik verir. Göz karanlıkta görmez, güneş olmayınca. Yani dışımızda var olan maddelerin varlığını biz etkin kılarız.

Sınıfta entel takılan, batı felsefesini fikir edinerek kendince bir harman oluşturan Tarık sözü aldı:

— Maddenin doğru bilgi edinilmesinde rolü olduğu bir gerçektir. Tersine düşünürsek, kör için güneşin varlığının ne anlamı var? İnsan aklı merkezi kuvvettir, duyularla tekrar sonucu deneyim kazanır. Aklın işlevini beyinde gerçekleştirdiğini biliyoruz, bu mekanizma sinir hücreleri üzerinde elektron akışıyla olmakta. Nihayetinde beyin de bir et parçasıdır. Somut üzerinde soyut işlem güdülüyor. Beynin fonksiyonelliği var, değerlendirmesi var ve daha nice meçhullerle dolu. Şu sorular sorulabilir: Beyne bu işlevi yükleyen kim? Program varsa programcı yok, diyemeyiz. Hem aklın varlığı hem maddenin varlığı birbirini tamamlar.

Tarık konuşmasını noktalayınca ulusalcı düşüncedeki Atilla, derinlemesine bilgisi olmasa da söz istedi. Tarık ve Ruşen'e karşı olduğunu belirtmeliydi.

— Hocam! dedi. Bence Tanrı'ya dayanmaktadır. Tanrı insanı yarattı, maddeyi yarattı. İnsana akıl verdi ve akıl ile doğruya varmasını istedi.

Konunun mecrasından kaydığını gören Orhan elini kaldırdı. Abdal Beyin onayıyla söze girdi:

— Arkadaşlar düşüncelerini izaha çalıştılar. Kanımca bu felsefi sorunun temeli de daha önceden de değindiğimiz Allah olgusunun kabul ve reddiyle ilişkilidir. Sağlam bir temele oturtulmadığı müddetçe, tartışmalarımızda bu tali konularda kısır döngüler yaşamaya mahkûmuz.

Mazlum halkların savunucusu olduğunu iddia eden, Marksizm öğretilerinin hamallığını yapan Ruşen, öfkelenircesine, sesini yükselterek başladı konuşmaya.

— Tanrı olgusu, güçsüz, beceriksiz insanların kendi zihinlerinde yarattıkları bir olgudur. Deneysel bilim ve kozmoloji geliştikçe bu zihni olgular da yok olacaktır. Örneğin, Yunanlılara göre; Tanrıları gökte oturur ya da deniz dibinde, yeraltında yaşardı. Kısacası ulaşamadıkları alana Tanrıları koyuyorlardı. Bugün o alanlara gidildi ve Tanrılar oralarda yok!... Eminim ki bu düşüncedeki insanlar, bu çağda tanrıyı daha uzak konumlara yerleştireceklerdir. Tanrı olgusunu oluşturan, insanın kendi zihnidir.

Nutuk çekercesine söylemişti. Kendisine olan özgüveni müthişti. Gözleri ışıldayarak etrafına bakındı. Arkadaşlarının ona olan hayran bakışları arasında oturdu. Gözler yine Orhan'a kaymıştı. Cevap vermeye kendisini mecbur hissetti.

— İzninizle hocam, dedi ve başladı. Öncelikle şunu belirteyim, arkadaşımız yanlış örneklemede bulunuyor. Yunanlılardaki tanrı anlayışı, çoğulcu ve efsanevi bir inanç türüdür. Bir nevi insan-tanrı varlığı söz konusu. Yunan halkı ölen bazı kahramanlarına öteki âlemde tanrısallık özelliğini veriyorlardı. Bu perspektifte konuyu tüm boyutuyla ele alırsak, bazı arkadaşlar özellikle batıda biçilen ideolojileri kalıpsal olarak ele alıp diğer fikirler üzerine genelliyorlar, havada kalan düşüncelerle yaşıyorlar. Marks, batıdaki Hıristiyan ve diğer dini anlayışlara karşıydı. Ürettiği düşüncesi de buna karşıydı. Marks, İslam'ı ne kadar araştırmıştı veya İslam'ı biliyor muydu? Bugün Marksizm'in öğretileriyle İslam'a karşı çıkanlar gerçekten İslam'daki Tanrı-Allah kavramının tanımını biliyorlar mı? Hayır!... İnsanın tapma içgüdüsü temel bir özelliğidir. Kimi bu tapmayı Allah'a, kimi insan'a, kimi maddeye hasrederek doyurmaktadır. Nihayetinde fikir babalarına da tapılmaktadır. Bu içgüdü vardı ki, insanlar hep Yaradan'ı aradılar. Kimi zaman doğru kimi zaman yanlış sonuçlara vardılar. Allah, Resulleriyle insanları doğruya ilettiyse de zamanla insanlar bu saf ve duru inançlarını kirletmişlerdir. Arkadaşımız deneysel bilimin gelişmesiyle bu olgunun biteceğini iddia ediyor. Oysa veriler tam tersini söylemektedir. Daha önceden bu tezi savunanların fikirleri çöpe atıldı fakat İlah'a/tanrıya inanış artarak devam etti. Her ne kadar dinler, semavi olan ve olmayan şeklinde sınıflandırılmışsa da Kur'an, Allah indinde geçerli dinin yalnızca İslam olduğunu belirtir. İslam'da "ilah" sonsuzluğu ifade eder. İlah olmanın gerekliliği; sınırsız-sonsuz, kapsanamayan olmasıdır. Oysa semavi diye isimlendirilen Hıristiyanlık İsa'ya (a.s), Musevilik ise Üzeyir'e (a.s), ilahlık atfetmiştir. Bu da ilahlığı yadsımaktır. Biz ilahın sonsuzluğunu idrak ettikten sonra, O'na yer tayin edemeyiz, şekil veremeyiz, O ne uzak ne yakındır. O beynimizin kapasitesi dışında bir varlıktır. O'nu tanımlamaya kalkışmak; O'nu somutlaştırmak ve sonsuzluğunu bitirmek demektir. Burada bize düşen, var olanın üzerinde akıl yürüterek varlığını ispat ederek, O'nun sınırsızlığını kabullenip varlığına iman etmektir.

Sesler kesilmiş, soluklar tutulmaktaydı. Orhan, ara vermeden devam etti:

— Deneysel bilimin gelişmekte olduğu bilinen bir şeydir. Peki, bilim mi dünyayı döndürmekte, iklimleri oluşturmaktadır? Bunlar önceden konulmuş kanunlar ve insanlar ancak çağlar sonra işleyişlerini anlayabilmektedir. Deneysel bilim kendine şu soruları sormalıdır: Bu keşfedilen kanunları kim koymuştur? Bu düzeni kim yürütmektedir? Bilim şunu kabul etmektedir ki: Hiçbir yapı veya kuram mimarsız olamaz. Eğer evren bir yapı olarak kabul ediliyorsa, mimarı araştırılmalıdır. Aksi takdirde bilim tapıcıları kendileriyle çelişmektedirler. Bilim dünyası felsefi fikirlerden arı değildir. Bilimsel kuramlar kişinin fikir ve algı yapısına göre değişmektedir. Nasıl bakarsan öyle görürsün anlayışıdır. Her bilim adamının bir felsefi görüşü var ve bilimsel verileri felsefi anlayışıyla yorumlar. Biz var olanı var edene inanıyoruz. Hiçbir şeyin rastlantı sonucu olmadığını gözümüzle müşahede ediyor, aklımızla onaylıyoruz ve sonsuz kudrette olan Allah'a inanıyoruz.

Orhan, sözünü bitirdi. Abdal Bey, değerlendirmeden memnun kalmıştı. Gözleri başkasını aradı. Tarık el kaldırdı.

— Tanrı anlayışına saygı gösteriyorum, dedi. Bilim adamlarınca da kabul edilmektedir ki evrende bir kozmik bilinç var; şuurlu, planlı, programlı bir kurallar dizini bulunmaktadır.

Ayağa kalkmaya gerek görmeden Orhan, araya girdi.

— Kozmik bilinç, deniliyor, buraya kadar kabul ediliyor. Lakin ilah kavramının kullanılmaması için başka kavramlar üretiliyor. Kanımca bu, insanoğlunun kör inadının belirtisidir, ilah mefhumunu kabullenmeye yanaşmamasıdır.

Ruşen'in hemen yanında oturan Nejat sözü aldı. Hiçbir konuda açıklamalı ifadede bulunmazdı. Sadece soru sorarak kafa bulandırma niyetindeydi.

— Tanrı olgusunu kabullensem dahi, Yahudilerin mi, Hıristiyanların mı yoksa Müslümanların mı tanrısına inanayım, hangisine?

Sorunun kendisine yöneltildiğini gören Orhan sitemli bir şekilde söze girdi. Nejat'ın niyetinin farkındaydı.

— Demin değindiğim gibi İslam'ın ilah anlayışı tevhididir. Yalnız ve tek olan Allah... Biz Kur'an'a baktığımızda Musa'yı da (a.s), İsa'yı da (a.s) Allah'ın elçileri olarak görüyoruz. Onlar da İslam'dan başkasını getirmediler. Tevrat ve İncil, Kur'an'la aynı kaynaktandır. Ne yazık ki Yahudilerin ve Hıristiyanların sonraki kuşakları dinlerindeki bu tevhidi anlayışı bozmuşlardır. Bu dinlerin mensuplarınca da bu gerçek kabul edilmektedir ki, Tevrat ve İncil deforme edilmiştir. Ayrı ayrı İncillerin varlığı da bunun kanıtıdır.

Konuya devam etmek istese de zamanın bittiğini gören Abdal Bey, kitaplarını topladı, olgun ve gülümseyen yüzüyle;

— Arkadaşlar, katılımlarınız için teşekkürler, dedi. İkinci derste farklı konuları ele alarak devam ederiz.

Öğrenciler yavaş yavaş sıraları terk ediyordu. Sınıfa adeta kasvetli bir hava çökmüştü. Salonda Mehmet, Orhan'a yanaşıp,

— Çay içelim mi? diye sordu.

— Doğrusu makbule geçer, dilim, damağım kurumuş gibi.

Kantin masasında oturmuş, çaylarını yudumlamaya başlamışlardı. Mehmet, Orhan'ın hemşerisiydi. Okulun ilk günlerinde Ruşen ve arkadaşlarıyla beraberliği olmuştu. Onların fikirlerini kabullenmekte zorluk çekiyordu. Ailesinden yeterli derecede olmasa da İslami bir anlayış edinmişti. Önceleri merakından dolayı Orhan'la diyalogda bulunmuş, zamanla Orhan'ın ikna edici izahları karşısında İslam'ı daha iyi öğrenmeye ve yaşamaya karar vermişti. Ruşen'in çevresinden kopmuş, onlarla diyalogunu kesmişti. Ruşen de Mehmet'i kaybetmenin üzüntüsünü Orhan'a karşı kinini kusarak göstermeye çalışıyordu. Mehmet ise İslam'ı öğrenme iştiyakındaydı. Artık Orhan onun için bir arkadaş, bir kılavuz, bir hocaydı.

İkinci ders başlamıştı. Abdal Bey özet olarak konuyu toparladı, sol eliyle gözlüğüne dokunup kaldırır gibi yaptı. Ardında iki eline birleştirdi. Bu onun bir çeşit dikkat çekme yöntemiydi. Öğrenciler kendilerine yönelik bir sorunun geleceğini anlamışlardı.

— Arkadaşlar, dedi Abdal Bey. Felsefe birçok konuda bilime öncülük etmiş, ışık olmuştur. Nitekim bilim de felsefe de akıl yürütmenin birer ürünleridir. Felsefe'nin yol göstericiliği soyut alanlar üzerinedir. Bugün size sunulan felsefe, bizzat felsefe yapmanın kendisi değildir. Siz sadece felsefe akımlarını ve felsefe öğretilerini öğrenebiliyorsunuz. Çoğunlukla bir öğretinin savunucusu olmayı yeğliyorsunuz. Size şunu soruyorum; sizce felsefenin ilgilenmesi gereken en önemli alan veya konu ne olmalı ve neden?

Abdal Bey sorusunu tamamladı, ellerin kalkmasını bekledi. Eller ağır ağır kalktı, düşünerek cevap verilmesi gereken soruydu.

— Varlık

— Akıl

— İnsanın özü

— İnsanın evrendeki konumu

— İnsan için tekrarlanmayan olgu; ölüm!

— İnsanın bilinç ve düşünsel yapısı

Abdal Bey gözlerini gezdirdi, başka fikir çıkmayınca, Tarık'a döndü.

— Buyurun, dedi.

— Ben dedi Tarık, insanın evrendeki konumunun ele alınmasını istiyorum. Bu sonsuz evrende en bilinçli varlık insan'dır. Ancak insanın da bu evrende tek etkin ve yetkin olmadığı açıktır. Evrende bir nokta kadar olan yerkürede yaşıyoruz, ötelere hâkim olamadığımız gibi, dünyada da bütüncül olarak bir hâkimiyetimiz söz konusu değil. Uzayda keşifler yapılıyor ve uzayın derinliklerine ulaşmaya tüm insanların bile ömrünün yetmeyeceği belirtiliyor. Acaba bizler bilimin oralara gitmesini mi bekleyeceğiz. Eğer öyle olacaksa çoğumuz gerçeği öğrenemeden ömrünü tamamlayacaktır. Doğru bilgilere ulaşmanın kestirme yolu yok mu? Ya da bilim adamları "kozmik bilinç" diyorlar, bunun bize faydası, zararı nedir? Bu açmazların irdelenmesinin yararımıza olacağı inancındayım.

Tarık düşüncesini dile getirip oturdu. Ruşen elini kaldırdığı gibi ayağa kalktı.

— Bence felsefe'nin üzerinde durması gereken en önemli konu "varlık" konusudur. Bu alanda çokça fikirler serdedilmiştir, ancak açığa kavuşturulmamıştır. Dünyamız fiziksel nesnelerden oluşmuştur. Bu nedenle algılansa da algılanmasa da vardır. Şu gördüklerimiz tamamen düşüncelerimizin yansıması olamaz. Maddenin düşünceden önce geldiğine inanıyorum. İnsanın var oluşunu belirleyen şey düşüncesi değildir. Aksine insanın sosyal varlığı düşüncelerini belirler. Bilincin sadece maddesel yaşamı yansıtmakla yetinen basit bir ayna olduğunu iddia etmiyorum, bu konunun çok daha derin ve karmaşık olduğunun bilincindeyim. Doğada insanın var olmasıyla birlikte bilincin doğayla diyalektik hareketi de başlamıştır. Felsefe'nin var olan üzerinde, insanın mutluluğu için, ortak değerlerini belirleyip çabalaması gerektiği kanaatindeyim.

Sınıfta bayanlardan pek ses çıkmasa da Nermin bayanlardaki bu sessizliği bozdu.

— İnsanın bilinç ve düşünsel yapısının irdelenmesi gerektiği fikrindeyim. Var olmak bilinçli olmayı gerektirmiyor. Cansız varlıklar, var olduklarının farkında bile değil. İnsan da kendi özünü anlayabilmiş değil. İnsanın düşünce boyutunda çabucak şartlandığını biliyoruz. Bilincimizi birileri yönlendirebiliyor. Bu yönelim nasıl gerçekleşmektedir? Duygularımızın düşüncelerimizle ilişki düzeyi hangi boyuttadır? Kısacası insanın düşünce yapısındaki kapalı noktalar ortaya çıkarılmalı, diye düşünüyorum.

Bu sefer Mehmet söz istemişti. Abdal Bey bakışlarıyla onay verdi. Mehmet, çekingen tavrıyla söze girdi.

— Ölüm olgusunu irdelemek istiyorum. İnsanoğlu'nun tarih boyunca kaçmak istediği ama kaçamadığı olgu... Acaba ölen bir insan yok olup gidiyor mu? Yoksa dini öğretilerde olduğu gibi yeni bir âleme mi gidiyor? İnsanın içgüdüsünde sonsuz yaşama arzusu mevcut, bu tatmin edilmeli değil mi? Üzerinde durmak istediğim asıl şey ölüm ötesi gerçekliği. İnsanlar hak, hukuk, adalet kavramlarını kullanmakta ancak bu kavramların kişilerin, kurumların zihin anlayışına göre farklılaştığını görüyoruz. Bu kavramların mutlak bir ölçütü olması gerekmiyor mu?

Diğer yanda, bu dünyamızda nice sömüren, zulmeden despotlar, krallar, imparatorlar gelip geçti. Zulmedilen, ezilen insanların, kölelerin hesabı ne olacak? O zulmedenlerin işledikleri yanlarına kâr mı kalacak? Felsefe, insanın yaşamını kolaylaştırmak için vardır, deniliyor. Felsefe'nin hayati önem arz eden bu konuya değinmesi gerekmiyor mu?

Mehmet'in bu düşünceyi dile getirmesi Ruşen'i çokça kızdırmıştı. "Bağnaz gerici!" deyivermişti sessizce.

Göze girmenin yollarını iyi bilen Nejat, bilgiç bilgiç konuştu:

— Ölümle zaten et çürüyor, kemik toz oluyor. Arkeologlar bugün birçok kazı yapıyor ve kemikleri çıkarıyorlar. Öteki dünyaya giden yok nitekim. Çürüyüp giden kemikler bir daha mı dirilecek? Bu aklen ve mantıken mümkün değil.

Nejat bu fikrini pervasızca sunmuştu; sırıtarak oturdu. Bu derste şu ana kadar susan Orhan söz istedi.

— Mehmet arkadaşımızın sıraladığı nedenlerden dolayı akıl ve mantık ölüm ötesini kabul eder. Ancak bunun nedensellikleri yetmiyor, nasıllığına da bakmamız gerekmektedir. Bir cesedin toprak içinde çürüyüp gittiğini biliyoruz. O zaman ölümle beraber diğer âleme göçmekten beden kastedilmiyor. Yine biliyoruz ki insan sadece madde boyutuyla olan bir varlık değildir. Eğer sadece maddeden müteşekkil olsa, o zaman ölümle insanda eksilen nedir? Ağırlık, boy, cisim, organlar aynı dururken kaybolup giden canlılık neye bağlıdır? Bu canlılığı veren soyut nesnenin organlarla ilişkili olduğu ve bu ilişkinin bir tek organla dahi işlevini yitirdiğinde, canlılık veren nesnenin bedenle tüm ilişkisi bitiveriyor. İnsan bir makine olsa eksilen parçanın takılmasıyla işlev geri dönerdi. Oysa durum çok farklı... Şunu kabullenmeliyiz ki insan madde ve madde ötesi boyutlarından oluşmakta. İslam literatüründe insan'a canlılığı veren madde ötesi boyutuna "Ruh" deniliyor. Bedenden ölümle ayrılan ruh'tur. Ruh için de maddi bedenin varlığı önemsenmez. Bunun yanında yaratan Allah'tır. O, kişiyi yoktan var ettiği gibi çürüyen kemikleri de tekrar eski haline döndürmek O'nun için zor olmayacaktır.

Sırasında oturan Atilla, müzmin bir ifadeyle söze girdi.

— Arkadaşlar! Öbür dünyada Allah'a inananlar cennete, inanmayanlar cehenneme girecek, dedi.

Sınıftakiler, o'nun tavırlarını bildiklerinden gülümseyerek geçiştirdiler.

Artık dersin sonlarına doğruydu. Abdal Bey kitaplarını toplamakla meşguldü.

Ders bittikten sonra Atilla, Orhan'a yöneldi.

— Ya Hocam! Şu dış kaynaklı, batılı fikirli, dinsizleri iyice alt ettiniz ya helal olsun! Bizim dinimizi, kültürümüzü iyi savundunuz.

Atilla'nın düşüncesindeki sakatlığı tespit eden Orhan,

— Hemfikir olduğumuzu düşünmüyorum, dedi. Amacım hakikati savunmaktı. Başka emelim yoktu. Üstelik sen dini, bir kültür unsuru olarak görüyorsun.

— Öyle ya! Allah'a inanmak, İslam'a inanış bizim kültürümüz, örf, âdetimizdir. Öz kültürümüze sahip çıkmalıyız.

— Yazık! Dedim ya, Allah'a inanışı bir kültür unsuru olarak düşünüyorsun. Bir Yunanlının tanrıya inanışı gibi... Halkın dini İslam olmasaydı sen İslam'ı benimsemezdin öyle değil mi?

— Bizler kültürel birliği olan, vatanı bir olan milletiz. Elhamdülillah Müslüman'ız. Anamız, babamız Müslüman'dır.

— Sen dini vecibelerini yerine getiriyor musun?

— Herkes ne kadarını yapıyorsa, o kadarını biz de yapıyoruz işte. Cenab-ı Allah Ğafur-u Rahman'dır, biz Müslümanları mı cehenneme koyacak, bunca dinsiz varken.

— Yanılmıyorsam Lokman sûresi 33. ayette Cenab-ı Allah "Şeytan sizi benim rahmetime güvendirerek kandırmasın," diyor. Hem sadece Allah'ın varlığını kabullenmekle Müslüman olunmuyor. Hıristiyanlar da Yahudiler de Allah'a inanıyor. Önemli olan Allah'a Allah'ın istediği gibi iman etmektir. Tevhidi İslamı, İslam dışı ideolojilerin fikirlerinin bulaşmadığı islamı yaşamaktır önemli olan.

— Ya hocam, Allah'ı Rab, İslam'ı din edinmek yetmiyor mu? İbadetler şart mı? Sonuçta kalbim tertemiz âlim Allah.

— Atilla! Atilla! Sana acıyorum. Bir hadiste deniliyor ki "Bazen kişi sonunu düşünmeden bir söz söyler ve söylenen söz sahibini cehennem ateşine düşürür."[2] Söylediklerine ve yaşadıklarına dikkat etmelisin.

Yanlarına Mehmet yaklaşınca bu konuşmalardan sıkılan Atilla fırsat bulmuştu.

— Sonra görüşürüz, deyip ayrıldı.

Orhan ve Mehmet, Cuma namazı için fakülteden çıktılar. Öğrenciler üniversite camisine yönelmişti. Namaz kılanların sayısı azımsanacak değildi. Adet olduğu üzere vakit namazlarını eda etmeyenler, cumaya daha önem verir, günlük olmasa da haftalık bir namazı kılmakla manevi duygularını vicdani özürle tatmin etmek ister gibiydiler.

Ezanın okunmasına henüz zaman vardı. Abdestini alan öğrenci grupları camiye girmektense, bahar güneşinde biraz kurulanıp aralarında konuşmayı yeğlemişlerdi.

Orhan cami bahçesine vardığında, Aslan'ı fark etti. Aslan dikkatle öğrencileri gözlemler gibiydi. Orhan, uzun süredir Aslan'ın durumundan şüpheleniyordu. İkisi de aynı sınıftaydı. Aslan, vakit namazlarını da kılardı. Sınıftaki her kesimle oturup kalkardı. Sınıfta tartışmalara katılmazdı. Her fikirden görünebiliyordu, bu nedenle olsa gerek ona "Duşeş" lakabını takmışlardı. Orhan birkaç kez onun rektörlük binasına gidişini görmüştü, tuhaf olan Aslan'ın bu gidişlerini saklama eğiliminde olmasıydı.

— Selamün aleyküm, dedi Orhan. Merhaba Duşeş! Namaza gelenleri mi sayıyorsun?

Hafif kızaran Aslan, bakışlarını çevirerek cevapladı.

— Yook canım, kalabalığı seyrediyorum işte.

— İçeri girsek, Hoca'yı dinleyip öyle namazı beklesek...

— Ezan okunsun gelirim.

Orhan, içeriye daldı, Mehmet de abdest aldıktan sonra geldi. Namaz kılındıktan sonra öğrenciler camiyi daha çabuk terk etmişti, öğle yemeğini yiyip derslere yetişmeleri gerekiyordu.

Aslan, Cuma namazından sonra yine rektörlüğe koşmuştu.

— İyi günler efendim!

— İyi günler Aslan? Hoş geldin, buyurun.

— Efendim, fazla zamanım yok, bugün bir kaç kişiyi daha tespit ettim, simalarını biliyorum. Onların isimlerini ve sınıflarını öğrenip size getireceğim. Yalnız, size bahsettiğim sınıfımızdaki Orhan vardı ya, galiba benden şüphelendi.

— Tamam o zaman, belli bir süre görüşmeyiz. Binaya gelme, dışarıda görüşürüz.

— Olur efendim!

Aslan, zayıf kişilikli biriydi. Ona devlet, millet için çok önemli bir görevi yerine getirdiği telkin edilerek, okul hayatı için de asistanlık/kariyer vaat etmişlerdi. O da bu cazip teklifler karşılığında görevini yerine getiriyordu.

Öğleden sonra tarihçi Ahmet Bey'in dersi vardı. Özverili ve idealist bir tablo çiziyordu. Öğrencileriyle arkadaş gibiydi. Daha çok görerek, yaşayarak öğrenme metodunu benimsiyordu. Derslerin bitimiyle, Ahmet Bey ciddiyet pozisyonu aldı.

— Arkadaşlar, dedi. Size bir müjde vereyim; yarın yakınımızdaki Antik kent'e gideceğiz.

— Yapmayın hocam, yine mi?

— Tüm sınıf olarak zorunlu davetlisiniz. Orada size rehberlik edeceğim, üstelik parasız. Oradaki eserlerden ve anlatacağım konulardan sorumlusunuz, ona göre. Buluşma yerimiz; belediye durağı.

Öğrenciler itiraz etse de Ahmet Bey'in dediği olacaktı.

Orhan, Mehmet'e sokulup öneride bulundu.

— Akşam yurtta kalacağına bize gel! Hem evde konuşuruz, hem de sabah erkenden beraber durağa gideriz.

Yurtta değişik fikirli gençlerle oda paylaşan Mehmet, bu teklife "hayır" diyemezdi.

— İyi, bu fırsatı kaçırmam, akşam gelirim inşaallah.

— İnşaallah; selametle, görüşürüz.

— Görüşürüz.

*

Üniversite ve yurt binaları şehir dışındaydı. Yurtlardaki sosyal ortamın düzeysizliğini gören Orhan, Mahmut, İdris ve Burhan şehirmerkezinde ev tutmuşlardı. Orhan sosyoloji, Mahmut Bilgisayar, İdris Matematik öğretmenliği, Burhan Felsefe'yi okuyordu. Kısa zamanda kaynaşmış, dost olmuşlardı. Evde dini sohbetlerini yapar, namazlarını cemaatle kılarlardı. Orhan arkadaşlarının birikiminden sık sık faydalanırdı. Özellikle "feylesof" diye takıldığı Burhan'la fikir teatisinde bulunur, yetersizliklerini kapatmaya çalışırdı.

Sözleştikleri gibi Mehmet, akşam misafirliğe gelmişti. Yatsı namazını eda etmiş, yemeklerini yemişlerdi. Çaylı sohbetten sonra Orhan, Mehmet'le odasına geçti. Evde yapaylıktan uzak bir atmosfer hâkimdi. Mehmet de doyumsuz havayı teneffüs ediyordu. Odada oturdular.

— Yurtta tartışmalarımız oluyor, birçok konuda yetersiz kalıyorum. Şu an özellikle insan kopyalaması konusunda tartışıyoruz. İnsanların bunu başarmasını "tanrının ölümü" diye lanse ediyorlar.

— Aslında bu konu biyologların ilgi alanına giriyor. Kıt bilgilerimle sana ne kadar açıklayabilirim ki? "İnsan kopyalama" diyorlar, adı üzerinde "kopyalama", yani var olanın bir benzerini ya da tıpkısını yapma. Bu yoktan var etme anlamına gelmez. Beden, organlardan; organlar hücrelerden bina edilmiş. Kopyalama canlının var olan hücresi kullanılarak yapılmaktadır. Sanıldığı gibi yeni bir hücre üreterek yapıyor değiller. Yani Allah'ın yarattığı hücre üzerinde işlem yapıyorlar. Bunun yanında kişinin fiziksel benzeri kopyalansa da psikolojik, zihinsel, duygusal yönleri aynı olur mu? Bu da henüz cevapsız... Müşahede ediyoruz ki aynı yumurta ikizleri fiziksel olarak benzer olsalar da davranışları çok farklılık arz etmektedir. Hem kopyalama İslam'daki haşir inancını destekler. Eğer insan, insanı kopyalayabiliyorsa, o zaman Allah'ın insanı tekrar diriltip haşretmesine yapılacak bir itiraz olmamalı.

— Kafama takılan başka soruya geçeyim, milliyetçilik konusunu ele alalım, itikadi boyutunu biraz açıklasan.

— Bu konu etraflıca ele alınmalı. Kur'an ayetleri ve hadisler bilinse kendiliğinden çözülür. Bildiğim kadarıyla özce değineyim: Ruşen tiplerini ele alalım. Ezilen halkların savunuculuğunu yapsalar da temelde Marksizm veya sosyalizm düşüncesi savunucularıdırlar. Onlara göre kendi ideolojileri kurtuluşu getirir. Ancak bunlar körü körüne taklitler. Marks dinin insanı afyonlaştırdığını savunmuş.

Bu tezini Avrupa'da karşılaştığı Hıristiyanlığa karşı söylemesi doğrudur. Çünkü kiliseler, rahipler asırlarca halkları kendine ram edip inançlarını sömürdüler. Günümüzde bile papazlar Tanrı adına -hâşâ- günah çıkartmaktadırlar. Kur'an'da Tevbe suresinde [3] "Yahudiler hahamlarını, Hıristiyanlar da rahiplerini ve Meryem oğlu İsa'yı Allah'tan başka rabler edindiler. Hâlbuki ancak tek bir ilâh'a ibadet etmekle emrolunmuşlardı" denilmektedir.

Nitekim Hıristiyanlığı benimseyen Adiyy b. Hatem, Müslüman olduğunda bu ayeti duyunca, Allah Resûlüne (a.s) "Bu nasıl olur? Hıristiyanlar rahiplerine tapmıyor ki!" der. Allah Resulü "Onların helâl kıldığını helâl, haram kıldığını haram saymıyorlar mı?" diye cevap verir.

Bizim toplumumuzda yetişen bu sosyalist tipler ezbere hareket ederek Hıristiyan ve Yahudi dogmatikliğini, dinamik ve mümtaz olan İslam üzerine de şamil etmekteler.

Bunların çoğu İslam'ı Hz. Muhammed'in (a.s) ürünü olarak görürler. Allah inançları yok, manevi boyutun varlığını kabul etmezler, genelde demagoji yolunu seçerler.

— Sözünüzü kestim, geçenlerde Ruşen'le tartıştık, siz demagoji deyince aklıma geldi. Daha önceki tartışmalarda alay ederek "Sen de mi ölümden sonra tekrar dirilmeye inanıyorsun?" deyivermişti. Bu sefer de bana "Gel bizimle beraber ol! Günah sayılan işleri işleyelim, senin günahlarını ben yüklenirim" diye pis pis sırıtarak alay ediyordu.

— Sen de iyice müşahede etmişsindir, bunlar bakarkördürler. Ufak bir oyuncağı görseler "Ayy! Ne güzel. Bunu kim yaptı?" diyebilirler, kocaman kâinatın programlı, düzenli işleyişini ise tesadüf olarak görürler.

Atilla gibilerine gelince, onlar da Allah'a inanışı ve dini, millet ve vatan gibi bir kültür unsuru olarak görüyorlar. Nihayetinde kültür değişkendir ve değişen kültür elbette unsurlarıyla beraber değişecektir. Bu tamamen yüzeysel ve tehlikeli bir inanış şeklidir. Kişiyi şirke kadar götürür. Kur'an'da Yusuf sûresinde [4] "Onların çoğu şirk koşmadan Allah'a inanmazlar" denilmektedir. Mekke müşrikleri de Allah'a inanıyordu; ama putlarını ortak koşuyorlardı. Onların akıbeti bilinendir. Vatan, millet, kültür; dini ölçülere vurulması gerekirken günümüzde tam tersi vaki olmaktadır. Atalara, vatana ve figürlere tapılıyor, bu da cahiliyenin makyajlanmış halidir.

Tarihte ilk ırkçılığı yapan iblis'tir. O kendisinin ateşten yaratılmasını topraktan yaratılan Âdem'e üstünlük olarak görmüştü ve bu hevesinden dolayı isyankâr oldu, neticede Allah indinde kovuldu. İblis bu hastalığını Adem'in (a.s) çocukları arasında değişik unvanlar altında telkin ederek, onları birbirine karşı kışkırtmıştır. Kuşkusuz iblis için şu kavim, bu kavim önemli değil, o sadece cehennem sakinlerini çoğaltma çabasındadır.

Günümüzde insanların ekserisi, kan davalarını, aşiretçiliği ilkel, çağdışı bir cehalet ve vahşet olarak tanımlar. Ama kan davasından ve aşiretçilikten farkı olmayan milliyetçiliği kutsarlar. İmam Ahmed İbn-i Hanbel'in **Müsned** adlı hadis kitabında bu konuyla ilgili hadis mevcut. Allah Resulü sahabelerle konuşurken "Her kim cahiliyet davasına (kavmiyetçilik, milliyetçilik) çağırıyorsa, o cehennemin yakıtıdır!" der. Sahabeler "Ya Resulallah oruç tutsa, namaz kılsa da mı?" diye sorarlar. Allah Resulü, "namaz kılsa, oruç tutsa ve kendini Müslüman olarak bilse de" demiştir. Konunun vahametini görüyorsun.

Allah'u Teala insanları kavim kavim yaratmasının nedenini Hucurat sûresi 13. ayette belirtmiştir. İnsanların birbirini tanıması ve sonuçta tek babadan olup tek ilaha ibadet etmelerini istemiştir. Birey, kavmini inkâr edemeyeceği gibi kavmini yüceltemez de. Allah Resulü'nün (a.s) sahabeleri kavimleriyle künyelenirlerdi. Bilal-i Habeş, Suheyb-i Rumî, Selman-ı Farisi bunun örnekleridir. Yine Allah Resûlü (a.s) veda hutbesinde "Arab'ın Acem'e, Acem'in Arab'a üstünlüğü yoktur" der. Üstünlüğün yalnız Allah'a kullukta, takvalı olmakta olduğunu belirtir. Bu İslami ölçüleri değer olarak almazsak yanlışlıkların dalgalarında bocalayıp dururuz.

Yine maalesef insanlarımızdan niceleri, namaz kılar, oruç tutar lakin bunun yanında dini vecibelerin reddedildiği kavmiyetçilik fikrini savunanların peşinden sürüklenip giderler.

Orhan nefes alıp durdu. Mehmet'in simasına baktı. Mehmet konuşulanı tartar gibiydi, yüzünde bir parça hüzün vardı. Mehmet'in gözleri duvardaki resimlere ilişti, merak etmişti.

— Bunlar kim? Böyle özenle asmışsınız.

— Şehidlerin resimleridir. Dünyanın çeşitli yerlerinde şehadete erenlerdir. İçinde arkadaşlarım da bulunuyor.

— Şehidlik yüksek mertebe değil mi?

— Elbette, Cenab-ı Allah "Onlara ölüler demeyiniz" diyor. Onlar Allah katında rızıklanmaktalar.

— Şehidliğin şartları var mı?

— Tabii ki, her öldürülen şehid sayılmaz. Bir bedevi Allah Resûlü (s.a.v)'ne gelerek: "Ey Allah'ın elçisi bir adam ki ganimet için savaşmıştır, öbürü kahramanlıkla anılsın diye savaşmıştır. Bir başkası da hatırı görülsün diye savaşmıştır. Peki, bunlardan hangisi Allah yolundadır?" diye sorar. Bunun üzerine Allah Resulü (a.s): "Kim Allah'ın kelimesi üstün olsun diye savaşmışsa işte o Allah yolundadır" demiştir. Sadece Allah rızası için canını ortaya koyan şehid olur. Namaz kılmayan, oruç tutmayan, dini yaşantıyı engelleyen sistemler için ölmek, canını vermek şehidlik olmasa gerek.

— Şehidlikten bahsettik de... Aklıma nedense ölüm çokça geliyor. Ölüm ötesi hakkında pek bilgim yok, Kur'an'ın mealinde kıyamet, haşir sahnelerini okuyorum, dehşete kapılıyorum. Allah'a karşı yükümlülüğümüz çok ağır görünüyor, inşaallah ölümümüz güzel olur.

— İnşaallah güzel ve hayırlı olur. Sahabeler Allah Resulüne (a.s) "Mü'minlerden hangisi en akıllıdır?" diye sorarlar. Allah Resûlü (a.s) ölümü en çok zikreden ve kendisine ölüm gelmezden önce onun için en iyi hazırlığı yapandır. İşte akıllı kişi budur" der. Ve Allah Resûlü: "Ölüm, insana öğüt olarak yeter, Allah insana ölüme kadar mühlet verir, kim ölürse kıyameti kopmuş demektir" der. Ölümle sorumluluk bitiyor, ama hâsılat ölüm ötesiyle başlıyor. Kişi ya kârda ya da zararda olacaktır. Hz. Ali: "Eğer biz öldüğümüzde kendi halimize bırakılacak olsaydık, ölüm her canlının rahatı olurdu. Fakat bizler öldüğümüz zaman tekrar diriltileceğiz ve her şeyden sorguya çekileceğiz" der. Ölüm tecrübe edilmeyen, tekrarlanamayan, silbaşatanı olmayan bir gerçektir. Öylesine bir gerçek ki herkes tarafından bir kez yaşanır ve herkese bir kez şans tanınır. Bize düşen, her ölenin ardında sırada kendimizin olduğunu bilerek hazırlıklı olmak. Bu inanış daimi ve kuvvetli olmalıdır ki yakinlik oluşsun. Nice insanlar, yakınları öldüğünde, ölüm korkusundan depresyon bile geçirir, ama zamanla unutuverir. Hakiki manada iman edenler, ölümün bir final olduğunu, ötesinde hesap olduğunu bilip azık toplamak için çaba sarf ederler. Ahiret için çabalamak elzemdir. İnşaallah yaşamımız ve ölümümüz rıza-i İlahi çerçevesinde olacaktır.

— İnşaallah! Gerçekten hayatımızın her safhasında imtihanlarla karşı karşıyayız. Göz kapaklarım yorgun düşmüş, yavaş yavaş yatsak diyorum.

— Erken yatsak iyi olur, sabah namazından önce Teheccüd namazı için de biraz vakit ayırmak lazım, sonra da Ahmet Bey'le gezimiz var.

Mehmet, battaniyelere sarındığı gibi uyuyuvermişti. Orhan, abdest aldı, iki rekât namaz kıldı ve uzun dualardan sonra uyumaya çalıştı.

*

Otobüs şehir yolunda kıvrıla kıvrıla yol alıyordu. Öğrencilerin tümü gelmişti; bu gezi aynı zamanda bir piknik de sayılırdı. Ahmet Bey en ön tarafta oturmuş, elindeki kitapları dikkatlice karıştırıyordu. Bugün zihni epey yorulacaktı. Bayan öğrenciler sözleşmişçesine ön tarafa yığılmışlardı. Erkekler arka tarafı seçmiş, hafiften sohbetlere dalmışlardı. Sabahın mahmurluğunda fısıldaşmalar, latifeler, gülüşler, bazen de kahkaha sesleri yükseliyordu. Bu otobüs yolcuları, kendileri için bir rota çizmiş, antik kenti ziyaret edeceklerdi; ama yolculuk onların sandığından çok daha tarihi olacaktı.

Orhan ile Mehmet de erkenden kalkmış, abdestlerini almış, Duha namazını da kılarak öylece gelmişlerdi. Orhan yanına cep Kur'an'ı, cevşeni ve dua kitabını almıştı. İkisi yan yana oturmuş zamanı sessizce kovalıyorlardı. Orhan öncelikli olarak araca binme duasını okumuştu. Orhan'ın fısıltılarını gören Mehmet sordu.

— Hayırdır, ne okuyorsunuz?

— Araca binme duasını, biliyorsun sünnettir.

— Türkçesi varsa, ben de okuyayım.

— Kitaptaki yerini kaybetmedimse, evet, burada!

— Teşekkürler... Bize bu aracı musahhar kılan Allah'a

hamd olsun. Bizler buna güç yetiren değildik ve bizler muhakkak Rabbimize dönücüleriz. Âmin.

— Allah yolculuğumuzu hayırlı kılsın.

— Başka okunacak bir şey var mı?

— Ben biraz Kur'an okuyacağım. İstiyorsan şu dua kitabına göz atmaya devam et. Beni de rahatsız etmemiş olursun.(!)

— Taş da atmayı ihmal etmiyorsun arada, hepsini şimdi bir çırpıda okuyacağım.

İkisi de hafiften gülümseyerek kitaplara daldılar. Orhan, günlük cüzünü okudu. Mehmet de onun bitirmesini bekliyordu. Yarım saatlik yolu almışlardı. Dönemeçlerin çokluğundan olsa gerek aracın hızı azalmıştı. Mehmet cam kenarından dışarıya bakıyordu, yüreğine bir korku oturmuştu.

— Hayırdır, dedi Orhan. Dışarıdaki manzarayı görünce uzaklara gittin sanki.

— Yok yok, çok uzaklara gitmedim. Oldum olası denizin bu hışırtısından etkileniyorum. Hele bu uçurumları görünce içimi müthiş bir ürperti sarıyor. Buradan geçerken ölümü iliklerime kadar hissediyorum. Belki de yüzme bilmeyişimin de etkisi var bu duygularımda.

Orhan, Mehmet'in söylediklerini dikkatlice süzmüştü. Şu an deniz kenarında uçurumlarla dolu yolda seyrediyorlardı. İster istemez Mehmet'in düşündüklerini paylaşıyordu. Mehmet'in bu bir iki gün içinde sürekli ölümden bahsetmesi ona ilginç gelmişti. Elini Mehmet'in omzuna götürerek;

— Nedense ölüm temasına konuşmalarında çokça yer veriyorsun, bunun bir hikmeti var mı?

— Bilmiyorum ama zihnime gelip takılan ölüm oluyor.

— Allah'ın takdiri neyse o olacaktır. İnşaallah senin için de benim için de ilahi bir ikaz olur.

— İnşaallah, dedi Mehmet.

Yüzündeki hüzün, gülümsemeyle karışıktı. Aralarındaki konuşmada bu atmosfer hâkimken, aracın çok acı şekilde fren yapışını ve sonra yalpalayarak bariyerlere çarptığını gördüler. O kısa zamanda, öğrencilerin canhıraş çığlıkları altında, ikisi göz göze geldi ve ne anlatmak istediklerini ve neyi anladıklarını bakışlarıyla onayladılar. Ölüm tüm gerçeğiyle karşılarına dikilmişti. Orhan, Mehmet'in elini kavradı ve içinde dualara başladı. "La İlahe İllallah" zikri eşliğinde uçurumdan düşüyorlardı. Çığlıklar ise kulakları patlatırcasınaydı.

Hayat durmuştu, zaman durmuştu. Sanki verilen ömür yaşanmamıştı. Ötedeki hayat başlayacaktı. Savunulan fikirler, değişmez hakikatin mizanına vurulacaktı. Verilen mühlet bitmiş, kişiler için kıyamet kopmuştu.

Ölüm, hayat diye özetlenen sürenin finali.

Ölüm, ecel-i müsemma, her an gölge gibi kişinin peşinde.

Ölüm, sekerat-ül mevt ile tanımlı; duygular, istekler boğazda dizi dizi düğümlenir.

Ölüm, bedensel fonksiyonların art arda çark dişleri gibi kırılması.

Ölüm, dünyadan kabre zorunlu göç; ama yalnız geçmiş adına her şeyin bittiği an.

Ölüm, kişiye göğün çatırdayışını hissettirir, ufka sabitlenip kalan gözler onu anlatır.

Ölüm, sılası olmayan gurbet, özlemi pişmanlık.

Yaşama mola vaktidir, irade dışı, seçmeksizin,

Onca gürültü/debdebe içinde kısa bir sessizlik...

Tevbe kapısı kapanır, nedamet anlamını yitirir ve geriye dönüş çırpınması sükût-u hayal.

Sadece kişiye ötesi kalır, korkunç bir belirsizlik ve bir an:

Hiç yaşamamak gibi, yaşamaya adanan gerekçelerin

kıymetsiz taşları...

Tahayyül edilemeyen bir buluşmayla yüz yüze olmak nefes nefese koşan atların hırıltısı.

Nice kez kalp krizi, hastalık, trafik kazasıyla teğet geçen ölüm,

Ve artık gerçekleşen ölüm.

Apayrı boyuta açılan kapı.

Anahtar deliğinden zulmet ya da nur sızdıran ölüm.

Ya dehşetli iki göz ya da rahmetli iki göz karşılar.

O an geleceğe dair ne varsa hatırlanır, geçmişi hesaplanır kişi için.

Sahnedeki oyuncunun rol değil gerçeğini oynadığı,

Kişinin provası olmayan kıyameti.

Hayat bir kez yaşanır, ölüm de bir kez.

Vekâleti olmayan ölüm.

Neden, niçin, nasıl suallerinin cevabı.

Hiç kimseyi kayırmayan ve unutmayan ölüm.

Kimi için hüsn-i hatime, kimi için sû-i hatime...

Yani... yeni bir diriliş.

* * *

"De ki: Kendisinden kaçadurduğunuz ölüm,
muhakkak karşınıza çıkacaktır.
Sonra görüneni ve görünmeyeni bilen Allah'a
döndürüleceksiniz. O size yaptıklarınızı
haber verecektir."
(Cuma : 8)

Otobüs uçurumdayken, o acınası ve dehşetli çığlıklar içinde, artık şakası olmayan bir gerçekle karşılaşmıştı Ruşen. Gözleri büyümüş, yüzündeki kan çekilmiş, dudakları o dehşetli korkudan titremeye başlamıştı. Bedenine olan hâkimiyetini kaybediyor, gerçekleri sarsılıyor, düğümleri çözülüyordu.

Belki ölümü bu genç yaşta bu kadar erken beklemiyordu. Yaşama arzusu hiç bu kadar yükselmemişti. Sınır çizgisinde, ölümün nefesini hissetmek ne korkunçtu! Aygınlık ve baygınlık içinde bir med-cezir yaşıyordu... Yoksa ölümden sonraki hayata o da mı inanıyordu? Şaşkınlık ve acı içindeydi, istem dışı avazı çıktığı kadar bağırıyordu:

— Aman Allah'ım!... İmdaaat!... Yoksa ölecek miyim? Hayır hayır! Kurtulmalıyım... Eyvah!... Kan!... Su!... Boğuluyorum imdaaat!...

Çığlıklar, yakarışlar, nihayetsiz yalvarışlar... Nefes nefese, soluk soluğa... Yürek çarpıntıları... Hayallerin ölüm sessizliği ve ölümün garip ve çirkin yüzü...

Ruşen'in yüzündeki acı çizgileri neydi öyle? Gözleri nereye dikilmişti? Kaşlarındaki çatıklık neydi? Ötede neler oluyordu?

Yoksa bu ilahi söz mü canlandırılıyordu: "Değil mi ki can

boğaza geldiğinde, artık siz, o sırada can çekişen o kimseye çaresizlikle bakar durursunuz. Hâlbuki biz, ona sizden daha yakınız, fakat siz göremezsiniz. O halde mademki siz cezalandırılmayacak kimseler idiyseniz, hem iddianızda doğru kimseler iseniz onu –o canı- geri çevirsenize" [5]

"Nasıl yaşarsanız o hal üzere ölürsünüz ve ne hal üzere ölürseniz o hal üzere dirilirsiniz. Ardından da kıyamette o hal üzere hesaba tutulacaksınız" hükmü işliyordu.

Göz önünde saniyelerle ölçülen zaman, kişi için ne uzundu! Ruşen, cesedin kovuğundan çıkmış, yeni bir hayata, uyanışa gark olmuştu. Görüyordu, işitiyordu, ama bedensizdi. Kendisi neydi? Apayrı gerçek bir âleme şahit oluyordu. Müthiş bir tablo, ama şaşkınlık ve hayretteydi. Neler oluyordu? Bu âlem neden bu kadar karanlıktı?

Kaynağını kestiremediği bir nida duydu:

— "Sen bundan gaflette idin. Biz senin gözünden perdeyi açtık, bugün gözün keskindir." [6]

Bu ses nereden geliyordu? "Sen'den kasıt kimdi? Kendisi miydi? Ölümden sonrası doğru muydu yoksa? Eğer öyleyse kaybedenlerden olacaktı. Gayr-i ihtiyari mırıldandı:

— Beni mi kastettiniz?

— Senin dışında biri var mı burada?

— Ben, ben! Gözlerime inanamıyorum, böyle bir şeyi bilmiyordum. Bu, bu bir rüya mı? Bu gerçek olamaz, "Bir kâbustur" deyin, kimsiniz? Yardım edin!

Karşısında birden bire gölge içinde simsiyah, çakmak çakmak ateşli gözler, korkunç bakışlı, kaşları dimdik, çürüyük kokusu, elbiseleri simsiyah, ağız ve burun deliklerinden alev alev kıvılcımlar ve kopkoyu duman fışkıran... bir yaratık, bir cisim...

Donakaldı Ruşen, yüreği şişti şişti, bedenini kapladı. Korku doldu, ürkekleşti ve çaresizliğe büründü.

— Sen kimsin? dedi, yavaşça

— Ben, ölüm meleğiyim!

Bu söz balyoz gibi inmişti, gerçeğin koyusu oturmuştu dimağa; diz bağları damar damar çöktü.

— Ölüm meleği mi? dedi. Ben... ben, çürüyüp gitmeyi umuyordum, ölmekle yok olmayı bekliyordum. Ve gerçekten unutulmayı isterdim.

— Elbette ölümle yok olup gitmeyi isteyeceksin hem de binlerce kez, ama nafile, boşuna uğraşma. "... Ey insanoğlu bu sürekli kaçıp durduğun ölümdür..." [7] Hakikatle yüzleşme anındır.

Bu bir rüya değildi, gerçeğin ta kendisiydi, henüz yolun başındayken mazeret sunmalıydı, şans aramalıydı. Zekâsını kullanmalıydı.

— Ne olursunuz mühlet verin, inanın ki kendime çekidüzen vereceğim ve varlığınızı herkese anlatacağım, dedi.

Gözleri etrafı araştırarak, suçlu psikolojisinde "Ne dersiniz?" dercesine umutla baktı baktı.

— Hayır! Ecel ne ertelenir ne de öne alınır, "artık seninle arzuların arasına perde çekilmiştir." [8] Sana biçilen süreç bitmiştir.

Umutsuzca durakladı. Ve sonra aynı şekilde başka cisimleri-yaratıkları gördü, yüzlerindeki kızgınlık ve öfke ciddiyetlerini anlatıyordu. Saf saf dizilmiş, ölüm meleğinin emrini bekler haldeydiler. Ölüm meleği;

— Canını alınız şunun, yüzüne, sırtına vurun! deyince, hepsi birden ellerini uzatarak

— "Yakıcı azabı tad! diyor, yüzüne, sırtına vura vura canını alıyorlardı." [9] Soluk bile alamayan, bağıramayan Ruşen

— Iıhh!... Ahhh!... hıhı!... seslerini çıkarıyordu. Yüzüne, sırtına vuran melekler:

— ' Çıkar canını! Allah'a karşı hakk olmayanı söylüyor

ve ayetlerine karşı büyüklük taslıyor bulunmakta olduğundan Bugün aşağılayıcı bir azap ile cezalandırılacaksın,' [10] diye tehdit ve tahkir ediyorlardı.

— Ben hiçbir kötülük yapmıyordum, diyerek teslimiyetini göstermeye çalıştı.

— "Hayır, Allah senin yaptıklarını çok iyi bilendir." [11]

— Ne olursunuz, bir an önce bu can alma işlemini bitirin, dedi pişmanlık içinde mırıldanarak.

Çünkü can çıkması ızdıraplıydı. Öylesine acı doluydu ki, tırnaktan, deri altına kadar hükmeden "Ruh"un ayrılışıydı, her birinden zorla çıkarılan Ruh'tu. Ağrısı kıvrandırır, bitmez hissini verirdi. Yünün içine sokulan ve sonra çekilen kancalı bir şişin verdiği acı... Sanki insan nefsi, kasabın elinde diri diri yüzülen koyun... Ruha isabet eden elem, ne büyük ve ne şiddetli bir elemdi. Sekerât hali, bedenin derinliklerine dağılmış ruhun cüzlerini kapsayan bir elem... O elem ki, bir damlası dağlara konsa, dağları eritir. Damar damar çekilen ruh, o kılıç darbesinden, bıçkıların biçmesinden, makasların kesmesinden daha şiddetli... Her parçasının tane tane iflası, kuvvetinin kuvvetsizliğe dönüşmesi. İnlemek, bağırmak, imdat dilemek arzusu...

O anda Ruşen'de bir hırıltı sesi ve göğsünde bir homurtu yükseldi. Rengi sarardı, soldu, siyaha döndü, ağzına köpük yığıldı, taşıp dudak kenarlarından süzüldü.

Gözleri yuvalarından fırlıyor, can çekişmenin feryadını tutuyordu, dudakları büzüldü, dili çekildi, parmak uçları soldu. Ayakları soğudu, sonra baldırları, sonra uylukları... Her âzâ için üzüntüden sonra üzüntü, sekerâttan sonra sekerât vardı.

Can gelip boğaza dayandı, düğümlendi. Etrafıyla ilişkisi kesilmiş gibiydi, baygın durumdaydı. Yüzüne ve sırtına art arda inen darbeleri maksimum derecede hâlâ hissediyordu ve can alıcı meleklerin "Artık sana müjdelenmek yasak" [12] nidasını uğultulu işitiyordu.

Boğazında yanma vardı, hislerini kaybediyordu. Allah'ım ne büyük acı! Acı çeken dudakları arasında var gücüyle;

— Ben şimdi tevbe ettim, diye mırıldandı.

— "Kâfir olarak ölenlere tevbe yoktur," [13] dediler.

— Bir şans verin! N'olur!?

— Bilmez misin can boğaza gelip dayanınca artık tevbe zamanı geçmiştir. Allah sana aklını kullanabilecek ve hayır işleyebilecek kadar süre vermedi mi?

— O zaman derin düşünemedim, lütfen, yalvarırım!

— Artık acındırma yok, savunduğun düşünceler, ömrünü verdiğin saçmalıklar köpük olmuş uçmuştur. Ey Allah'ın düşmanı! Ateşle müjdelen!

Bir anda yükselen kızgın alevler ve cayır cayır yanan bir sonsuz vadi gördü, içgüdüsel olarak ürktü ve:

— Bu da ne? diye korkuyla irkildi.

— Bu varacağın yerdir, cehennemdir. Senin için hakiki ve kötü bir mekândır.

— Aman Allah'ım! Cehennem azabı!... Bunların hepsi doğru mu? Gerçek dediklerim birer safsata, safsata dediklerim bir bir gerçek... Öyleyse ben kaybettim, ben kaybettim...

İçin için, hüngür hüngür ağlamak istiyordu. Gözleri alevlere takılıp kaldı, titreye titreye çöktü.

Nihayetinde ruh çıkma elemi bitmişti. Ama hâlâ alev alev yanıyordu, her aşama daha zor ve daha çetin azaplarıyla bekliyordu onu. İstikbalini ve akıbetini düşününce neden Allah'a inanmayı akledemediğine yanıyordu. Nedametin haddi yoktu. Ya o bilgiç bilgiç Allah'ı inkâr etmesi, ya o kutsal kitap diye taptığı beşer ürünleri, o kocaman yalanları nasıl da bir doğma olarak kabullenmişti. Gerçekler bu kadar zıt mıydı? İş işten geçmiş, kervan göçmüştü, dönüşü olmayan bir yolun yolcusuydu.

Yine karanlık dehlizlerde kaybolmuş gibiydi. Bu yeni boyut onu böyle karşılamıştı.

— Ey Allah'a iftira eden, ayetlerini yalanlayan insan, ölüm sonrası yalan mıymış? diye nida edildi ona.

— Hayır hayır, yemin olsun ki yanılmışım!

— Ya Allah'ı bırakıp da tapmakta olduğun kimseler nerede? Hani Marks, hani Darwin, hani Lenin... Hani küçük tanrıcıkların?

— 'Onlar beni aldattı ve beni bırakıp gittiler, gerçekten ben kâfir olduğuma aleyhimde şahadet ederim.' [14]

— Daha nice kez sen kendi aleyhinde şahadette bulunacağın gibi, başkaları da aleyhinde şahadete bulunacaktır.

Bir anda bu nida kesildi. Yine yalnızlığa büründü, ama yeni ve daha korkunç tabloların geleceğinden emindi. Bitmeyen, tükenmeyen bir korkuyla, daha büyük belalarla karşılaşacaktı.

Karanlık içinde yeni bir sahne oluştu. Meleklerden bir grup karşısındaydı. Onu suçlayıcı bakışlarla ve ondan umudunu kesmiş bir duruşla bekleştiler. Ruşen, merak ve korkuyla sordu:

— Siz kimsiniz?

— Biz muhafaza melekleriyiz, dediler.

— Ne demek? Tam anlayamadım.

— Biz Cenab-ı Allah'ın izniyle insanları birçok belâ ve kazalardan beri kılıyorduk. Seni hayatın boyunca nice kez kazalardan kurtardık. Ama sen, her kurtuluşunda " Bugün şanslı günümdeydim" diyordun. Bütün olguları bir rastlantı sonucu görüyordun, bu da rastlantı mı? Manevi boyutu inkâr ediyordun, bugün ise nasıl kurtulacağını araştırıyorsun. Oysa dünyada ilahi koruma altındaydın ve bir kez olsun Allah'a hamd ve şükür etmedin, tam tersine isyanla karşıladın tüm nimeti.

— Ama ben sizi görmüyordum ki, nereden bilecektim?

— Allah'ın kitabına, Resullerine kulak verseydin ya!

Bu söyleyiş sert ve tek cümleyle kesip atmaktı. Apışıp kaldı; her şey gelip Allah ve Resulüne imana dayanıyordu. Eğer Kitabı okusaydı, Resulü dinleseydi muhakkak bu aşamayı da bilecekti. İsyanı sadece dünyasını değil, tüm istikbalini karartıyordu.

Koruyucu melekler devam etti:

— Allah sana mükâfat vermesin. Çoğu kez bizi kötü mecliste oturttun, pis mekânları gezdirdin. Salih olmayan amellerde hazır bulundurdun. Bize çirkin ve isyan dolu konuşmalar dinlettirdin. Bu bakımdan Allah'tan duamız; sana müjde ve mükâfat vermesin!

— Ben nice gerçekleri elimin tersiyle itmişim, gerçekleri nasıl görememişim, diye sızlandı.

Her taraftan ona darbe geliyordu, ümitsizlik üzerine ümitsizlik doğuyordu içine. Bu diyarda kendisine bir müjde veren yok muydu? Sonuçta ne ekmişse onu biçiyordu.

Beride bir grup melek daha göründü. Ona dehşetli gözlerle bakıyorlardı. Belli ki onlar da sonuçtan memnun değildi. Ruşen, her şeye rağmen umudunu kaybetmemeliydi. Merak, korku ve umut üçleminde onlara seslenebildi:

— Siz kimsiniz? Bana müjde var mı?

— Bizden sana müjde yok, dedi meleklerden biri. Biz yazıcı melekleriz.

— Yazıcı melekler mi? diye hayretle sordu.

— Seni her an gözetledik ve eksiksiz olarak iyi veya kötü tüm amellerini kaydettik.

— Beni mi gözetliyordunuz? Benim yaptıklarımı mı yazıyordunuz? Aman Allah'ım, kaybolup giden bir şey yok, ben mahvoldum. Unutulup gitseydim ya!

— Senin isyan dolu hayatını kaydettik ve mahşer günü onunla yüz yüze gelirsin.

— Ben hep Bugünü inkâr ettim, ben nasıl kurtulurum. Allah'ım ben suçluyum, hem de şerli bir suçlu. Ya o alayımsı sözlerim, onların hesabını nasıl veririm. Yazıklar olsun!... Yazıklar olsun bana!...

— Allah sana hayırdan bir mükâfat vermesin. Bize çok şerli ve çirkin sözler yazdırdın. Her sözün isyandı, her adımın hakkın aleyhineydi. Rahman'a karşı çok cüretkârdın, bundan sonra gerçeklerle karşı karşıyasın. Biz ağzından çıkan her sözü, mimiklerinle ellerinle imalı anlatışlarını, kaşgöz hareketlerini, eylemlerini bir bir kaydettik ve mahşerde yine bizimle karşılaşacaksın. Aleyhinde şahitler olarak hazır bulundurulacağız.

Meleklerin ayrılışıyla nur ışıltıları kayboldu. Zifirilikte aşırı bir kaygı ve korkuyla kaldı. Bu yeni boyuta, bedenini getirememişti, bedenin nerde olduğunu da bilmiyordu. Bir bedenden ibaret olduğuna inanıyordu, ama bugün sadece Ruh'tan ibaret olduğunu anlamıştı. Beden ise sadece bir kalıp, bir giysiydi.

Melekler ordusu belirdi, bakışları şiddetliydi. Ellerinde siyah bir paçavra vardı, dillerinde sürekli ona lanet okuyorlardı.

— Ey habis Ruh! Sana gazaplanıldığı halde Allah'ın azabına doğru çık!

Paçavra açılıp, serildi ve içindeki köz parıldadı.

— Nasıl çıkacağım, dedi ürpererek

— Bu paçavranın için de.

— Buraya mı bırakılacağım?

— Evet, kahrolası! Bunun üzerine çıkacaksın

— Hayır, hayır! Bu ateş, ben dayanamam!

— Dayanacaksın! Daha nice şiddetli azaplara dayanmayı öğreneceksin!

Korkunç bir çığlıkla bağırdı. İnleyiş, ağlayış, feryat-figanlar... Dinlenmeden, paçavraya sardırıldı ve Siccin'e götürüldü.

Bir ses duyuldu, o kendisi bildiği halde:

— Kim bu? dedi Cenab-ı Allah.

— Bu falan oğlu falan'ın ruhudur, dediler. Rabbimiz! Bu ruh sahibi için hiçbir gök kapısı açılmadı ve onu hiçbir yer kabul etmedi.

— Nasıl buldunuz onu?

— İsyanda ve şirkte.

— Ey falanın ruhu! Rabbin olarak sana ebedi azabım hak oldu, şimdi berzaha dön ve hesap gününü bekle!.. Ona hazırladığım şerri gösterin!

Ruşen, titrek sesiyle umudunu dile getirdi:

—"... Rabbim! Beni dünyaya geri çevir ki terk ettiğim dünyada salih bir amelde bulunayım. [15]

— Ne istiyorsun? Dönüp de heva ve heveslerini mi doyuracaksın?

— Hayır! Geride bıraktığımın yerine salih bir amel işlemek istiyorum sadece.

—" Hayır! And olsun ki, bu senin söylediğin boş bir laftır." [16]

*

Uçurumun kenarında yalpalayan araba, birkaç saniye duraksamayla, şarampolden yuvarlanarak denize uçmaya başladı. Öğrencilerin vaveylaları, çığlıkları, eyvahları kulakları sağır edercesine yükseliyordu.

Orhan, hemencecik oturduğu koltuğu bir eliyle sımsıkı tuttu, diğer eliyle Mehmet'in kolundan yakaladı. Ne olduğunu dahi tam anlamamıştı. Sanki ölümün kıyısındaydı. Bütün çabalarına rağmen, bedeni otobüsle çarpışıyordu. Galiba ölüme ramak kalmıştı. Bu uçurumun sonrasında deniz gelecekti. Kurtuluş ancak ilahi bir nusretle olurdu. Saniyeler olsa da beyni binlerce işlem yapacak haldeydi. Kaderden kaçamazdı. Sakin olmaya çalışmalı, ölüme hazırlanmalıydı. "La ilahe illallah Muhammed'un Resûlullah" cümlesini diliyle hızlı hızlı tekrarlıyor, kalbinin ta derinliklerine kadar hissetmeye çalışıyordu. Allah'ın kendisini karşılamada, iyi ve güzel zanda bulunmaya çalışıyordu. O'na kavuşmayı isteyenden elbette o da razı olurdu. Bu, hakikate doğru zorunlu yolculuğuydu. Belki yaşlılığında bekliyordu; ama ecel tüm zamanların hâkimiydi.

Yine de endişeli ve acı içindeydi. Alnı hafifçe terlemiş, iki dudağı kurumuş, gözyaşları tane tane süzülüyordu. Ölüm şüphesiz çetin bir olguydu. Can, yuvasını terk ediyordu.

Bu firak, hüzünlü ve sancılıydı. O sancıdan ki Kâinatın Efendisi, Resullerin seyyidi Resul-i Ekrem dahi alnında biriken ter damlacıklarını siliyor. "Ey Allah'ım! Muhammed'e ölümün acılarını kolaylaştır!" diye rahmet dileniyordu. İnsanların en şereflisi bu acıdan müstağni olamazken elbette her mü'min bu acıyla karşılaşacaktı.

Orhan, kafasını bir yere çarptı, dengesini kaybetti. Ne kendi bedenindeki acıları ne de tuttuğu Mehmet'in elini hissedebiliyordu. Suyun soğukluğu artık ona bir şey hatırlatmıyordu.

Cenab-ı Allah meleklere nida etti arş-ı âlâ'dan.

— Ey ölüm meleği! Falan adama git! Onu rahata kavuşturmak için ruhunu getir. Onun işlediği ameller, onun necatlığı için benim tarafımdan kâfidir. Onu denedim ve sevdiğim konumda buldum. O benden razı olmuştu. Ben de ondan razıyım.

Buyruğu alan ölüm meleği, yanlarında gül desteleri ve zaferan kökleriyle beş yüz melekle işe koyuldu.

Orhan, yeni bir boyutu, bir âlemi müşahede ediyordu. Gözlerindeki perde kalkmış, parlak ve nurlu olan bu âlemi huzur ve dinginlikle doyumsuzca seyrediyordu. Bedenin esaretinden, sınırlamalarından sıyrılan Ruh, berzah âleminin misafiriydi artık. Bu boyutun rüya ile benzerliği yoktu. Rüya âlemi nihayetinde görülen ve idrak edilebilenden müteşekkildi. Bu âlem ise düşünülemeyen, hayal edilemeyen apayrı tablolarla doluydu.

Boyutun manzaralarına kendini kaptırmışken karşısında nurani cisimler gördü. Güzel yüzlü, nurlu ve sevimli yüzler, sevinç parıltılı bakışlarla sanki uzun süredir onun intizarındaymışlar gibi bakıyorlardı. Temiz giyimi ve misk kokusuyla, gülümseyerek konuştu ölüm meleği:

—' Selam olsun sana, ey Allah'ın güzel kulu! Seni tertemiz olarak bulduk ve Allah'ın izniyle canını alacağız.' [17]

— Selam sizin de üzerinize olsun, dedi Orhan; şaşkın, hayret ve mutluluk duygusuyla.

İnandığı gibi yaşamıştı ve inandığı gibi ölmüştü. Doğruların yolunda olduğundan Rabbine müteşekkirdi.

Melekler iki saf halinde, sürekli o'na "Selam olsun, müjdeler olsun ey sevgili kul" diye nida ederek, onu tebrik ediyor ve ruhun rahatlıkla çıkmasını bekliyorlardı.

Orhan coşkuluydu, meleklerin müjdesi ve Allah'ın lütfu karşısında, Rabbine yönelip hamd ve şükürde bulunuyor, iyi başlangıcın iyi ve güzel akıbete gideceğini bildiğinden seviniyordu. Müthiş bir ferahlıktaydı. İnandığı ve savunduğu, yıllarını verdiği İslam'ın her öğretisi gibi bu aşama da adım adım gerçekleşiyordu. Ona bu hidayeti veren, İslam'la müşerreflendiren Allah'aydı şükrü. Şüphesiz hayra sevk eden Rabbül âlemindi.

Diğer taraftan Ruşen'i kendi saflarına dâhil etmekle sevinen, şeytan ve zürriyeti, Orhan'a gösterilen bu rahmet, bu lütuf karşısında kendilerini paralıyorlardı. O iblis ki, tüm enerjisini Âdem'in zürriyetini cehenneme davet etmeye ve cehennemde ebedi olarak beraber kalmaya adamıştı. Tek bir Âdemoğlunun cennetliklerden olmasına tahammül edemiyordu. Öfke ve kin duygularının şiddetinden ellerini başının üstüne koyan İblis köpürerek bağırıyordu. Bağırmasını duyan askerleri:

— Ey efendimiz! Sana ne oldu? dediler.

— Bu kula verilen şerefi görüyor musunuz? Siz bu kulu ifsad etmek için neredeydiniz?

Burnundan soluyarak, keder ve kızgınlık içinde onlara çıkışmıştı.

— Efendimiz! Biz onu saptırmak için var gücümüzle çalışıp yorulduk. Lakin o, korunuyordu.

— Nasıl yani?

— Efendimiz! Allah ona hidayeti nasip etmişti. O da vicdanına ve rahmet meleklerine kulak vererek, nefsini aklının emri altına aldı, duygularını kontrol etti. Her ne zaman vesvesede bulunduysak, o Hakk'ın ölçülerini tuttu ve vesveselerimizin birer batıldan ibaret olduğunu fark edip yüz çevirdi. Biz böylesi davranan birini nasıl saptırabilirdik ki?!

— Onu gurura, bilgiçliğe sevk etseydiniz ya!

— Efendimiz! O sadece sözde kalan ifadelerle bu davaya inanmamıştı. En küçük birimine kadar iman suyunu ulaştırmıştı, zerrelerini böyle besledi. Fiil ve eylemleri bir bütündü. İnandıkları uğruna her eza ve cefaya katlanır, canını bile vermekten kaçınmazdı. Bu yolda nefesini tüketmek, canını sunmak en büyük dileğiydi dualarında. Ona ilkada bulunduğumuz vesveseler yankılanıp bize geri dönüyordu. Meslek hayatıyla, ailesiyle, istikbaliyle korkuttuk, ama başaramadık.

— Defolun, defolun karşımdan! Sizi beceriksizler, şartların bizden yana olduğu bir ortamda bile, bu Âdemoğlunu saptıramadınız.

O meşum yüzünde, yenilginin kızgınlığı vardı. Ağzı ise köpüklenmiş ve kurumaya yüz tutmuştu.

Orhan, şeytanın kızgınlığından habersizdi. Ona gelecekte cennetteki yeri gösterilmiş, o manzaranın inanılmaz güzelliği karşısında sevinç şokunu yaşıyordu. Can çıkma süreci bitmişti. Ölüm meleği hoşnutlukla:

— Ey Allah'ın dostu, cennetle müjdelen! dedi.

— Müjde tüm inananlaradır, diye karşılık verdi. Artık ölümü seviyordu, korktuğu, çekindiği ölüm, ona rahmet ve sürur kapısını açmıştı. Bu ölümün güzel yüzüydü. Farklı karşılayış berzah boyutunun farklılığına değil, kişinin amellerinin farklılığına bağlıydı. Orhan sevinçliydi, dünyaya geri dönmeyi asla istemezdi. Anne karnındaki çocuk da dünyaya geldiği an ağlar, ama gözlerini dünyaya açtığında artık annesinin karnına dönmeyi istemez. Ayrılığın belirsizliği kişiyi endişelendirir, ama Allah'ın onun için hazırladığının hoş olduğunu gören asla dönmeyi dilemez.

İçi içine sığmıyordu. Nurani âlemin iç ferahlatıcılığına dalmıştı. İleride ona gülümseyerek yaklaşan bir grup meleğe kaydı bakışları. Yanına vararak, tatlı bir söyleyişle;

— Selam, hidayete tabi olanlaradır! dediler.

— Selam üzerinize olsun! dedi merakla.

— Biz koruyucu melekleriz, yaşamın boyunca seninle beraberdik. Allah'ın izniyle seni belâ ve kazalardan koruduk. Seni her muhafaza edişimizde, sen Allah'a şükrettin, yanında olduğumuzu bilircesine davrandın, hakkımızı verdin, şuurlu ve bilinçli davrandın.

— Ben, Allah ve Resulü'nün haberlerinden, sizlerin Allah tarafından bizlere koruma olarak verildiğinizi biliyordum. Bu Rabbimizin bir lütfuydu. Şüphesiz O sonsuz kudret ve nihayetsiz mağfiret sahibidir.

— Allah sana hayırlı mükâfatta bulunsun, hatalarını ve

günahlarını bağışlasın. Çoğu kez bizi doğruluk meclisinde oturttun. Hak ehliyle beraber kıldın. Salih amellerde hazır bulundurdun. Biz senden memnunduk ve Rabbimiz indinde daima sana duacılar olacağız. Allah'ın selamı üzerine olsun!

— Selam sizin de üzerinize olsun.

Koruyucu meleklerin kendisinden memnun olması, onu sevindirmişti. Nitekim onlar da birer şahitti. Onlar yanında aniden kaybolup gittiler. Yalnız kalacağını umuyordu: Düşünmeye fırsat bulamadan karşısında ciddi duruşlu, yumuşak, sevimli yüzlü iki melek belirdi.

— Allah'ın selamıyla, Ey Allah'ın dostu!

— Allah'ın selamı sizlere de olsun!

— Bizler yazıcı melekleriz, her ölene görünürüz, iyi kişiyse müjde veririz, kötüyse Allah'ın gazabını hatırlatırız.

— İnşaallah müjdelenenlerden olurum.

— Ey Allah'ın dostu! Bizler senin her fiilini kaydettik, bizler seni çoğunlukla hasenat işlerken gördük. Seninle beraber olduğumuzdan kendimizi bahtiyar bildik. Kuşkusuz sen Rabbimizin sevdiği kullarındandın. Yaptığın her iyi amel öncesindeki seyyiatını siliyordu. Hasenatlarını Rabbimiz kat kat mükâfatla yazmamızı emrederdi. Sana karşı lütufkârdı.

— Rabbim elbette minnet sahibidir.

— Bizler, mahşer günü senin lehinde şahitler olarak hazır bulunacağız. Allah için o gün yakındır, size çok uzak görünse de.

Melekler o'nu selamlamış, müjdelemişti. Onların lehte olmaları onun için en büyük sevinçti.

Kalabalık bir grup melek yaklaştı. Onların meşguliyeti farklıydı. Sevecen bakışlar eşliğinde misk ve reyhan kokulu ipekten çarşafı serdiler. Bedenden ayrılan Ruh'a seslendiler:

— Ey itminana eren Ruh! Rabbinin hükmüne razı ve Rabbin de senden razı olduğu halde yüce Rabbinin katına doğru yüksel! Kuşkusuz sen illiyyin sakinlerindensin.

Ruh çarşafa konuldu ve melekler eşliğinde yükselmeye başlandı. Her tabakaya gelindiğinde, o tabaka sakinleri:

— İlliyyinlerden olan bu mübarek ruh kim? Allah onu selamete erdirsin, duasında bulunuyordu.

Buna karşılık melekler:

— Bu falan oğlu falan! diyorlardı.

Nihayet kısa bir andan sonra âlemlerin Rabbi Cenab-ı Allah'ın huzuruna sunulmuştu. Yerlerin ve göklerin yaratıcısı ve bileni Allah'u Zûl Celal, kendisi daha iyi bildiği halde;

— Kimin bu ruh? dedi.

— Bu falan kulunun oğlu falan kulun, dediler.

— Ey güzel ve kutlu ruh! Rabbin olarak senin amellerinden hoşnut oldum. Bundan sonra daha da rahatta olacaksın; mağfiretim ve rahmetim, salih kullarımı çepeçevre kuşatmıştır. Azabım ve gazabım ebediyen sana haram olmuştur. Sonsuz nimetlerle donattığım cennetim sana hakk olmuştur. Şimdi berzah âlemine dön, çünkü kıyamet anına kadar berzah âleminde kalacağınıza dair vaadim var ve yine vaat etmiştim ki;' sizi topraktan yarattık ve yine döndürülecek yeriniz orasıdır ve sizi bir kez daha ondan çıkarırız...' Bu kutlu Ruh'a hazırladığım nimetleri gösterin, dedi.

—' Rabbimiz; şüphesiz küfrü, fıskı, isyanı kalbimize çirkin gösterdin, bu senin lütfun ve nimetindir. Kuşkusuz sen Alimsin ve Hakimsin.'[18] diyerek Cenab-ı Allah'a şükrünü izhar etti.

Melekler ona cennetteki yerini göstererek

"Bu senin varacağın yerdir" deyip Berzah âlemine döndüler.

(Yüce Allah) dedi ki:

"Orada yaşayacak, orada ölecek ve yine oradan (dirilip) çıkarılacaksınız!" [19]

* * *

Kabir, imtihan sürecinin ilk düğümü, yolcunun ilk konağı,

Ayrılık tohumunun nadasa bırakıldığı mekân ve kıyamet ilkbaharıyla gerçekleşecek vuslat,

Sevenleri birbirinden ayıran ince bir toprak perdesi ve iki dikili taş,

Kalplerin acı veren hüznü, annelerin yüreğinden kara toprağa düşen ateş,

Bedenin ana mâyesinin toprakla buluşması, onda eriyip gitmesi, öze dönüş,

Belirsizliğin ürpertisi, soğuk zemin, taş yastıklı yatak ve gurbet yurdu,

Bedenin candan yoksunluğu, azaların iflası ve çürümesi,

Kokuşa kokuşa toprağa karışması,

Gözbebeklerin yerinden fırlayışı ve yanakların üzerine akması,

Dudakların kuruya kuruya dökülmesi ve dişlerin o çirkin sırıtışı,

Ağızdan irinin akışı, dilin dönmemesi, karnın şişmesi ve ardından sönmesi,

Bedendeki deliklerin yeni misafiri böcekler ve kurtçukların raksı,

Güzelliğin ölümü, çirkinliğin lüksü, beden hayatının çöküşü,

Yeni boyutu anlamak, kalp gözüyle müşahede etmek:

Said için ibretlik ve istirahatgâh, cennetten bir bahçe,

Meleklerin müjdelemesi, sorgunun hafifliği,

Mekânın nurluluğu, ferahlığı, sevincin ilki ve gözaydınlığı,

Haklı çıkmanın gururu, Hak'la olmanın onuru,

Ebediyete uzanan çizgi, nurlu bir dizgi,

Ölümle sevinmek, Sevgili'yle buluşmak,

Ruhun sevinci, cennetin yolcusu...

Şaki için dehşet ve azap evi,

Yeni boyutun varlığı ve hayreti, görmenin derinliği,

Bakışların şapka indirmesi, kaşların çatılması, alın çizgilerinin halitası,

Gözyaşlarının damla damla düşmesi ve toprağın ıslaklığı,

Duyguların kilitlenmesi, açmazlığı, emellerin elemleri,

Mâmur köşkün tarumarı, beklenmeyenin gelişii hemen yanı başında,

Meleklerin lâneti, toprağın gazabı, sorgunun bilinmezliği ve çaresizliği, pişmanlığın ilk adresi,

Yeniden düşünmek, tartmak, geç gelen bilincin keskinliği, dönüşü istemek ve yanlışları silme arzusu,

Meleklerle göz göze gelmek, delici bakışlar, şimşek şimşek gözler, topuzlardan önce soruların işkencesi,

Kendini kınamanın yersizliği, demir levhaların serilmesi,

Azabın dokunuşu, bedenin irkilişi,

Arzuların yanışı, nefsin acısı, yenilginin ağrısı, istikbalin habercisi,

Bağırmanın, çağırmanın yanılgısı, akıbetin endişesi, sonsuz azaba açılan mekân, umutsuzluğun ilk adresi,

Bir cehennem çukuru kabir...

* * *

"Öldüğümüz
ve toprak olduğumuz zaman
dirilecek miyiz?
Bu, ihtimali olmayan bir dönüştür" dediler.
Onlardan kimlerin ölüp
toprağa karıştığını biliyoruz.
Katımızda her şeyi unutulmaktan
koruyan bir kitap vardır."
(Kaf : 3-4)

Ruşen'in ailesi beş katlı apartmanın üçüncü katında günü ağırdan alarak zamanı geçirme düşüncesindeydi. Ruşen, gezi planından dolayı annesi Kezban Hanım'ın kahvaltı hazırlama isteğini engellemiş, erkenden çıkmıştı. Tatil günü olması dolayısıyla aile kahvaltıyı yeni bitirmişti. Vedat Bey, öncelikle gazetelere göz attı. Sonra televizyonu açma fikri doğdu içine. Saatler öğleye doğruyu gösteriyordu. Haberlerde kazadan söz ediliyordu. Önce önemsemedi, bulunduğu şehir ismi zikredilince kulak kesildi. Aniden irkildi. "Hayır!... Olamaz!" diye bağırdı. Mutfaktan koşarak geldi Kezban Hanım:

— Ne oldu? dedi, içinden bir şeyin koptuğunu hissederek.

— Kaza olmuş! Galiba Ruşen'in bulunduğu otobüs...

— Nerede?!... Ne zaman?!... Ruşen!... Ruşen!...

— Ben hemen gidiyorum, dedi Vedat Bey ve hızla giyindi.

Haber acıydı, kurtulanın olmadığı belirtiliyordu. Arabasına atlayıp yola çıktı. Kezban Hanım ise sağa-sola yalpaladı, Zozan'ı aradı gözleri. Zozan odasında bilgisayarla meşguldü. Annesinin kapıyı hızla açıp içeri dalmasına anlam veremedi ilk anda. Yüzündeki acıyı görünce, ürperdi:

— Anne! Ne oldu? Seslice sordu ayağa kalkarak.

— Ruşen!... Ruşen'in bulunduğu araba kaza geçirmiş.

— Neee?!!

Kezban Hanım masaya yığılmıştı. Zozan bir süre donakaldı, kendini toparlamaya çalıştı. Annesini sakinleştirmeliydi. Kendi yatağına oturttu annesini.

Yüzünü eliyle sıvazlayarak:

— Belki abim kurtulmuştur, dedi. Bu söze kendisi de inanmıyordu; ama annesinin inanmasını istiyordu.

Kezban Hanım nöbete tutulmuştu, hayat bir anda onun için anlamsızlaşmıştı. Dünyasındaki tek erkek çocuğunu kaybetmişti. Bir oğlu ve bir kızı olduktan sonra, bu iki çocuğuyla neslinin idame edeceğini garantilemiş gibi artık çocuk istememişti. İlk başlarda kürtaj metodunu uygulamış, sorunlu bir çözüm gözükünce, rahmini aldırmıştı. Ölümün bir gün gelip oğlunu ondan kapacağından habersiz yaşamıştı. Allah'tan, âhiretten, ölüm gerçeğinden uzakta geçen seneler... Yüreği yanıyordu şimdi. Bir yandan kocasına da kızıyordu, ona bu fikirleri veren o idi. Kezban Hanım ilkokul mezunuydu, Vedat Bey'e saygılıydı. Zamanla onun felsefi görüşünü benimsemişti. Mutlu değildi, bir şeylerin eksikliğini hissediyordu, ama kocasını ve çocuklarını mutlu etmek hevesiyle boşluklarını kapatıyor, taklidi hayatı yaşayarak tatmin olmaya çalışıyordu.

Zozan da şaşırmış kalmıştı, zor dönemden geçiyorlardı. Abisinin öleceğine inanası gelmiyordu. Kendisiyle şakalaşan dert ortağı abisi kaybolup gidemezdi. Ölüm onlara kötü bir sürpriz yapmış olabilir miydi? Ölümü hiç bu kadar yakından algılamamıştı. Zonklayan beyni, çözümsüzlükle doluydu. Ölümü, sonrasını, hayatı düşünmek, sorgulamak istiyor, ama beceremiyor ya da korkuyordu düşünmekten...

Vedat Bey, kaza yerine vardığında cesetlerin hastaneye kaldırıldığını öğrendi. Tekrar arabasına atladığı gibi soluğu hastanede aldı. Morga inip cesedi teşhis etti. Belediye cenaze arabası kapıda bekliyordu. Görevlilerin yardımıyla cenazeyi arabaya ulaştırdılar. Araba yavaşça yola koyulurken, Vedat Bey oğlunun başında, bakışları bir noktaya kilitlenmiş durmuştu.

Ruşen, ruh haliyle cesedine eşlik ediyordu. Berzah ile dünya arasında gel-git yaşıyordu, hangisi gerçekti. Onun istediği gerçek dünyaydı. Ruh haliyle yaşadıklarına bir rüya olarak inanmak istiyordu.

Babasını görmesi onu sevindirmişti.

— Babacığım! Merhaba, dedi.

Babasından çıt çıkmıyordu. Duyarsızlığı onu korkutmuştu.

— Baba, ben buradayım, görmüyor musun? diye bağırdı. Yine de cevapsız kaldı.

Vedat Bey dalmıştı, Ruşen ne kadar çırpınsa da gerçekleri babasına duyuramadı. Vedat Bey şoktaydı, beklemediği anda oğlu avucundan kayıp gitmişti. Canı acıyordu, acıyan tarafını söküp atmak istiyordu. Oğlunu ebediyen kaybetmek düşüncesi ne kadar da korkunçtu!

Cesedi teşhis etmişti, ayrılıp giden oğluydu, oğluna bunca emek vermişti. Onu düşünceleriyle büyütmüştü. Gelecekte oğlu da babası gibi bilimsel fikirleri savunacaktı. Oğlu onun beslediği fikir ağacı olacaktı. Kütüphanesini klasiklerle doldurmuştu, övünüyordu çocuklarını modern yetiştirdiği için. Öğretim üyesi olması statü kazandırmıştı ona, itibarlıydı. Bütün bunlar şu an bir anlam ifade etmiyordu oysa.

Oğlu cansız bedeniyle karşısında duruyordu. Oğlunda eksilen bir uzuv yoktu, ölümle canlılığı alıp götüren bilinmez şey neydi? Dış ve iç sebepler adeta onu dövüyordu.

Düşüncelerine hâkim olmalıydı. O, güdülerin değil fikirlerin adamıydı. Diğer yanda düşünme yetisi sınır tanımıyor, onun kırmızı çizgilerinin ardındakini sorguluyordu. "Hayır!... Hayır!... Ölüm sonrası yok... Tanrı yok... Oğlum toprak olup gidecek..." Hafif sesli düşünmüştü bu cümleleri.

Oğlu nereden gelmişti, onu nerede bulmuştu. Doğumunda ne kadar etkili olmuştu? Tabiat, aynısını veya benzerini veremez miydi? Tesadüf bu ya!... İhtimalleri düşünüyordu, milyonlarca ihtimal olsa da... İmkânsızdı.

— Yardım edin gasilhaneye taşıyalım, sözüyle kendine geldi Vedat bey. Arabanın şoförüydü kendisine seslenen.

— Nereye efendim? diye karşılık verdi.

— Hani yıkayacaklar ya!

— Tamam tamam.

Ölüyü uğurlama merasiminden de anlamıyordu. Bütün bunlar ona işkence gibi geliyordu. Örf ve adetleri uygulamalıydı, inanmasa da.

Cenaze musalla taşına konulmuştu. Öğle namazının bitimiyle imam cemaate cenaze namazı kıldıracaktı. Vedat Bey ise uzakta durmuştu, haberi duyan birkaç arkadaşıyla sessiz beklemeye geçmişti.

Ruşen, üzgün ve çıkmazdaydı. Babasına bunca seslenmesine rağmen cevap alamamıştı. Hayatında en nefret ettiği mekâna getirilmişti. Sakallı, sarıklı bazı kişilerin namaz kıldığını görüyordu. Neden buradaydı. Babası neden onu getirmişti. Ölen birisi mi vardı? Yoksa kendisi mi ölmüştü, babasının cevap vermemesi bundan mıydı?

Babasını kendisinden uzak, arkadaşlarıyla bekleşirken gördü. Annesi başına bir örtü geçirmiş, elinde mendiliyle sürekli gözlerini silerken, kız kardeşi Zozan'a dayanmış zorla ayakta kalmaya çalışıyordu. Annesinin, kardeşinin neden kendisini sormadığına anlam veremiyordu.

Namazdan sonra, şehir mezarlığına gelinmişti. Babası, annesi ve kız kardeşi daha yakınındaydılar. Ölen kişinin kendisi olduğuna inanmaya başlıyordu. Önünde alevli ateşi gördü, bağırmaya başladı:

— Anne! Babaaa! Neden beni duymuyorsunuz? Beni nereye götürüyorsunuz? Öz oğlunuzu ateşe mi sunuyorsunuz?

Cevap veren yoktu, kendisi de bu gidişattan kaçamıyordu, adeta kahrolmuştu. Annesi, babası, kardeşi ağladıkları halde neden onu alevlere taşıyorlardı?

— Allah kahretsin sizi, ne biçim anne-babasınız?!

İçin için haykırıyordu, ama duyan yoktu.Tabut mezara bırakıldı. Toprak düzeltildi, imam elerini açıp dualar okudu. Ne baba ne de oğul okunanlara bir anlam verebiliyordu.

Cenazeye katılanlar "Başınız sağ olsun, toprağı bol olsun!" diyerek taziyede bulunup ayrılıyordu. Sadece imam ve birkaç kişi "Allah rahmet etsin!" dileğinde bulunmuşlardı.

Annesi kabre dokundu, gözyaşları döktü, bir süre öylece kaldı. Vedat Bey, omuzlarına dokunarak "Artık geç oldu, gidelim!" demek istiyordu. Ayrılma zamanı gelmişti. Kezban Hanım, bir iki adım atıp arkasına baktı, baktı ve yavaşça süzüldü.

Ruşen, ölen kişinin kendisi olduğuna inanmalıydı. Annesi, babası onu bırakıp gidiyordu. Yalnız o kalmıştı. Gitmesini engelleyen bir durum vardı. Kabre konulup toprakla örtülen kendisiydi. Avazı çıktığı kadar bağırarak annebabasına lânet okudu:

— Ey baba! Sen zehirli bir yılansın. Kanımı, düşüncelerimi zehirledin. Ey ana! Öz oğlunu bırakıp gidiyorsun! İkinizin de yakasına yapışacağım, beni ateşe sunup gitmenin hesabını soracağım!

Kendisini dinleyen yoktu. Yapayalnız kalmıştı. Berzah âleminde gördükleri birer gerçekti. İçindeki panik, korku, ürkeklik daha da büyüyordu. Gün boyu onu soran çıkmamıştı. Karanlıktı hem de koyu karanlık. Ne olacağını bilmiyordu, her taraftan kendisine bir tehlike geleceğini seziyordu.

Hafif bir çatırdama duydu, ardından bir ses:

— Yazıklar olsun sana Ey Âdemoğlu! Sen, benden, darlığımdan, pis kokumdan, dehşetimden ve kurtçuklarımdan sakındırılmadın mı? Benim için ne hazırladın? Beni düşünmekten seni alıkoyan neydi? Benim fitne evi olduğumu bilmiyor muydun? Ben karanlık, tenhalık, yalnızlık ve böceklerin eviyim. Benim yanımdan nice kez geçiyordun, durumumdan seni gafil kılan neydi?

— Bana mı seslendiniz? Aman Allah'ım sanki kabir konuşuyor!

Konuşmakta zorluk çekiyordu.

— Evet, ben kabrinim. Sen Allah'a itaat etmeyen, asi ve mağrur biriydin, benden zarar görüp mahzun olarak çıkacaksın.

Diyalog bitmeden her taraftan sıkıştırıldı, kabir üzerine çullanmış gibiydi. Göğüs kafesi sıkışıp birbirine girdi, kemikleri üst üste bindi... Öyle bağırıyordu ki, insanlar ve cinler dışındaki herkes bu çığlığı duyabiliyordu. Bu, kabrin insanoğlunu karşılama merasimiydi.

Acı üstüne acı yaşıyordu. Her an daha büyük bir felaketle karşılaşıyordu. Dinlenmek istiyordu, ama buna imkan yoktu. Sonsuza kadar uyuma ya da yok olup gitme arzusu. Her pişmanlığı daha çok acıyla katışık dönüyordu ona.

Sancıları içinde kıvranırken, çirkin suratlı, alaycı bakışlı, sırıtan haliyle biri göründü ona.

— Nasılsın dostum? diye sordu gelen kişi. Ruşen ilk defa kendisini böylesine karşılayana rastlamıştı. Yine de gariplik seziyordu.

— Sen kimsin? diye soruyla çıkıştı.

— Ben dünyada senin dostun idim yani şeytan dostun.

— Yani söylendiği gibi sizler var mıydınız?

— Elbette, hemen yanı başında duruyordum, yediklerine, içtiklerine ortaktım, gerçekten zorluk çıkarmadın. Dediğimiz her kötülüğü hatta ötesini bile yapıyordun.

— Ben sizin dediğinizi mi yapıyordum?

— Sen, zaten sapık yoldaydın. Biz ise doğruları düşünmeni engeller, o saçma düşüncelerini gururla savunmanı telkin ederdik. Bizim telkinlerimizi içinden gelen doğru ses olarak alıp yönlendirmemiz doğrultusunda amel ediyordun.

— Öyleyse, azapta olmamın sebebi sizlersiniz!

— Hayır, dostum! Bizler sadece telkin ederdik. Senin üzerinde zorlayıcılığımız yoktu. Sana, olacakları hatırlatanlar vardı, ama sen bilgiçliğinden kulak bile vermiyordun. Bizim için önemi yok, sonuçta bizimle beraber ebedi cehennemde kalacaksın.

Bunu söyledikten sonra kahkaha atarak uzaklaşmaya başladı. Ruşen arkasından bağırdı:

— Allah seni kahretsin, sizin gibi dostlar olmaz olsun!

Dünyada şeytan kavramından çokça bahsediliyordu. O bunu hep bir efsane olarak görmüştü. Efsaneye de ancak basit fikirli insanlar inanırdı. Şimdi ise bu kavram, karşısında şekilli bir gerçeğe dönüşmüştü. Neden bu kadar yanıldığına anlam veremiyordu.

Birden etrafı pis kokular sardı. Ardından gördüğü çirkin varlıklar olan amelleri surete bürünerek karşısında belirdi.

— Ey kul! Senin aile efradın ve dostların seni terk edip gittiler, bu çukurda yalnız kaldın. Bugün senin kötü dostların biz olacağız.

— Kötü dost ne demek?

— Sen dünyada bizim kötü dostumuzdun, burada ise biz sana kötü dost olacağız.

— Siz neden bu kadar pis kokulu ve çirkinsiniz?

— Biz senin yaptıklarının eseriyiz; sen iyi ve güzel bir şey yapmadın ki bizler de iyi ve güzel surette olalım. Kendi yaptığın amelleri beğenmedin mi?

— Allah sizleri kahretsin! Benim derdim bana yetmiyormuş gibi bir de siz mi çıktınız?

— Allah seni kahretsin! Bunu bil ki, bundan sonrasında her an seninle birlikteyiz. Sen Allah'a isyanda aceleci ve pervasızdın. Cezan da acele olacak.

Pis kokudan feci şekilde rahatsız olmuştu. Bütün bu pislikleri o mu yapmıştı? Yalvararak söylendi:

— Ne olursunuz beni yalnız bırakın, yalnız bırakın!

Hıçkıra hıçkıra ağladı. Çirkinliklerle, acılarla yaşamayı öğrenmeliydi; ama bu zifiri karanlıkta, yüzler, suretler değişiyor, sanki hayaletler oynaşıyordu. Bütün olumsuzluklara, acılara rağmen yitirmek istediği bilincini kaybetmiyordu. Öylesine istiyordu ki ölmeyi, yok olmayı... İstediği olmuyordu, devamlı karşısına istemediği manzaralar dikiliyordu.

Kısa bir sessizlik oldu, sanki bu sefer uzun sürmüştü. Her sessizliğin ardından kahredici bir sahne çıkıyordu önüne. Şimdi önüne ne çıkacaktı acaba? Ürpertiyle, bitmeyen korkuyla gelecek sahneye hazırlanıyordu.

Zulmette simalar belirdi. Büyük, iri, çakan şimşek gibi gözler, delici ve kahredici mavi renkli bakışlar. Ruşen onların karşısında bir an eriyip gideceğini düşündü. Gördüğü en dehşetli yaratıklardı. Tüyleri siyah, kalın ve yerde sürünüyor. Anlaşmalı bir çirkin suret yumağı durmuştu önünde. Titrek titrek onların konuşmasını bekledi, hiçbir iyi niyet belirtisi yoktu üzerlerinde.

Meleklerden biri gök gürültüsü tonundaki sesiyle söze girdi:

— Ey Allah'ın düşmanı, sana selamet olmasın! Yeni yerini beğendin mi?

Bu soru karşısında Ruşen alıklaşmış kalmıştı. Bön bön bakıyordu. Ne söyleyeceğini bilemeden durdu. Cevap verilmesi beklenmeden melek konuşmaya devam etti:

— Bizler Münker ve Nekir'iz, ismimizi daha önceden duymuş olmalısın!

— Ee... evet, sanki deyimlerde bu isimlerin kullanıldığını duymuştum.

— Tabi ki inanmamıştın.

— Doğrusu inanmamıştım hiçbir şeye.

— İnansan da artık faydası olmayacak. İmtihan sürecinin bitimiyle ancak bize muttali oldun. Biz sorgu melekleriyiz, sana birkaç soru soracağız. Bunların neticesinde seni nefsinle baş başa bırakacağız. Biz bir nevi gözlemciyiz. Eğer sen doğrulardan isen doğruluğunu, yok eğer yanlışlardan isen yanlışlığını sana hatırlatacağız. Bu berzah âlemindeki süreci huzur içinde mi yoksa elem ve azap içinde mi geçireceğin, sorularımıza vereceğin cevaplara göre belirlenir.

Ruşen, sorulacak sorular kolay olursa belki cevap verebileceğini ve böylece bir süre rahatlayabileceğini umuyordu. Hâlâ tesadüflere olan inancını kaybetmemişti.

Melekler sorulara başladılar:

— Birinci soru şu: Rabbin kim?

Ruşen buna dair hiçbir şeyi hatırlamıyor, ne cevap vereceğini de bilmiyordu. Vereceği cevap doğru olmazsa, akıbetinin ne olacağı belliydi. Cevap vermede gevelemeyi düşündü. Belki ipucu verirler de doğruya ulaşabilirdi.

— Ben! Ben ne diyeyim? Rab kelimesi bana yabancı geliyor, bundan kastınız nedir?

— Seni yaratan, yediren, içiren, yaşatan kimdir? Onu soruyoruz.

Ruşen yaratıldığına inanmamıştı ki. Rızkının doğadan geldiğine inanıyor ve genelde babasının parasıyla vererek aldığını hatırlıyordu.

— Ben, babamın parasıyla yiyip içiyordum, dedi.

— Ya! Peki, o nimetleri yoktan var eden, yağmurla yerden bitiren kimdi? Onu da baban mı yapıyordu?

Bunun karşısında uzun süre düşünmeliydi. Daha önceden bu konular üzerinde hiç akıl yormamıştı. Nitekim bildiği en iyi kural; aklını karıştıran bilgilerden, konulardan kaçınmaktı. O kaçış buraya kadarmış. Suçlu psikolojisiyle başladı:

— Hakikatte ben Yaradan'a inanmıyordum. Özellikle felsefe derslerinde tartıştığımız kişiler vardı. Allah'tan bahsediyorlardı, ama bu bana hayal ürünü ve efsane geliyordu.

— Demek ki burada felsefe yapmak geçmiyor, sizler bilgiçlik taslamak için demagoji yapıyordunuz. Oysa doğru olan hakikati bilmek ve yaşamaktı. Biz daha baştan buna cevap veremeyeceğini biliyorduk.

Daha ilk soruya cevap verememişti. Üzgün ve mahzundu. Cevap veremeyişini annesine ve özellikle babasına bağladı. Tanrı'nın olmadığını hep o şırınga etmişti körpe dimağına. Evlat düşmanı babasını lanetliyordu. Yine de birinci derecede kendisi suçluydu. Babasının fikirlerini pekâlâ sorgulayabilirdi.

Melekler ikinci soruya geçmişlerdi:

— Peygamberin kim?

İçinden "peygamber, peygamber" diye mırıldandı. Bu kavramı din dersinden hatırlıyordu. Birkaç şey biliyordu, ama bunlardan hangisiydi bilemiyordu. İsa, Musa, Âdem, Budha, Konfüçyüs, Muhammed, İbrahim isimleri zihninden geçti. Bunlardan hangisi peygamberdi, hangisi filozoftu ya da öyle söyleniyordu, hatırlamıyordu. Adeta dumura uğramıştı zihni, ama sonuçta bir cevap vermeliydi. Endişeyle söze girdi:

— Din dersinde birçok peygamber ismini gördük. İnanın hangisidir şu an hatırlamıyorum.

— Peki, Muhammed hakkında ne düşünüyorsun?

— Evet! Evet... Tartışmalarda en fazla ismi geçen kişi. Onu bedevi Arapların lideri olarak biliyorum. Sanırım öğretilerini bir kitap haline getirmişti.

— Ey Allah'ın düşmanı! Demek öyle ha! Muhammed'in (s.a.v) Allah'tan gelen Resul olduğuna inanmıyordun. Senin bunu da böyle cevaplayacağını biliyorduk.

— Yazıklar olsun bana! dedi Ruşen.

Nasıl olur da iki soruyu da cevaplayamamıştı.

Melekler üçüncü soruyu yöneltiyordu:

— Dinin nedir?

— Ben, din isimlerini duymuştum, bunlardan herhangi birini seçmedim. Dine tapınmayı düşük akıllı ve küçük insanların inandığı uydurulmuş öğretiler bütününe inanmak olarak biliyordum. Üstelik din insanları afyonlaştırıyordu.

— Peki, İslam hakkında ne düşünüyorsun?

— Yaşadığım ülkedeki insanların çoğu bu dine tabiydi. İbadetler için camiler yapmışlardı. Yaşayış tarzları sınırlı ve farklıydı. Gerçekte İslam sözcüğünü hiç sevmedim.

— "Allah indinde makbul din yalnız İslam'dır," [20] ayetini hiç duymadın mı?

— Hayır. Ben din namına hiçbir şey bilmiyorum. Annem, babam bana hiçbir şey anlatmadılar.

— Sizler gerçekten asi bir aileymişsiniz. Sen de, eğer bu isyanlarına devam ederlerse, onlar da cehennem azabını tadacaksınız. Allah sana lanet etsin ve azabını daimi kılsın. Sen dünyada gerçekten sağır, körmüşsün. Azabınla yaşa!

Lanet üzerine lanet, gazap üzerine gazap yağıyordu. Sorgu melekleri karanlıklar içinde kaybolup gittiler. Kabir hayatı azap ve işkence ile geçecekti. Kabri üzerine darlaştı ve kıyamete değin artık onu sıkacaktı. Kaburgaları kırılıp birbirine geçti. Nefes alıp veremediği için bağıramıyordu. Mor kesilmiş haldeyken nereden geldikleri belli olmayan iri yapılı, kimi kör, kimi çekik ve ateş gözlü, ellerinde topuzlar, levhalar olan kişileri gördü.

Bunlar sert bakışlarla durmuşlardı. Hiçbirinden ses çıkmıyordu. İçlerinden biri emir verdi:

— Şu Allah'ın düşmanına topuz vurun!

Emri alır almaz, içlerinden sağır, kör, dilsiz olanı topuzu kaldırdı. Topuz dağ gibi büyüdü, Ruşen'in gözlerinde. Topuz ine ine başına doğru geliyordu. Kendini kenara çekmek ister gibi kımıldattı. Kabir onu sımsıkı tutmuş, kımıldaması bile acı veriyordu. Bağırmak istedi. Ağzı açık, yüzü korkunun pençesinde, gözleri topuzda... Öyle bir darbe inmişti ki, üst üste yığılan toza dönüşmüştü her zerresi, acı çekerek. Haykırdı acıyla:

— Siz kimsiniz? Ben bir şey yapmadım, kimseyi öldürmedim. Neden bu işkenceyi yapıyorsunuz!

— Biz, azap melekleriyiz. Kâinattaki her zerre, "Beni yaratan Allah'tır" derken, Allah'ın sana bahşettiği akıl nimetiyle Allah'ın sanatlarını tesadüfe bağlıyor ve seni yaratanı inkâr ediyordun. Sen kâinattaki her zerrenin hakkına tecavüz ettin. Üstelik bilgiç bilgiç ve alay edercesine Hakk'ı inkâr ediyordun. Elbette azabın şiddetli olacaktır.

Sonra tellâl, azap meleklerine ikinci emri verdi:

— Bunun için ateşten iki levha serin! Cehenneme açılan bir kapı açın, azabını şiddetlendirin!

Ateşten iki levha serildi, levhaların üzerine yatırıldı. Canhıraş bir şekilde bağırdı, didindi. Duyuları parça parça yanıyordu. Ölümü milyonlarca kez istiyordu. Cehenneme açılan bir kapıdan ateşi durmadan artırılıyordu. Cehennemin fokurdayışına bakıyor, bu onun yüreğini acı acı yakıyordu. Gelecekteki yeriydi orası.

Burada ne bir dostu, ne de kendisine acıyan vardı. Ara sıra hafifler gibi görünen ateşi, alevlenerek büyüyordu. Berzah boyutunu böyle azap içinde geçirecekti. Bu azaptan kurtulmak için kıyametin bir an önce kopmasını istiyordu.

Çok sonraları çevresindeki kabir sakinlerini gördü. Sorgunun ardından ona seslendiler:

— Ey dünyada arkadaş ve komşulardan sonraya kalan! Bizim durumumuzda senin için ibret yok muydu? Bizim önceden gelişimizde senin için alınacak bir ders yok muydu? Sen bizim amellerimizin bizden kesildiğini ve sana da mühlet verildiğini görmedin mi? Neden arkadaşlarının elinden kaçan fırsatı değerlendirmedin?

— Sizler öldükten sonra, bu âlemin gerçekliği hakkında bize bilgi vermediniz ki!

— Sen, şu an bilgi verebiliyor musun? Önemli olan buraya düşmeden, bu âlemin varlığına inanmamızdı. Bizler de senin gibiyiz, hepimiz azaba duçar olduk. Bak! Şurada seninle beraber gelen arkadaşların...

Ruşen, göz gezdirdi. Kendisiyle aynı akıbeti paylaşan Tarık, Atilla ve ilginçtir ki Duşeş dedikleri Aslan da oradaydı.

Acı içinde kıvranarak Tarık'a seslendi.

— Sen de mi soruları cevaplayamadın?

— Ben, kültürel olarak soruların cevabını biliyordum aslında.

— Peki, neden cevap veremedin?

— Bir türlü aklıma gelmedi. Meğerse bunları tam manasıyla kabullenemeyen kalpten sözlü ifade beklenmiyormuş.

— Sanırım, seninle şu an aynı duyguları paylaşıyoruz.

— Gerçekten batıl fikirlere dalıp gitmişiz, sonuçta hüsrana uğradık. Melekler bana "Hani peşinden gittiğin idoller, gelip seni kurtarsınlar?" diyorlardı. Ben etrafıma baktım. Meğer üstad dediklerim, kocaman yalanlarla fikir akımları oluşturmuşlar, kendilerini kandırdıkları gibi bizi de kandırmışlar. Bunu düşününce kendim de nefsine zulmedenlerden olduğumu iyice anladım. O komik bilinç kavramıyla uğraşacağıma keşke Allah'a inansaydım ve O'na ibadet eden bir kul olsaydım. Müslüman bir beldede büyüdük, buna rağmen ibadetlere dinsel tören gözüyle, kör kör baktık. Umudum odur ki, beni bu yola sapıtanlara Allah iki kat azap verir. Bana Allah'ı, peygamberi anlatmayan aileme de Allah'tan gazap dilerim.

— Ailen seni uğurlamaya gelmedi mi?

— Tabi ki, güya bizi çok seviyorlarmış, ayrılığa dayanamıyorlarmış, şu ağladığımız azaba kendi elleriyle getirip soktular. Üstelik de Allah'tan ne bir dua ne de dilekte bulundular.

— Sen ayrı, ben ayrı fikir peşinde koştuk. Peşinde koştuğumuz fikirler, batıldan başka bir şey değilmiş. Batıl yollar ne kadar çeşitli olsa da varış yerleri cehennemdir. Allah'ı Rab olarak bilip O'na kulluk edenler ebedi saadet olan cenneti kazandılar. Lakin bizler onlardan olamadık.

— Burada anladık gerçeği, ama iş işten geçti.

Tarık'la diyalogunu bitiren Ruşen, Atilla'ya yönelip sordu:

— Ya sen niye buradasın? Oysa Allah'a inanıyordun.

İç geçirerek başladı Atilla:

— Ben, hakkıyla Allah'a inanmamışım. Canımı verdiğimde o sırada bir "La ilahe illallah" bile diyemedim. Nasıl bir İslami anlayışım vardı ki, hiçbir aşamada işime yaramadı. Sorgu melekleri bana gelip "Rabbin kim?" diye sorduklarında hiçbir cevap veremedim. Rabbimin Allah olduğunu hatırlayıp söyleyemedim. Bana şöyle dediler: "Senin cevap veremeyeceğini biliyorduk, çünkü sen inancını kalbine nakşetmedin. Allah'ı isim olarak bildin, ama O'na kulluğunu yerine getirmedin. Allah'a inanışı kültürel bir unsur olarak algılıyordun. Varlığına inandığın Allah'ın kanunlarına aykırı hareket ediyordun. Kendi heveslerinin ve fikir önderlerinin söylemlerini uyguluyor, İslam'a zıt olsa da enerjini o batıl fikirlere harcıyordun. Allah'ın gönderdiği kitabı okumadın mı? Ayetlerde senin için dersler yok muydu? Müşrikler de Allah'a inanıyordu. O Mekke müşriklerine "Yedi kat göklerin Rabbi, azametli Arş'ın Rabbi kimdir?" diye sorulduğunda "Allah'tır" diyorlardı.[21] Onların sadece Allah'ın varlığına inanışları onları kurtarmadı. Onlar Allah'ın kanunlarını yerine getirmediler, Resûlü örnek olarak kabullenmediler, gereği gibi Allah'tan korkup masiyetten el etek çekmediler. Adeta Allah'ın onların günlük işlerine karışmasını istemediler. Acaba sen bu söylenenlerin neresindesin? Allah'a arı, duru ve şeriksiz inanmalıydın. Allah, hakkı sana ailen aracılığıyla yaklaştırmıştı, ama sen şeytanın ve arkadaşlarının sana aşıladığı kavmiyetçilik fikrinle gerçekleri kulak ardı ediyordun."

Sonra "Peygamberin kim?" diye sordular. İnanın ki o kadar kendimi zorladım yine de aklıma gelmedi. Bana dönüp "Buna da cevap veremezsin, sen Muhammed'in (a.s) resul olduğunu biliyordun. Peki, O'nun getirdiği Kur'an'ı okuyup anlayıp, uyguladın mı? Hayır! Oysa o Resul "Her kim asabiyetçilik yaparsa cehennemdedir, namaz kılsa, oruç tutsa da" demişti. Sen takip ettiğin yolu sorgulamadın, bir bilene de sormadın. Bildiklerine taptın ve cehennemi kendin için hazırladın" dediler.

Üçüncü soruda "Dinin nedir?" diye sordular. Cevaplayamadığım için kahroldum. Bildiklerim köpük olup uçmuştu. Bunun üzerine bana: "İslam, demen gerekiyordu değil mi? Ama diyemedin. İslam, dini kurallar, inanç ve ibadet bütünüyken, sen sadece ona bir kültürel değer, folklorik bir zenginlik olarak inanmıştın. Bildiğini yaşamamak en büyük suç olsa gerek. İşte senin kötü sonunun gerçekleri" dediler.

Söylediklerine itiraz edebileceğim tek bir nokta yoktu.

Bu halde olmamın en büyük sorumlusu yine benim. Sizce malumdur ki, aynı akıbeti paylaşıyoruz. Ben sonsuza kadar Allah'ın rahmetinden umut kesmeyeceğim.

— Demek ki sen de yanlışlarla dolu yaşamışsın, dedi Ruşen ve azaba duçar olmasını hayretle karşıladığı Aslan'a döndü.

— Aslan! Sen namaz da kılıyordun bildiğim kadarıyla. Her ne kadar fikirsel olarak İslam dinini savunduğunu görmesek de, mescide, camiye devamlı gittiğini görüyorduk.

Aslan, uzun uzun düşünür gibi yaptı. Nereden başlayacağını kestirmeye çalışıyordu. Diğerleri de merakla ne diyeceğini bekliyorlardı. Hafif bir girişle başladı:

— Arkadaşlar! Benim namaz kılmam görev icabıydı. İbadet amaçlı değildi.

Ona kulak verenler şaşkınlıkla birbirlerine baktılar. Bu "görev" sözcüğünden neyi kastettiğini anlamamışlardı:

— "Görev icabı" ne demek?

— Ailem namazlı-niyazlı bir aileydi. Okula geldiğimde ilk zamanlarda alışkanlığın devamı olarak namaz kılmaya çalıştım. Zamanla namaz kılmanın gerekliliğine olan inancım zayıfladı. Sadece Cuma namazına gider olmuştum. Okulda istihbarat çalışması yapan yetkililer vardı. Beni neden seçtiklerini bilmiyorum, ama beni çağırıp, uzun uzun konuştular. Yapacağım bazı hizmetler için kariyer vaad ettiler. Görevim; öğrencilerin arasına girip, namaz kılanların, camiye devam edenlerin isimlerini tespit etmek ve özellikle sivri fikirli öğrencileri yetkililere bildirmekti.

Tekrar düzenli olarak namazlara başladım, ilk zamanlarda yaptığımın doğru olup olmadığını irdelemeye çalıştım. Kariyerimi düşündüm. Hem ben yapmasaydım başkası yapacaktı. İleride tevbe edip böylece kurtulabilirdim vicdan azabından. Daha sonraları ise her şeyim görevim olmuştu. Bazen abdest bile almadan namazlara katıldım. Mescitte oturur, gelip-gidenlere bakar, onların diyaloglarına, sohbetlerine kulak verir, fikirsel derinliklerini belirlemeye çalışırdım. Edindiğim bilgileri yetkililere bildiriyordum. Bunu düzenli olarak yapıyordum. Namaz kılan nice masum öğrencinin fişlenmesine sebep oldum. Bizim fakültenin istihbarat elemanıydım; dincileri belirleme elemanı.

Şimdi bakıyorum, "kariyerlerini kaybettiler, makam-mevkilere gelemeyecekler" diye bildiğim kişiler aramızda değiller. Her halde onlar azaptan kurtulmuşlar. Çünkü meleklerin söylediği her söz onların dünyada savunduğu sözlerden ibaretti. Dünya saadetimi bina ederken ahiretimi mahvetmişim. Namaz kılar gibi göründüm, Allah'a inanır gibi yaptım, ama inandıklarımın özüne ters hareket ettim.

Sorgu meleklerinin sorduklarını cevaplayamadım. Melekler bana: "Senin sorulara cevap veremeyeceğini biliyorduk. Makam-mevki için Allah ve Allah dostlarına ihanet ettin. İşin, gücün münafıklıktı. Daima şüphe içinde bocalıyordun. Münafıklar için azabın en şiddetlisi olsun!" deyip gittiler.

— Vay canına! Demek ki sen ajanlık ve jurnallik yapıyordun, dedi Ruşen. Ben de seni saf Müslüman biliyordum.

— Maalesef, keşke dünya ömrü için değil de sonsuz yaşam için plan yapsaydım. Dünyada makam, mevki, itibar sahibi olmakla mutlu yaşam olmuyormuş. Allah'ın ahiret hayatını kazanmam için verdiği hırs ve arzuyu ben fani olan dünyaya hasrettim. En çok kahrolduğum şey, bana cennetteki bir yer gösteriliyor ve "İnansaydın burada olacaktın" deniliyor olmasıdır. O güzelliği, hoşluğu, nefis tabloları kaybedişim bana ateşten daha büyük azap veriyor. Pişmanlığımın verdiği elem ateşi ne acı vericidir!

Onların bu diyalogu sadece acılarını katmerleştirmişti.

O zulmet ve azap içinde çırpınacaklardı.

*

Zaman çabucak akıyordu. Kazanın üzerinden bir hafta geçmişti. Kabir sakinlerine göre ise yıllardır azaptaydılar. Cuma günüydü, şehir mezarlığı yine hareketliydi. İnsanlar ölen yakınlarını ziyarete geliyor, onlara Kur'an okuyup dualarda bulunuyorlar. Kabir sakinleri ise merakla gelenleri seyrediyor, bir ziyaretçilerinin çıkmasını umut ediyorlardı. Gelenlerin konuştuklarını duyuyor, onları görüyor, ama onlara seslerini duyuramıyorlardı.

Bu hengâmda, Atilla annesinin kendisine yaklaşmakta olduğunu gördü. Çocuklar gibi sevinmişti. O mübarek annesinin dudaklarından dökülen dualara ihtiyacı vardı. Annesi, dinini, inancını muhafaza eden, Allah'tan korkan bir kadındı. Nice kez Atilla'dan namaz kılmasını, Allah'a ibadet etmesini, dini vecibeleri yerine getirmesini ısrarla istemişti. Lakin oğlu bildiğini okumuş, iyiliğini isteyen annesini dinlememişti. Annesinin nasihatlerine kulak vermeyişine şimdi çok yanıyordu Atilla.

Atilla, başında duran annesine:

— Hoş geldin Anneciğim, dedi.

Annesinden ses çıkmadı, çünkü onu duyamıyordu. Atilla, onun duyamayacağını anlayınca vazgeçti.

Annesi eğildi ve sakince oturdu, gözyaşı döküp okudu, okudu. Ellerini açıp duada bulundu. Atilla'nın azabı sadece biraz hafiflemişti. Diğer arkadaşları bunu görünce merak edip sordular:

— Annen ne okuyor ki azabın hafifledi?

— Arkadaşlar, inanınız ki ne okuduğunu bilmiyorum, ama anımsadığım kadarıyla Yasin sûresini okuyor olsa gerek, dedi ve ardından "Ah annem ah, keşke dediklerini yapsaydım, şu an canımın nasıl yandığını bir bilseydin, daha çok ağlardın." diye ekledi.

Annesi mezarın başında uzun süre kaldı. Yaşmağının ucuyla gözyaşlarını sildi. Yavaşça kalktı sonra. Veda edercesine uzun uzun baktı ve ağır ağır yürüyerek gözden kayboldu.

Diğerleri de belki ziyaretçileri gelir diye yolu gözleyip durdular. Umutlu bekleyişleri güneşin batışıyla hayal kırıklığına dönmüştü. Cuma günü böyle geçti onlar için. Cumartesi günü Tarık'ın ailesi aniden geldi. Cuma günü işte olduklarından dolayı gelememişlerdi. Annesi başını yarıya kadar örten ince, siyah bir örtüyle kapatmaya çalışmış; siyah bir gözlük ve siyah bir elbise ile yas dekorunu tamamlamıştı. Babası da siyah takım ve siyah gözlükle gelmişti.

Onların gelişlerine az da olsa sevindi Tarık.

— Anneciğim, babacığım! Hoş geldiniz.

Onlardan yanıt çıkmadı. Bir süre izledi onları. Onu kaybettiklerine gerçekten üzülmüşlerdi. Onların dua etmesini bekledi, bir süre azabı hafifler diye. Fakat okuyacakları bir şey yoktu. Tarık öfkeyle lânet okumaya başladı.

— Allah sizi kahretsin! Beni isyan içinde sizler yetiştirdiniz. Sizlere güvendim, dediklerinizi yaptım. Sonuçta kendi ellerinizle sevdiğinizi söylediğiniz öz oğlunuzu getirip kızgın ateşe attınız. Şimdi ise bir duada bile bulunmuyorsunuz. Ben azap içinde iken sizin ağlayıp sızlanmanızın bir bana ne faydası olur ki...

Ailesi onu duymuyordu. Babası sadece bakıyordu elleri bağlı bir halde. Annesi eğildi, mezara dokundu, toprağı eline alıp durdu bir süre. Sonra bir iç çekerek bıraktı elindekileri. Mezara dokunmak oğluna dokunmak gibi geliyordu anneye. Ama bu merasim de bitti sonunda. Ailesi, Tarık'ı alevler ve kahırlar içinde bırakıp gitti.

Ertesi gün pazar günüydü. Mezarlıkta kimse yoktu. Mezarlık kapısında bir araba durunca mezarlık ahalisi merakla bakmaya başladılar. Ruşen hemen tanımıştı gelenleri; onun ailesiydi. Azap içinde inlerken onların gelişine boş boş baktı. Ailesinin kendisine bir fayda veremeyeceğini Tarık'ın ailesine kıyaslayarak tahmin ediyordu. Onları asla affetmeyecekti. Mırıldanarak söylendi:

— Tabii, ancak Pazar günü boş oldunuz da geldiniz.

Etrafa baktı kız kardeşi Zozan'ı görebilmek için, ama göremedi. Zozan, mini eteğiyle ölülere saygısızlık olur diye arabada kalmıştı.

Ruşen, bağırarak söylendi:

— Hepiniz buraya geleceksiniz, siz ki hayırsız bir ailesiniz. Umudum odur ki, benden kat kat fazla azap görürsünüz.

Annesi baş taraftaydı. Mezar taşını öptü önce. Sonra eliyle kabre dokundu gözyaşları dökerek. Bu davranışlar karşısında dayanamayan Ruşen kızarak bağırdı:

— Annem, Hıristiyan geleneklerini uyguluyor. Ya benden sonra Hristiyan olmuş ya da filmleri örnek alıyor. Ah cahil ailem! Siz gerçeklere ne kadar da körsünüz.

Annesi ve babası kısa bir süre başında beklediler. Onların ne düşündüğünü bilmiyor, kestiremiyordu. Kendisine bir faydaları yoktu. O da artık kendisini yalnız bırakıp gitmelerini istiyordu. Onlar yavaş yavaş ayrılmaya başladıklarında peşlerinden;

— Allah sizleri kahretsin! diye seslendi. Sizden davacıyım. Ne bana ne de kendilerine faydası dokunmayan şerli bir ailesiniz.

* * *

"Biz Müslümanları
suçlular gibi yapar mıyız hiç,
neyiniz var, nasıl hüküm veriyorsunuz?"
(Kalem:35-36)

Orhan'ın kaza geçirdiğine dair haberi öncelikli olarak annesi Münevver Hanım almıştı. Sonuçtan tam haberdar değildi. Yüreğinde bir sızı ve belirsizlik ateşi vardı. Oğlunun durumunun netleşmesini beklerken umutluydu. Eğer oğlu onu terk edip giderse bu acıya dayanamayacağını düşünüyordu. Yıllardır oğlunu yanına alıp doyasıya koklayamamıştı. Kader hep onları ayrı tutmuştu. Yine mi ayrılığın hükmü baskın çıkacaktı?

Vefat haberini alınca, bağrına bir bıçak saplandı, başı döndü, eklemleri gücünü kaybetti. Sanki gece karanlığı çökmüş, tamamen yıkılmıştı. Kolay değildi. Giden bir candı, yüreğinden kopup giden bir parça... O can parçası ki, yerine değişmek kendini koymak isterdi. Oğlunu kaybetme acısı ağır bassa da, oğluyla tekrar buluşacağına olan inancı, ona "inna lillahi ve inna ileyhi raciun" u söyletiyordu.

Hıçkıra hıçkıra ağlıyordu. Bu ağlayış rahmet ağlayışıydı, şefkat duygularıydı. Allah, şefkatli kullarına acır ve bol bol rahmette bulunurdu elbette.

Komşu kadınlar, bu acı gününde yardımına koşmuşlardı. Kimisi tesellide bulunurken, kimisi hem nasihatte bulunuyor hem de evdeki işlere el atıyordu. İslam'ın kendilerine kazandırdığı bu ahlakı en iyi şekilde davranış olarak sergiliyorlardı. Komşuluk hakları öncelikli ve ifası gerekli vecibelerdendi.

Okuldan arkadaşlarıyla neşe içinde evine dönen Zeynep, bahçe kapısına yönelince, bahçedeki kalabalığa gözleri takıldı. Komşuların telaşını ve hüznünü simalarından, hareketlerinden okumuş, acı bir tedirginlik hissetmişti. Hele komşuların kendisine yönelen o acıyan bakışları yüreğini eritiyordu. Annesine bir şeyler olduğunu varsayarak bir çırpıda eve daldı. Annesini komşu kadınların arasında ağlarken buldu. O zaman sorun başkasındaydı. Kafası karmakarışıktı, düşünemiyordu artık.

Münevver hanım, küçük kızını görünce metin görünmeye çalıştı, ama beceremedi. Kesik kesik nefesiyle kızına seslenmeye çalıştı.

— Kızım, babana telefon aç, acil eve gelsin! diyebildi ancak.

Küçük Zeynep bu emri aldığında şaşkın şaşkın durakladı. Bu ağlayışa, bu acilliğe anlam veremiyordu. Annesine ağlamaklı sesiyle:

— Anne ne için? diye sordu.

— Ah kızım! Orhanım!... Orhanım!...

Zeynep, şoka girmişti. Abisine ne olduğunu bilmiyordu, fakat çok acı bir şey olduğuna inanmıştı. Yoksa o çok sevdiği, davranışlarını örnek aldığı abisini bir daha göremeyecek miydi?

Gözyaşlarını tutamadı, hıçkıra hıçkıra ağlayarak masaya dayanabildi ancak. Komşularından Hatice Hanım, omuzlarına sevgiyle dokunup, sıvazladı ve

— Ağlama kızım, ağlama canım, Allah Teâla, ağabeyinin yerini cennet kılacaktır inşaallah, üzülmeyin, ağlamayın" diye teskinde bulundu.

Orhan'ın babası Abdullah Bey, işindeydi. Olup bitenden haberi olmamıştı. Yakın dostu ve komşusu Ahmet

Bey, haberi alır almaz, telefonla kendisini aramıştı. Ahmet Bey, hanımıyla Abdullah Bey'in evine koşmuş, hanımı içeri girmiş kendisi ise bahçede hazin hazin bekliyordu.

Abdullah Bey, önce habere inanmak istememişti. Evlat acısı bambaşkaydı. İnançlı olması onu ayakta tutmuş, kendini toparlamayı bilmiş, kaza yerine gitmeye koyulmuştu. Üniversitede okuyan oğlu Ramazan'ı da arayarak, eve gitmesini istemişti. Ramazan ise babasının bu isteğine ilk anda anlam veremedi. Evde acil bir durum olduğunu sezdi. "Haydi hayırlısı" deyip derslerini bıraktı ve yola koyuldu. Ramazan, ailesinin bulunduğu şehirde okuyordu. Babası aileyi teskin etme işini ona havale etmişti.

Ramazan, eve vardığında olayı duymuştu. Aileyi teskin edeceğine, kendi odasına geçip hüngür hüngür ağlamış ve sonra toparlanıp annesine ve kardeşine teselli vermeye çalışmıştı.

Abdullah Bey, kazanın vaki olduğu şehre gitmiş, hastane morgunda oğlunun cesedini teşhis edip cenazeyi bulundukları şehre getirmek için yola koyulmuştu.

Cenaze şehrin büyük camiinin gasilhanesine getirildi. Orhan'ın ailesi tamamıyla oradaydı. Babası Orhan'ı kendisinin yıkama istediğini, gasilhane görevlisine iletmiş; görevli de bu isteğe olumlu bakarak "Keşke her aile sizin gibi olsa, o zaman bize de iş düşmezdi" demişti.

Abdullah Bey, acı gelse de kendisi oğlunu teneşire yatırmış ve yıkamıştı. Oğlu Ramazan da kendisine yardım etmişti. Kefenleme işlemi bitmek üzereyken, Münevver Hanım da içeri girdi. Oğlunun yüzünü uzun süre seyretti, o nurani alnına bir öpücük kondurdu. Yeni yeni oğlunun öldüğüne inanıyordu, gözyaşları içinde dışarı çıktı.

Orhan ise her aşamada babasının hareketlerini izlemişti. Şüphesiz ölü kendisini yıkayanı, götüreni ve kendisini kabre indireni tanır. Orhan, nasıl ki bir insan uyurken ikide bir uyanıp rüya ile gerçek arasında gidip geliyorsa o da öylesi bir haleti yaşıyordu. Bir berzah boyutuna, bir dünya hayatına dalıyor, her ikisini müşahede edebiliyordu. Berzah boyutundaki Allah'ın lütfunü görmüş, artık ayrı boyutta olduğunu daha yakinen biliyordu. Ailesinin kendilerinden ayrılmasını acı çekerek karşılamalarına üzülüyordu. Oysa o imtihanı kazanmış, geleceğinden umutluydu. Ailesi sevincini bilselerdi muhakkak onun sevincine ortak olmak isterlerdi.

Cenaze musallaya konuldu. İkindi namazının bitimiyle, büyük bir kalabalık oluşmuştu. Saf tutup tekbir eşliğinde namaza başladılar. Sevenleri ne kadar da çokmuş! Vefat haberini duyan ev arkadaşları ve diğer yakın dostları cenazesine koşmuştu.

Namazın bitimiyle cenaze şehir mezarlığına doğru yola çıktı. Mezarlıkta da aynı kalabalık vardı. Orhan'ı mezarına taşırlarken, o cennet bahçelerini görüyor. "Acele ediniz, acele ediniz! Bu güzel mekânıma tez elden ulaştırın!" diyordu.

Abdullah Bey ve Ramazan onu kabre koydular. Babası kefenin bağlarını çözdü ve ilk küreği atıp duaları okudu. Münevver Hanım, gözyaşları içinde işlemleri seyrediyor, metanetini korumaya çalışıyordu.

Akşam vakti yaklaşmıştı, cenazeye eşlik edenler tekrardan Allah'tan rahmet ve sabır dileğinde bulunup ayrılıyorlardı. Ortam sakinleşmişti, aile kabrin etrafında duruyordu. Abdullah Bey, dualar okudu, gözyaşlarına hâkim olamadı, yüreği acıyordu ve dudaklarından şu olgun ifadeler döküldü: "Göz mutlaka yaşarıyor, kalp üzülüyor; ama Rabbimizi razı edecek sözden başka bir şey demiyoruz. Şüphesiz biz Allah'tan geldik ve neticede O'na döneceğiz. Verdiği de aldığı da O'nundur. Rabbimiz! Bize takdir ettiğin bu musibette bize yardımcı ol ve bunun yerine bize daha hayırlısını ver."

Münevver Hanım, derin derin bakıyordu. Bunca emek, bunca zahmetten sonra bir insanı toprağa gömüp, kaybetmek ve ebediyen unutmak olanaksızdı. Oğluyla buluşacağına şimdi daha çok inanıyordu. Ölümün gelip kendisini de almasını istiyordu. Ahireti düşününce teselli buluyor, içinde "Ey oğulcuğum! İnşaallah bizler de sana kavuşacağız ve daima beraber olacağız" diyordu.

Aile kabri düzeltip ayrılmıştı. Orhan da gayr-i ihtiyari onlarla gitmek istedi. Lakin beceremiyordu. Onun için gerçek olan berzah boyutuydu. Yalnız doğduğu gibi, yalnız ölmüş, yalnız kabre konulmuş ve yalnız hesaba çekilip ebedi mekânına konulacaktı.

Şimdi kabirde yapayalnızdı. Yalnızlık ve sessizlik ürkütücü gelmişti. Önce bir hışırtı sesi duydu, kulak kabarttı. Üzerine gelen kabrin kendisini sıkıştıracağını anladı.

Allah Resûlü'nün (a.s) "Muhakkak kabir sıkıştırması vardır, eğer ondan bir kimse kurtulsaydı, muhakkak o kurtulan kişi Sa'd b. Muaz olurdu" hadisini hatırladı. O mümtaz şahsiyete sahip sahabeler dahi bundan kurtulamazken o nasıl kurtulabilirdi ki?!

Kabri onu öylesine sıkıştırmıştı ki, neredeyse nefes alamıyordu. Göğüs damarları kesilir gibi olmuştu. Elinde olmayarak "Allah" diye acı acı bağırmıştı. Bir anda acı bitti, yerini rahata terk etti. Berzah boyutunun misafiriydi ve birçok sürprizle karşılaşacaktı.

Düşünmeye fırsat bulamadan, gelen sese kulak verdi.

— Ey Âdemoğlu! Beni düşünmekten seni alıkoyan neydi? Benim imtihan evi olduğumu bilmiyor muydun? Ben karanlık, tenhalık, yalnızlık ve böceklerin eviyim. Benim yanımdan geçerken neler düşünüyordun? Eğer sen Allah'a asilerden isen senin için azap olurum, eğer Allah'a taatte olanlardan isen bugün sana rahmet olurum ve sevinerek benden çıkarsın.

Bu hitap onu korkutmuştu. O cevap veremeden kendisini rahatlatan gaybi bir cevap geldi.

— Ey Kabir! Görmez misin, o iyiliği emreden, kötülükten men edenlerdendi. Allah'a itaatte ve ibadetteydi.

— Öyleyse ben onun için yemyeşil bir cennet bahçesine dönüp onu, mutlu olabileceği en iyi şekilde ağırlayacağım.

Bu olayı güzel bir şekilde atlatmıştı. Çokça merhametli Rabbine hamd ve şükürde bulundu. Her an Allah'ın yardımına ihtiyaç duyuyordu. Ortam sessizliğe büründü, yeni bir durumla karşılaşacağını bildi.

Aniden karşısında siyah renkli, mavi gözlü iki melek göründü. Bakışlarını ona dikmiş, kısa bir süre sessizce beklemişlerdi. Orhan'ı bir irkilme ve ürperme almıştı. Rabbine duada bulunuyordu içinden. Meleklerden biri söze başladı:

— Bizler Münker ve Nekir'iz, sana bazı sualler soracağız. Sorulara vereceğin cevaplarla nefsin sana şahit olacak. Said mi şaki mi olduğunu kendin bileceksin.

— Evet!... Evet, sizlerin geleceğini biliyordum, gerçekten sizlerden korktum, diyebildi Orhan.

İş ciddiydi. Heyecanla karışık bir korku yaşıyordu. Allah'ın kendisine fasih dil vermesi için duadaydı. Melekler o ciddi tavırla sorulara başladılar:

— Rabbin kim?

— Rabbim, Allah-u Zülcelal-i ve'l İkram'dır.

— O'na kullukta ve itaatte miydin?

— O'nun hidayetiyle ve teshiliyle kulluk etmeye çalıştım. Şüphesiz doğru yola ileten O'dur.

— Verdiğin cevaplar sadıklardan olduğunu gösteriyor.

Biz senin böyle cevap vereceğini biliyorduk. İnşaallah Allah'ın rahmetine ve mağfiretine nail olursun! Şimdi ikinci soruya geçiyoruz:

— Dinin nedir?

— Dinim İslam'dır.

— O'nun gereklerini yerine getirdin mi?

— Ben nakıs, fanilik ve acziyet içinde bir kul olarak gücüm yetebildiğince ifa etmeye çalıştım. Allah'a tam bir kullukta bulunduğuma inanmıyorum. Lakin Rabbim acziyetimi biliyor ve umuyorum ki Settar ismiyle günahlarımı örter, Ğaffar ismiyle bana mağfirette bulunur. Rabbimin Gufranı sonsuzdur. O ki kötülükleri birer birer yazarken, hasenatları kat kat olarak kaydedendir.

— Doğru, bu soruya da böyle cevap vereceğini biliyorduk. Allah sana mağfirette bulunsun! Üçüncü soruya geçelim:

— Peygamberin kim?

— Hz. Muhammed Mustafa sallallahu aleyhi vesellem.

— O'nun hakkında ne düşünüyorsun?

— O Allah tarafından seçilmiş, insanların ve peygamberlerin en şereflisidir. Şüphesiz o Allah'ın kulu ve resulüdür. Allah'tan başka ilah olmadığına ve Muhammed'in Allah resulü olduğuna şahitlik ediyorum.

— O'nun mesajına kulak verdin mi?

— Ben O'nu Beşir (müjdeleyici) olarak gördüm. O'na gelen kitaba iman ettim. O'nu rehber kabul ederek ve O'nu örnek alarak sünnetlerini icraya çalıştım. Allah'tan O'nu Makam-ı Mahmuda çıkarması ve vesileye ulaştırması için duada bulunuyor, bizleri Resul'ün şefaatine nail etmesini temenni ediyorum.

— Bunu da doğru cevapladın. Muhakkak sen necata erenlerdensin. Sen de kendine şahitlik ettin ki mü'minlerdensin. Allah'ın selameti üzerine olsun ve kabrin senin için nurlu olsun!

Melekler geldikleri gibi gözden kayboldular. Sorgu anında bilincini yerinde tutan Allah'a şükretti. İçi ferahlıkla dolmuştu.

Parlak bir nur ona yaklaştı. Bunun nurani yüzlü, hoş kokulu, temiz ve güzel elbiseli, gülümseyen gözlerle gelen bir grup olduğunu gördü. Ona yaklaşır yaklaşmaz selam ve müjdede bulundular:

— Rabbinin rahmetiyle ve içinde ebedi nimet bulunan cennetle müjdelen!

Gözleri kamaşan Orhan, merakla cevapladı:

— Sizler de rahmet ve nimetle müjdelenin, Allah sizlere mükâfat versin! Sizler kimsiniz?

— Bizler senin salih amelleriniz.

— Ne güzel ve ne hoşsunuz!

— Bunlar senin güzelliğindir. Allah'a and olsun ki, bizler seni Allah'ın taatinde acele eden, Allah'a karşı günahtan sakınan bulduk. Bu bakımdan Allah sana hayrı mükâfat olarak verdi. Rahat ve huzurda ol!

— Dileğiniz için Allah sizlere selamet versin.

— Seni her türlü azaptan ve zorluktan Allah'ın izniyle kurtaracağız. Bugün senin en sadık dostların bizleriz. Ailen bile seni bırakıp gitmiştir. Malın da sana fayda vermeyecektir. Ne iyi ettin ki, Allah dostu oldun! Bundan sonra seninle beraberiz.

Bu diyalog bitmemişti ki, iri cüsseli, kimi kör, kimi çekik gözlü ve sert bakışlı, ateş tüten gözlü, burnundan soluyan yaratıklar belirdi. Orhan'ı ister istemez bir korku sarmıştı. Bu gördüğü en dehşetli tabloydu. Üstelik bunlar hiç de iyi niyetli görünmüyorlardı. Allah'a sığınmaktan başka çaresi yoktu.

İçlerinden biri tehdit savurdu:

— Ey Âdemoğlu! Allah'ın azabından nasıl kurtulacaksın?

Telaşlanan Orhan:

— Siz kimsiniz? diyebildi.

— Bizler azap melekleriyiz. Allah'a isyanda olanlara kötü bir azabımız var. İsyankâra kabirde rahat vermeyiz.

— Fakat ben Allah'a itaatte olan biriydim.

— Onu bilmeyiz, bakacağız.

Niyetleri ciddiydi. Orhan için tehlike sinyalleri belirmişti. Allah'a yöneldi. Meleklerden biri emretti:

— Ona ayakları tarafından yaklaşın!

Elinde ateşten levhalar olan kör, sağır yaratık yaklaştı. Orhan irkildi, kaçmak istedi. Salih amellerden olan namaz imdada yetişti ve haykırdı:

— Ondan uzaklaşın! Siz Ona varamazsınız. Çünkü beni kılmak için Allah'a bu iki ayak üzerinde uzun uzadıya ibadette bulundu.

Ayaklarından yaklaşamayınca yeni emir verildi:

— Baş tarafından yaklaşın!

Bu defa salih amellerden oruç ve zikir karşılarına çıktı.

— Siz Ona musallat olamazsınız. Çünkü o dar-ı dünyada Allah rızası için uzun zaman susuz kaldı. Dili Allah'ı andı. O'na bu taraftan varacak imkâna sahip değilsiniz.

— Ona gövdesinden, beden tarafından yaklaşın! denildi.

Salih amelden cihad ile emr-i bil maruf ve nehy-i ani-l münker karşılarına çıktı.

— Ondan beri olunuz"! O nefsini yordu, bedenine zahmet verdi. Gücünü iyiliği anlatmada, kötülüğü nehyetmede harcadı. Allah rızası için didinip durdu. Bu cihetten ona varacak değilsiniz.

— Elleri tarafından yaklaşın! emri verildi.

Azap melekleri ellere yönelince, salih amel olan sadaka

ve dua karşılarına çıktı.

— Arkadaşımızdan uzak durun! Zira bu ellerden Allah rızasını gözeten sadakalar çıkmıştır. Kendisi muhtaç olduğu bazı durumlarda bile başkasını tercih ederek sadakada bulunmuştur. Bu eller her namaz ardından Allah'a övgü ve hamdde bulunmuş, gözyaşların, ızdırapların tercümanı olmuş, Rahman'a yönelmiştir. Bu bakımdan ona bu cihetten varamazsınız.

Orhan'a hiçbir taraftan ulaşamadıklarını gören Azap melekleri ayrılırken:

— Afiyet olsun! dediler. İyi olarak yaşadın, iyi olarak öldün. Allah'ın selameti daima üzerine olsun. Sen hidayete erdirilmişlerdensin. Seni cennetle müjdeleriz.

Bu sahnede epey ter döken Orhan, salih amellerine dönüp gülümseyerek ve teşekkürünü izhar ederek:

— Allah sizlere mükâfat versin, zor anımda bana dostyâren olduğunuzu gösterdiniz, dedi. Sizler gerçekten ne kutlu, ne hoş dostlarsınız.

— Sen dünyada bizleri dost olarak seçtin, elbette bizler de bu zor günlerinde sana dost olup, seni koruyacağız. Cenab-ı Allah salih kullarına hiç ummadıkları şekilde yardım edendir. Allah'ın izniyle bu aşamadan sonra sıkıntıların olmayacaktır.

Kabir azabından kurtulduğunu anlayan Orhan, Allah'a şükretti. İçinde bir endişe olsa da rahatlamış gibiydi. Salih amellerin yardımına koşması Allah'ın ona bir nimetiydi. Cenab-ı Allah'a ne kadar övgüde bulunsa da borcunu ödeyemeyeceğini biliyordu.

Etrafı yeniden nurlandı, nurlu bir grubun yaklaşmakta olduğunu gördü. Bunlar da bir grup melekti. Geniş ve sevimli yüzlü, yüzlerinden rahmet okunan, sevinçli-müjdeli gözler, bakışlarla ve gülümseyişle yanına vardılar. Hemen söze girdiler:

— Ey Allah'ın dostu! Bizler rahmet melekleriyiz. Allah'ın selamı, merhameti üzerine olsun!

— Allah'ın selamı sizin de üzerinize olsun, dedi Orhan. Gözlerinde bir ışıldama oluştu bu haberin sevinciyle.

— Allah'ın izniyle seni rahata kavuşturmak için geldik. Haydi arkadaşlar, ona cennet sergilerinden serin ve cennet'e açılan bir kapı açın, dediler.

Daracık kabirden nurlu, gözün görüş mesafesine kadar genişleyen bir bahçeye çıkıvermişti. Cennetten bir nurlu kandil konuldu. Cennetten getirilen ipekli sergiler çekildi ve cennete açılan kapıdan cennetteki yerini doyumsuz bir hazla seyretti. Manzaranın çekiciliği karşısında Allah'a şükredip duada bulundu:

— Yâ Râb! Şüphesiz sen bolca karşılık verensin. Kıyameti acele kopar ki, aile efradıma ve şu cennetteki menzilime kavuşayım.

Rahmet melekleri ona hayal edemeyeceği bir ortam oluşturarak gitmişlerdi. Bir dinginlik, ferahlık ve saadet içindeydi. Bu öyle bir boyuttu ki, kişi bu boyuta geçtiğinde gerçek hayatın yeni başladığını düşünür. Her ne kadar kemik, et, kabirde çürüyüp gitse de Ruh, bedenden müstağnidir. Berzah aleminin sakini Ruh'tur. Artık bedenin sınırlamalarından çıkmış, kalp gözü basiretini ele almıştı. İlahi takdir olan kıyamette Ruh, bedenle birleştirilecek, Rahman'a hamd ederek toprağın tozunu atıp Allah'a koşacaklardı.

Orhan, şu ana kadar fark edemediği bir durumla karşılaşmıştı. Kulaklarına ve gözlerine inanamıyordu. Gördüğü insanlardı ve ona sesleniyorlardı. Komşuları olan bu insanlar.

— Aramıza hoş geldin! dediler. Sen demek ki iyi ruhlardansın. Allah yerini genişletmiş ve nurlu kılmıştır.

— Sizler kimsiniz?

— Senin komşularınız, tabii ki iyi komşularınız.

— Mü'minlere böylesi bir lütufta bulunan Allah'a hamd olsun. Sizler de bu aşamayı başarıyla geçmiş olanlardansınız galiba.

— Bizleri hidayete erdiren ve rahmette bulunan Allah'a şükürler olsun. O'nun hidayete erdirdiğini kimse saptıramaz, dalâlete düşürdüğünü de kimse hidayete erdiremez. Bizler görüyoruz ki, sen bizim ölümümüzden ders çıkarmışsın ve iyilikle yaşamışsın.

— Allah'ın lütfuydu, ailem temiz ve dindardı. O manevi havada büyüdüm. Helal kazançla besleyip, helal dairesinde yetiştirdiler. Hatalarıma doğru yerde müdahale edip, güzellik reçetesini sundular. Ayrıca birlikte olduğum arkadaş çevrem elhamdülillah çok iyiydi. Tahkiki imanı yaşamayı onlarla öğrendim, inancımı pekiştirdim ve inancımdan asla taviz vermedim. Nitekim bunun sonucunda beş yıl boyunca bedenim zindanlarda tutsak kaldı. O süreçte zahiri olarak şer gözüktüyse de batini olarak hayır ve bir nimetti. Zindan'ı "dirilerin kabri ve medrese-i Yusufiye" diye bildik. Ölümü tefekkür duygum orada olgunlaştı. Ölen dedelerim ve ninelerim için Kur'an okuyup, duada bulundum. Sonunda onlara kavuşacağımızı biliyordum. Burada daha iyi anlıyorum ki, bir ölüye Kur'an okumak, dua etmek illâ ki mezarın başına gelmeyi gerektirmiyor. Allah için zaman ve mekân bir hiçtir. Zindanda Allah'ın takdir ettiği günler bittikten sonra da dışarıda devamlı kabristana gitme alışkanlığımı sürdürdüm. Nefsimi bu metotla terbiyeye çalıştım, ta ki ecel gelinceye kadar.

Komşuları sessizce onu dinlemişlerdi. Beyaz sakallı, nur yüzlü, güleç gözleriyle, inci dişleriyle Orhan'ın dikkatini çeken Hacı Mustafa söze girdi.

— Oğulcuğum! Benim adım Hacı Mustafa, senden kısa

bir süre önce bu âleme geldim. Ben Üstadın öğrencisiyim. Izdırabın, fırtınaların, zulümlerin ikliminde bir kardelen gibi yeşeren Risale-i Nur'un gölgesinde, irfanında maneviyat cihetimi parlattım. Üstad gibi zindan, sürgün, işkence, suikast yaşamadık, ama ona yapılan zulmü kalbimizin en derininde acı olarak hissettik. O yaşadıklarını yazmaya çalıştı, bizler yazdıklarını yaşamaya çalıştık, ancak bu kadarını anlayabildik. Üstad "Kur'an'ın üçte birini haşr'ın oluşturduğunu" belirtirdi. Onun verdiği bilgilerle ma'nalar âlemini daha iyi kavrayabiliyorum. Ve neden çokça iman, haşr konularına eğildiğini daha iyi anlıyorum. Seninle uzun süre beraber olacağız, konuşacağımız konular çokça olacaktır, en iyisi biraz dinlen.

— Sizin gibi bir insanla tanıştığıma sevindim. Ben de yeterli derecede olmasa da Üstadın eserlerini okudum, o manevi iklimi çokça teneffüs ettim. Cenab-ı Allah o kutlu önderlerimize kat kat sevap versin.

Hasbihallerine ara verdiler. Orhan, bu lezzetli berzah hayatının çabucak geçeceğini biliyordu. Daha az dinlenmişti ki, arkadaşı Mehmet aklına geldi. Peki, o neredeydi? Hatırladığı kadarıyla arabada beraberlerdi ve arabanın yalpalamasıyla el ele kelepçelenmiş, sonrasında ise birbirlerini kaybetmişlerdi. Belki de Mehmet kazadan kurtulmuş, dünya hayatına devam etmişti. Yine de sormalıydı, etrafında göz gezdirip saygıyla Hacı Mustafa'ya seslendi.

— Hacı Amca! Benim hemşeri dostum vardı, ondan haber var mı, diye size soracaktım.

— Sen Mehmet'i kastediyorsun değil mi?

Orhan heyecanlandı, şükretti, hamd etti, demek ki o da iyilerden olmuş ki haberleri vardı, aceleyle:

— Peki nerede? diye sual etti.

— Hemen şu ileride, onunla tanıştık, dinlenmesini söyledik. O da seni soruyordu. Varın, görüşün!

Müslüman kardeşinin necat ehli olmasına sevinen Orhan, soluğu Mehmet'in yanında almıştı.

— Allah'ın selamı, rahmeti üzerine olsun,

— Allah'ın selamı, rahmeti senin de üzerine olsun, diye karşılık verdi Mehmet. Sevinç ve gururla sarılmışlardı.

— Ne iyi bir arkadaşsın ki Allah'ın mağfiretine mazhar olmuşsun!"

— Bu Rabbimin lütfüydü. Çokça merak ettiğim berzah âlemi hakkında yeni bilgi edinmeden gelip pratik olarak yaşadım.

— Nihayetin güzel oldu ya! Allah'a hamd olsun!

— En güzel hamd ve övgüler Allah içindir!

Orhan başından geçenleri bir bir anlattı, sohbetleri uzayıp gidiyordu. Sözü alan Mehmet başladı anlatmaya:

— Can, bedenden ayrılırken çok acı çektim, Allah'a şükür ölüm meleği iyi karşıladı, illiyyine çıkıp Cenab-ı Allah'ın müjdesini alınca çokça sevindim.

Uğurlama merasimlerinde babam ve annemi gördüm. Zavallılar çökmüşlerdi. Dilerim ki onlar da Allah'ın salih kulları olurlar.

Kabirde ise sorgu anında panikledim. Bana "Rabbin kim?" diye sorduklarında durakladım. Kaynağını çözemediğim bir ses imdadıma yetişti. "Ey İnsanoğlu! Dünyadan üzerinde bulunduğun halde çıktığın inancı hatırla! O da "Allah'tan başka ilah olmadığına, Muhammed'in Allah Resulü olduğuna, senin Rab olarak Allah'a, din olarak İslam'a, peygamber olarak Hz. Muhammed'e, İmam olarak Kur'an'a razı olduğuna dair şahitliğindir." O zaman toparlandım. Aklımın ve bilincimin yerinde olduğunu sadece bir boyut değiştirmiş olduğumu bildim.

"Rabbim Allah'tır, o kemaliyet sahibidir" dedim. Ardında "Dinin nedir?" diye sordular: "Allah indinde yalnız geçerli olan İslam dinidir" dedim. "Resûlün kimdir?" diye sordular. "Hz. Muhammed "sallallahu aleyhi vesellemdir" dedim. "O'na ittiba ettin mi?" diye sordular. Ben de, "İlk başta taklidi olarak İslam'ı biliyordum. Daha sonra Rabbimin nasip ettiği hidayetle iyi çevrem oldu. O zamanlar Rabbimi daha iyi tanıdım, ibadetlerime bir anlam geldi. Bu manevi atmosfer, son bir yılımda olmuştu, Allah Resûlü'nün sünnetlerini gücüm yettiğince ihya etmeye çalıştım" dedim.

Onlar da "Ey İnsanoğlu! Muhakkak böyle diyeceğini biliyorduk. Allah senin kötülüklerini iyiliklere çevirmiştir. Cennetle müjdelen! Allah selamet versin!" deyip gittiler.

Sorgu meleklerinin ayrılmasıyla salih amellerim geldi. Çok güzel suretleri ve hoş kokuları vardı. Oysa o kadar da amelim yoktu. Rabbime minnettarım. Salih amellerim, "Bu yolculukta sana eşlik edeceğiz" dediler. Nitekim azap melekleri geldiğinde dehşetten kaçacak yer ararken, salih amellerim onların bana yaklaşmasını engellediler. Hayatımda hiç bu kadar korkmamış ve terlememiştim.

Sonuçta rahmet melekleri gelip, selamet dileyip beni gördüğün şu rahatlığa kavuşturdular. Aslında şu an sevinç gözyaşlarındayım. Çukurun kenarında ateşe düşeceğim anda Rabbim bana hidayet verip dosdoğru yola iletti. Ben uzun yaşayacağımı planlarken meğer ecel erkenmiş. İyi ki ibadetlerimi ertelememişim.

— Biz Allah'a ne kadar şükretsek de azdır. Hayrı ve şerri yaratan O'dur. İnsan nefsi şerri istemeye yatkınken hayra ulaştıran Allah'a hamd olsun. O'nun hidayete erdirdiğini kimse dalalete düşüremez.

— Evet gençler! Sanırım dertleşip merakınızı giderdiniz, diyerek aralarına katıldı Hacı Mustafa.

— Kusurumuza bakmayın, dedi Orhan. Biz dünyada beraberdik. Kabir hayatında da aynı havayı soluyor olmamız elbette bizi sevindirdi.

— Buradaki hayat da hızlı akacaktır. Azap içindeki kâfir ve münafıklara asırlar, çağlar gibi gelecektir. Kıyametin kopması da yakındır. İnşallah cennet bahçelerinde buluşuruz.

— İnşaallah! dediler hepsi.

— Hacı Amca! Şehidler nerede? diye sordu Mehmet. Ani gelen bu soru karşısında Hacı Mustafa düşündü. Anlatılması uzun sürecek bir konuydu, bilgilerini tartarak konuşmaya başladı.

— Evladım, ölüm sonrasındaki berzah âlemi çok tabakalıdır. Ölenlerin çoğu boyut değiştirdiğini bilir. Ölümle kişinin aklı bozulmaz. Hani Allah Resulü, Ömer b. Hattab'a şöyle sorar: "Ey Ömer! Öldüğünde kavmin seni yıkayıp, kefenleyip mezara bıraktıklarında, Münker ile Nekir geldiklerinde onlara ne cevap vereceksin?" Hz. Ömer de "Ey Allah'ın Resulü, benim şimdiki aklım gibi o zaman da aklım olacak mı?" diye sorar. Allah Resûlü "Evet" deyince: Hz. Ömer: "Öyleyse Allah'ın izniyle ben o zaman senin için onlara kâfi gelirim" demişti. Biz de şu an müşahede ediyoruz ki, bu âlem de gerçektir.

Örnek olarak bizler öldüğümüzü ve sevdiklerimizden ayrıldığımızı biliyoruz. Ölümün elemini tattık, kabrin sıkıştırmasında ve sorgu meleklerinin sorularında terledik. Birçok korkuyu yaşadık, ta ki rahmet melekleri imdadımıza yetişti. Biz kıyametin o dehşetini yaşayacağız, o curcunayı, hercümerci göreceğiz. Haşr'ı ve terlemeyi müşahede edeceğiz. Bu berzah âleminde dünya ile ilişkimiz oluyor. Cuma gününün bereketiyle, ziyaretimize gelenleri görüyor, onların dualarından, okudukları Kur'an'dan faydalanıyoruz. Hani Bedir harbi sonrası, Mekke müşriklerinin ileri gelenleri öldürülür ve bir çukura bırakılırlar. Allah Resulü başlarına gelerek onlara: "Ben Rabbimin bana vaat ettiğini hak olarak buldum. Acaba siz de rabbinizin size vaat ettiğini hak olarak buldunuz mu?" diye sorar. Sahabeler şaşkınlıkla "Ya Resulallah! Onlar ölüdürler" derler. Allah Resûlü: "Nefsimi kudret elinde tutan Allah'a yemin olsun ki, onlar sizden daha iyi duyarlar, ancak cevap vermeye güçleri yetmez" demiştir.

Birçok insan bedenimizle beraber ruhumuzun da kabirde olduğunu sanır, oysa beden çürüyüp gider, Ruh ise kalıcıdır. O mezarda değil, apayrı âlem olan Berzah âlemindedir. Bu âlem dünya âlemini de kapsıyor.

Berzah boyutu çok tabakalıdır dedik, peygamberler ayrı tabakadadırlar. Onlar Refik-i âlâ'dadırlar. Onlar da vefat ettiğini bilir, Allah'ın arşına yakın, nimet içinde ağırlanırlar.

Şehidlerin de tabakası ayrıdır, onlar ölü değillerdir. Allah'u Teala Kur'an'da "Onlara ölüler demeyiniz, bilakis onlar diridir, ama siz şuur edemezsiniz."[22] diye buyurmuştu. Ve yine Cenab-ı Allah: "Allah yolunda öldürülenleri ölü sanmayın, hayır onlar diridirler. Rableri katında rızıklanmaktalar." [23] demiştir. Yine Allah Resulü: "Şehidleri kanlarıyla ve elbiseleriyle defnedin, onlar kıyamet gününde Allah'ın huzuruna geldiklerinde üzerlerindekilerin rengi kan ve kokusu da misk kokusu olacaktır" diye buyurmuştur. Şehidliğin nimeti çok büyüktür. Şehidlerden kimisi şehid olduğunu bilir, olup-bitenleri çabucak anlar. Nitekim Uhud savaşında babası şehid olan Cabir (r.a) çok üzgünken, Allah Resulü Cabir'i sevindirmek ve müjdelemek için:

"Ey Cabir! Muhakkak ki Allah Teâla senin baban Abdullah'ı diriltti, huzurunda oturttu ve buyurdu.

"Ey kulum! Dile benden ne dilersen" Baban da :

"Ey Rabbim! Senden istediğim beni dünyaya geri göndermendir ki, peygamberinle birlikte savaşayım. Senin uğrunda ikinci bir kez şehit edileyim" dedi. Allah şöyle buyurdu:

"Benden daha önce senin dünyaya tekrar döndürülmeyeceğin hakkında hüküm çıkmıştır." Babasının nail olduğu güzelliği anlatmıştır.

Şehidlerden olan Abdullah b. Cahş, şehid olduğunu bilmiş ve Allah'tan tekrar şehid olunma isteğinde bulunmuştur.

Kimi şehidler ise hâlâ hayatta olduğunu sanır, diri olduğundan dolayı böyle hisseder. Savaşta şehid olmuşsa hâlâ tetikte ya da siperde olduğunu bilir. Nitekim bulundukları yerde savaş olması durumunda onlar da katılırlar. Böylesi doğru haberler çokça vaki olmuştur.

Şehidlerin yeme-içme sorunu yok. Dilerlerse yerler, dilemezlerse yemezler. Onlar kabrin dehşetlerine, sorgu meleklerinin sorularına muhatap olmadılar, kıyametin o dehşetini görmeyecekler. Mahşer günü Allah'ın gölgesinde gölgelenecek ve hesaba çekilmeden Sabikun grubu içinde cennete ilk gireceklerdir. Şehidlerin ödediği bedel âzim olduğundan mükâfatları da azimdir. Lakin bizler onlardan olamadık. Allah'a şükürler olsun ki, kabirleri nurlu olanlardan kılındık.

— Allah'a şükürler olsun! dediler Orhan ve Mehmet.

Hacı Mustafa'nın açıklamaları Mehmet'i tatmin etmişti. Diğer yandan neden şehidlerden olamadığına da yanmıştı. Bu da Allah'ın takdiriydi. Allah, çokça sevdiği kullarına şehidlik ikramında bulunur.

*

Mü'minlerin çok sevdiği mübarek Cuma günü bereketiyle, müjdeleriyle gelmişti. Kabristan sakinleri çok heyecanlıydı. Sevdikleri gelecekti, onlara duada bulunacaktı. Ayrı kaldıkları Kur'an-ı dinleyeceklerdi.

Ziyaretçiler ise matem havasındaydılar. Ölenlere özlemlerini göstereceklerdi. Kabir ziyareti, hayatın tüm tatlılığını acılaştıran ölümü hatırlatır, ahireti düşündürür, kişinin nefsanî duygularını gemler. Kabir, matem mekânı olsa da gelenler yeni ve temiz elbiselerini giymiş, mezarlıkta itinalı ve sakin adımlarla adeta yeşeren çiçeklere basmama endişesi ve kabirdekilerin önünden geçerken onlara hürmeten rahatsızlık vermeme edasıyla sözleşmişçesine suskun bir yürüyüşle adımlıyor, yakınlarının yanı başında saygıyla duruyorlardı.

Onlar da biliyorlardı ki kabir sakinleri, dualara, Kur'an zikrine, yakınların simasına bakmaya, ülfetlerine ihtiyaçları vardı. Bu ziyaretler bir nevi ölümle bağların kopmadığı, bilakis gelecekte beraber olma iştiyakı ve sizin ardınızdan bizler de oraya geliciyiz" sözünün tutulmasının dışa vurumuydu.

Kabirdekiler dört gözle ziyaretçilerini bekliyor, bu mübarek günün bereketi hürmetine yakınlarıyla hasret giderme, onları yeniden görme, belki de kendilerinin ayrılmasından sonra ölümün gerçekliğini daha derin idrak edip ihlâsla ibadete sarılma, dünyadan el etek çekme psikolojisine girmişlerdi. Kişi berzah âleminde gördüğü manzaralardan sonra elbette bunları merak ederdi.

Çocuklar gibi şenlenen Mehmet bağırmıştı:

— Bakınız, bakınız! Annem, küçük kardeşimin elinden tutmuş geliyor. Ah keşke yüzündeki şu keder çizgileri olmasaydı! Ne kadar da üzülmüş.

Mehmet'in arkadaşları ağız birliği edercesine:

— Allah hayırlı murat versin, ailene ahireti hatırlatan ölümü ibret kılsın, dediler.

Annesi taze mezara yaklaştı, nasıl davranacağını bilmiyor gibi hali vardı. Adeta mezarı kucaklamak ister gibi nazar ediyordu. Gözyaşları inci inci, yanaklarından süzüldü. Elinin tersiyle sildi. Çömelerek toprağa dokundu. İçinden

"Oğlum! Ne diyeceğimi bilmiyorum, ben okumadım. Seni okuttuk, bizi aydınlatasın diye, fakat kader seni erken aldı. İnşaallah mekânın cennet olur" diyordu. Ellerini açıp, bildiği şekliyle fatihayı mırıldandı.

Annesinin duası bitince Mehmet, annesinin duyamayacağı şu sözleri sarf ediyordu:

— Anneciğim! Senin o saf samimiyetin, niyetin ve az da olsa verdiğin o birkaç değerli bilginle, geleceğime ışık ve nur oldun, beni aydınlattın. Senin gibi bir anneye evlat olduğumdan sevinçte ve mutluluktayım. Allah'u Teala senin istikbalini feyizli kılsın, sekeratını kolaylaştırsın, ölümünü güzelleştirsin, benim yerime sana daha hayırlı evlatlar versin!

Annesi hareketsiz kabri seyretmedeydi, gözyaşlarını silerken bir eliyle mezarlığı düzeltir gibi yapıyordu.

Küçük kardeşi ise şaşkındı, bir o kadar da anlamaya çalışan bakışlardaydı. Annesinin üzüntüsü ve ağlaması onu üzmüş olacak ki, o da ağlamaklı sahneye dâhil oldu. Mehmet, onları kucaklayıp, Allah'ın kendisine olan mağfiretini anlatmak, teselli etmek istiyordu, fakat engel aşılmazdı. Annesi içinden "Kur'an okumasını bilseydim oturup saatlerce okurdum. Dua etmesini dahi tam bilmiyorum oğlum! Hakkını helal et, yapabileceğim bu kadardır. Allah sana selamet versin" dedi. Oğlunun elinden tutup sessizce terk etti. Mehmet arkada bakakaldı. O da:

— Anneciğim! İnşaallah yakında mutlu bir şekilde buluşuruz, dedi.

Orhan'ın da ziyaretçileri gelmişti. Kardeşi Ramazan, okulda olduğundan gelememişti. Orhan'ın babası Abdullah Bey, kabristana girer girmez "Ey mü'min kavimlerin yurdu! Allah'ın selamı üzerinize olsun, siz gelip geçtiniz. Biz de sizin peşinizden geleceğiz." deyip sünneti ihya etmişti.

Ailece, Orhan'ın kabri başına geldiklerinde seslice:

— Esselamu aleyküm! dediler.

— Ve aleykümesselam! dedi Orhan. Ailesinin gelmesine sevinmişti. Yalnız yüzlerindeki acının artık bitmesini istiyordu.

— Ah anneciğim, babacığım, kardeşim! Benim şu anki sürurumu bilseydiniz, gözyaşlarınız sevinç parıltılarına dönerdi. Mesrur olur, ayrılığımıza üzülmezdiniz. Siz kutlu ailem, inşaallah dosdoğru yolda hayatınızı idame ettirir ve güzel bir sonla bana varırsınız. Allah indinde daima size duacıyım, diye içinden geçiriyordu.

Münevver Hanım, kabre bakıyor, oğlunun orada yatıyor olduğunu ve kendilerini görmekte olduğunu hissediyordu. "İnşallah, oğlum imtihanın ilk aşamasını başarı ile geçmiştir." diyordu. Yasin Suresini okuyup dua etti.

Abdullah Bey ise önce seslice Fatihayı okudu, ailece "amin" denildikten sonra Yasin Sûresini okumaya başlamıştı. Ayetleri tane tane ve dikkatle okuyor, anlamı üzerinde düşünüyordu. Daha önceden oğlu Orhan'la beraber Yasin, Tebareke, Amme gibi kısa sureleri Arapçasıyla Türkçe meallerini karşılaştırarak çalışmalar yapmışlardı.

Abdullah Bey, vakarlı ve teskinlik veren tavrıyla tekrar dualar okudu:

— Allah'ım bizi dosdoğru yolda ayağı sabit kılınanlardan eyle! Ölümümüzde canımızı Müslüman olarak al! Ve ölümden ibret alanlardan kıl!

— Allah sizleri cennetliklerden eylesin! diyerek duada bulunduktan sonra selam verip ayrıldı.

* * *

"İnkâr edenler: 'Kıyamet bize gelmeyecektir' dediler.
Ey Muhammed! De ki: 'Hayır, öyle değil;görünmeyeni bilen
Rabbime and olsun ki,
o saat size muhakkak gelecektir.
Göklerde ve yerde zerre kadar bir şey dahi O'nun
ilminin dışında değildir.
Bundan daha küçüğü ve daha büyüğü de şüphesiz
apaçık kitaptadır.
Allah'a inanıp yararlı iş işleyenlere mağfiret ve cömertçe
verilmiş rızık vardır.
Ve ayetlerimizi hükümsüz kılmak için yarışanlara
iğrenç ve can yakıcı azâp vardır."
(Sebe : 3-5)

KIYAMET

Kıyamet, diğer namıyla râcife (titreten)... Yolların tükendiği uçurum, dehşetin, korkunun galebesi...

Bir devrin kapanışı, sahne perdesinin çekilmesi,

Çağları yıpratan insanlığın, tarihin bitiş üfürüğü,

Dökülen kanların, kirletilen namusların hesabı,

"Hakir bir nutfeden yaratılan insanın aşikâr mücadelesinin kesiliverdiği an."

Başıboş bırakıldığını sananın, sandıklarının bomboş olduğunu idrak ettiği an,

"Eğer doğru söylüyorsanız bu tehdit ne zaman?" diyenlerin, dediklerine pişman oldukları an,

"Neler oluyor?" sorusunun cevabı. "Kaçış nereye?" nin cevapsızlığı,

Nisyandaki insanın bir şans dileği, bir tek nefes alma müddeti istemi, bir kelime-i şehadet getirmek kadar... Tüm isteklerin kıyıya vurduğu an,

Verilen siparişlerin beklenmezliği, lokmaların kursakta dizilivermesi düğümlenerek,

Günah ile sevabın düellosu. Çirkinliklerin, günahların çatır

çatır dökülmesi, zulümde eğlenenlerin akıbet endişe etmesi,

Çıplakların giyinme arzusu, utanmazların utandığı an,

Silahlı ile silahsızın eşitlendiği gün,

Plan, proje, taktiklerin masada kalması, çekişip durmanın, savaşmanın anlamsızlaşması,

Yalı, köşk, saray debdebesinin demdemesi, mekânların iflası, zamanların durması,

Bakışların aynı noktaya kilitlenmesi, gözlerin anlam veremediği sahne,

Kelimelerin, kavramların bilmediği; bilmenin, tanımanın değil; çığlıkların, duyguların, yaşamın anlattığı,

Bağırışın, çağırışın fayda etmediği; rollerin değişeceği gün,

Sığınaklara, sağlam kalelere ulaşılamadığı gün,

Aynanın diğer yüzü, her kahramanın kendi filmini seyretmesi,

Annelik, babalık, kardeşlik duygusunun yitirilmesi,

Kişinin sadece yalnızlığını idrak etmesi, her hücrenin dahi kendi derdine düşmesi,

Aklın şaşkın ve deli divane olması; her azanın Rabbin tecelliyatı karşısında çöküşü,

Kanın damar çeperine isyanı, Rabbine ilticası, hiçbir aletin ölçemeyeceği korku ve nefes alışı,

Gözlerin son manzarası; kulakların son dinletisi,

Ellerin son dokunuşu; ayakların son adımlayışı,

Diz çöküşün, toprağı öpüşün, semaya bakışın, çaresizlik ağlayışının, geleceğe dair emellerin acısı... Hayatın umutsuzluğa dönüşmesi.

Yakının uzak, uzağın yakın oluşu, inanan için rahmetli inanmayan için zahmetli gün,

Dünü yarını olmayan Bugün: Kıyamet günü!..

* * *

KIYAMETE DOĞRU

Tarih yorgundu, tarih kirliydi. Tarih taşıyamıyordu insanın zulmünü, pervasızlığını. Toprak kanda boğuldu; insan kana doymadı. Hakk ve batılın harbi dinmedi çağlar boyunca.

Belirlenen mutlak ve genel ecel doldu dolacaktı. Amellerin, davaların Hakk'ın hâkimliğinde eksiksiz olarak karşılığının verilme süreci işleyecekti.

İnsanlık teknik, genetik, atomaltı, kozmoloji alanında çağ atladı, parlak buluşlara imza attı. Her başarı akla güvenmeyi, insanlığa tapınmayı tetikledi. Güce tapan, bilginin efendisi olduğunda ezdi. İnsanı kutsadı ama yine de insanı öldürdü. Sosyal, ahlaki normlar dibe çöktü. Tek ayak üzeri yükselen çarpık düzenin yıkılması da an meselesiydi.

Sınırlı tanrıya tapanlar hep ileride tanrılarını aradı.

Heveslerine tapanlar, dünyayı cennet diye yaşadı.

Dünya turistik mekândı, turizm diye kutsandı.

Hayat, ölüm düşünülmedikçe güzeldi.

Yaşam hızlandırılmıştı, her an oyalanacak bir nesne vardı.

Mezarlar kentlerden soyutlandı; ha insan mezarlığı ha araba mezarlığı.

Oysa kabirdekiler, yeryüzündekilerin hayâsızlığından utançtaydı: Yeryüzündekiler aralarına toprak perdesini çektiklerini düşünseler de...

İnsanlık nice doktrinleri tartıştı, uğruna savaştı. Gün geldi, çöpe attı, mezara gömdü; geçmiştekilere, döktükleri kanlara gülüp geçti.

Mal üretilir gibi düşünceler, ekoller üretildi.

Zevkperestlik had safhadaydı. Rabbe kulluk hakir ve gülünç sayıldı.

İnsanlık kendini harcadı, yıprattı fakat mesrur olamadı.

Tek memnun olup da kıs kıs gülen **"ŞEYTAN"** dı.

Öyle şiddetli fitne dönemleri geldi ki mü'min denilen niceleri fırtınalara, kasırgalara, dalgalara kapılıp gitti.

Allah'ın ayetleri ve Resul'ün hadisleri bir bir gerçekleşti.

Resûlullah'ın "Ahirzamanda öyle olacak ki o anda iyilik amelinde bulunan elli kat ecir alır" dediğinde, sahabelerin şaşkınlıkla "Bizim amellerimizin elli katı mı?" karşılıklarına, "Evet sizin amellerinizin elli katı kadar alacaklar." dediği dönemdi.

Dini için gayret eden, çalışan elli kat ecirle müjdelenirken o ecri hak eden amil azdı.

Birçok insanın yanında Kur'an maddi olarak vardı, ama manen yitikti.

O hiçbir organa hükümferma edemeyen lafız Kur'an... Yaşama kenardan alınan kitap, kalplerden silinmişti. Sonra yaşamdan... O artık alışılmış, antika, değerli, kutsal bir emanet... Dedelerden miras, yadigâr...

Allah Resûlü'nün "Hepsi de Allah elçisi olduğu iddiasında bulunan otuz kadar Deccal gönderilmedikçe kıyamet kopmayacaktır." hadisi gerçekleşiyordu:

İslam ümmeti dalgalıydı. Deccallar art arda çıkıyor, yürekteki imanı kırıp geçiriyorlardı. Allah'a yalan isnatlar, gerçeklerin çarpıtılması, amaçların cebir ve şiddetle çözüme vardırılması, aldatıcı objelerin şer için kullanılması, şer davetçilerin zuhuru yaygın ve etkindi.

İman kuvvetinden, akide sağlamlığından pay alamayanlar dirençlerini kaybetmişti. Kişilerin arzu ve korku dalgalarında, hareketlerindeki kâvi iman siperi çökmüştü.

Aklına güvenenler kitaba, Kur'an'a bakmayı akledememiş, düzlükte şaşakalmışlardı.

Deccalların büyüsüne kapılan şuursuzlar, helak olup gitmişti.

Allah'u Teala ilmi insanların kalplerinden söküp almamıştı, lakin hakiki manadaki âlimlerini kabzederek, âlim kalmayacak duruma getirmişti. İnsanlar, cahilleri baş tacı ediyor, onlara danışıp, onlardan fetva alıyor, o cahiller de ilimsizlikleriyle fetva veriyor, kendileri sapık olduğu gibi insanları da saptırıyorlardı.

İlimden sorulan kimi âlimler ilimlerini gizlemiş, gerçekleri söylemekten kaçınmış, ama kıyamet günü ateşten gem ile gemlenmeyi göze almıştı.

İlim ortadan kalkmıştı, gün cehaletin günüydü. Öyle ilim öğreticileri çıktı ki ilimlerini meta karşılığında satar oldular. Ekran hocaları türedi, reklâm hocaları türedi, vaziyete uygun fetvalar değer kazandı. Demokrat Hoca, Sosyalist Hoca ve nice "sıfatlı Hoca" kavramları türedi.

Beşer sel gibi yıkımdaydı, önü alınamıyordu, doyumsuzdu. Nefsi özgürlüğünü tatmin edemeyen insan, yüksek yapı, bina, gökdelenler, yeraltı binaları, deniz üstü otelleri inşa yarışına girmiş, doyumsuzluklarına doyumsuzluk katmıştı.

Allah Resulü'nün ve mübarek sahabelerin büyüdüğü toprak, İslam'a kundaklık eden Arap diyarı cahiliyetini anıyordu. Yeni Ebu Cehiller, Ebu Lehebler yetiştirmişti. Atalarının putlarını tavafa durmuşlardı. Allah Resulü'nün "Hayırsızlar!" dediği bu güruh ne yazık ki İslami mirası ters tepip, cahili yaşama dönmüşlerdi.

Bu diyarda mal çoğalmış, servet artmıştı. En büyük payeyi ahlaksız ve dinsizleri almıştı. Bu şımarıklıklarıyla ve nefisperestlikleriyle doğru orantılıydı. Kimisi Karunlaşmış "Bu servet bana ancak kendimdeki bilgi sayesinde verildi" diyordu. Cahiller ihtişama kapılıp "Keşke bize de aynısı verilseydi" diyorlardı. Tahkiki iman sahipleri ise bu filmi daha önce bildiklerinden sonunu iyi kestiriyorlardı.

Kimisi de "Ben, servetçe daha zenginim, bu servetimin yok olacağını sanmıyorum, kıyametin de kopacağını sanmıyorum. Şayet Rabbimin huzuruna götürülsem de, hiç şüphe yok ki, orada bundan hayırlı bir akıbet bulurum" diye Yahudi bir zihniyetle Allah'ı inkâr ediyordu.

Yönetim ve idareler de dâhil her alanda iş ehli olmayan kimselere bırakılmıştı.

Kabilelere, uluslara reis olarak en rezilleri baş olmuştu.

Değersiz şahıslar söz sahibi olmuş; kişinin kapasitesine, anlayış enginliğine değil, meslek kariyerine, ismi önündeki unvana bakılarak değer verilir olmuştu.

Öyle demler ki, doğru denilenler asıl yalan söyleyenlerdi.

Yalancı diye lanse edilenler hakikatte doğru kimselerdi.

Emin, güvenilir denilen hain çıkıyordu. Hıyanetle damgalananlar ise emindi.

Öyle bir andı ki, kişi az uykuya dalar, emanet duygusu kalbinden alınırdı. Emanetten çok ufak bir iz kalırdı. Sonra bir uykuya daha dalar, o iz alınır, bir ben kadar kalırdı. Bu ben ateşten oluşan bir kabarık gibiydi, içine bakıldığında bomboştu. İnsanlar sabahladıklarında neredeyse hiç kimse emaneti yerine getirmez olmuştu. Kalbinde zerre kadar iman ve emanet duygusu olmayan biri hakkında "ne zarif", "ne cesur", "ne âkil" diyorlardı. Değerler alt-üst olmuş, eminlik tükenmişti.

İyiliği emreden, benimseyen; kötülüğü protesto eden,

nehyeden şahıslar azalmıştı.

Evlatlar ana-babalarını köşeye atmış, hukuklarına riayet etmedikleri gibi kaba davranarak, itip-kakıyorlardı. Hatta "Ne diye bizi doğurdunuz? diye çıkışıyorlardı. Herkes ektiğini biçiyordu.

İnsanlar birbirlerinin sırları peşine düşmüş, 'özel hayat' kavramı bitmişti. Toplumdaki ayak takımı örnek alınmış, onlar öne sürülmüştü. Artık tacirlik, münafıklık modaydı.

Faizcilik, tefecilik almış başını gitmişti. İnsanlar pespayeleşmişti. Toplum ahlâkta çökmüş, bireyci, menfaatçi olmuştu. Güvenlik görevlileri çoğalmış, önlemler artırılmış ama ahiret inancı, otokontrolü olmayan, bireyci, isyandaki insanla baş edilememişti.

Erkek, erkekle yetinme arzusunda, kadın, kadınla tatmin olma arzusunda... Fıtrata aykırı uçuk arzular revaçta... Ölüm, yaşamaktan daha şerefliydi mü'minler için. Allah'a açılan avuçlar, kıyameti istiyordu, hesabı, mahşeri...

* * *

"İnsanların hesap görme zamanı yaklaştı.
Fakat onlar hâlâ habersiz,
haktan yüz çeviriyorlar."
(Enbiya:1)

KIYAMET ANI

Bir Cuma günü, inananlar çok az olsa da dini mükellefiyet olan cumayı eda edeceklerdi. Yeryüzünde Allah'a yönelen, Allah'ı zikreden topluluğun varlığını haykıracaklardı. İslam'la müşerreflendiklerinden Rab'lerine şükürlerini secdelerle sunacaklardı.

Şehrin kuytu köşelerinde, küçük camide tatlılık ve korku karışımı bir telaş var. Caminin bahçesindeki şadırvanda heyecanla ve ibadet ciddiliğiyle mü'minler abdest alıyor, her türlü günahtan beri olma ve Allah'ın huzuruna tertemiz çıkma gayretindeydiler. Hiç kimsenin acelesi yoktu. Hava güneşli ve açıktı. Yalnız gök yorgun ve hafif sararmaya yüz tutmuştu. Bir durgunluk ve bir bekleyiş görülüyordu sanki.

Cami avlusunda bekleyenler sessiz bir sohbete dalmışlardı. Öncü olanlar ön saflarda yer kapmak için erkenci davranmışlar, divana, kunuta durmuş Rahman'ı zikirle meşguldüler. İlk bakışta yaşlıların yoğunlukta olduğu görülüyordu. Ömürlerinin sonbaharını dünyanın kıyametiyle özdeşleştiriyorlardı. Gençler azınlıktaydı camide.

Gençler, ömürlerinin ilkbaharındaydılar ya, öncelikle dünyayı tutmalı, zevklerini ifa etmeliydiler. İleride belki sonbaharda sararmış yaprakların yere secde secde kapanması gibi onlardan kimi hazanında secdeye varacaktı ve Allah'a açılan avuçlarında dualarıyla sürekli Rabbinden geçmişini affetmesi için nidada bulunacaktı. Allah Gafur-u Rahimdir yâ!

Çünkü Kur'an'a kulak veren yoktu ki şu ayeti okuyup idrak etsin. "Ey insanlar! Allah'ın verdiği söz, şüphesiz gerçektir. Dünya hayatı sizi aldatmasın. O aldatıcı –şeytan da Allah'ın affına güvendirmek ile sizi kandırmasın."[24]

Bu devri tasvir eden "Yerin altında olmak, yerin üstünde olmaktan daha hayırlıdır" sözüydü.

Camide ezan okundu, sünnetlerin ardından İmam minbere çıktı. Allah'a hamd, Resul'e salat ve selamdan sonra hutbeye ayetlerle başladı:

— Bismillahirrahmanirrahim

"İnsanların hesaba çekilecekleri gün yaklaştı. Hal böyle iken onlar, gaflet içinde yüz çevirdiler. Rablerinden kendilerine ne zaman yeni bir ihtar gelse onlar bunu hep alaya alarak, kalpleri oyuna, eğlenceye dalarak dinlemişlerdir." [25]

"Öldüğümüz ve toprak olduğumuz zaman dirilecek miyiz? Bu, ihtimali olmayan bir dönüştür dediler. Onlardan kimlerin ölüp toprağa karıştığını biliyoruz. Katımızda her şeyi unutulmaktan koruyan bir kitap vardır." [26]

"Bir de onlar dediler ki: Sahi biz, bir kemik yığını ve kokuşmuş bir toprak olmuşken, yepyeni bir hilkatte diriltileceğiz, öyle mi! De ki: İster taş olun, ister demir, isterse aklınıza yeniden dirilmesi imkânsız görünen bir yaratık! (Bunlar Allah'ın sizi yeniden diriltmesini güçlendirmez). Diyecekler ki: Bizi tekrar hayata kim döndürecek? De ki: Sizi ilk kez yaratan. Bunun üzerine onlar sana alaylı bir tarzda başlarını sallayacak ve 'Ne zamanmış o?' diyecekler. De ki: Yakın olsa gerek!" [27] Sadakallahulaziym.

— Değerli mü'minler,

Kıyametin gerçekleşmesi muhakkaktır. İnsanlar yüz çevirse de gafil olsa da!

Sizler de yakinen müşahede etiğiniz gibi; Allah'ın kıyamet ayetleri bir bir gerçekleşmiştir. Allah Resulü'nün bu zamana dair hadisleri vaki olmuştur.

Bakınız! Yeryüzünde Allah'ı Rabb olarak tanıyanlar azınlık olup, yalnızlığa mahkûm olmuştur. İnsanların, bilim ve teknolojide ilerleme sağlarken, Kadir ve Sani olan Allah'ın kevni ayetlerini müşahede edeceklerini ve imana akın akın geleceklerini umut ediyorduk. Lâkin insanoğlu bu atılımları aklının gücüne, keskinliğine bağladı. Allah'ın sonsuz nimetlerine nankörlük etti. İnsan, güçlü ve yenilmez olduğunu iddia etti. Allah'a kul olmayı gururundan reddetti. Ölüm alelade kol gezinirken onlar gözleri kapalı bakıyorlar.

İnsanlık şımardı, azgınlaştı, tuğyan etti. Cenab-ı Allah "Biz bir toplumu yok etmek istersek, oranın ileri gelenlerini nimetler içinde şımartırız, onlar tuğyanda aşırıya gidince yok ederiz." diyor. Bu toplumun da yok olma anı gelmiştir. Bu insanlığın son eseridir.

Zamanımızdaki rejimler, sistemler, evlatlarımızı bizden kopardılar. Gerçekleri çocuklarımıza anlatamadık. Yetişen çocuklar, gerçeklere kapalı olunca bize de isyan ettiler. Ne oğullarımıza ne kızlarımıza söz geçirebildik. Çocukların bir dakikası dahi boş bırakılmamış, teknolojinin son harikalarını "bebe" diye verip oyalıyorlar. Görüyorsunuz, aramızda ne kadar az genç var!

Dünyanın şaşaalı durumu karşısında artık insanlar "O gerçek midir?" diye soruyorlar.

"Kıyamet bize gelmeyecektir" diyorlar. Ve ardından kaş-göz hareketleriyle alay etmekteler. Bu yerin Bugünahları ve Bugünahkârları taşımayacağına inanıyorum.

Her türlü pislik diz boyu. Sadakat, emanet yitirilmiş, insanlardaki insanlık ruhu tükenmiştir.

Kutsal emanetler, kutsal mekânlar harap olmuştur. Şu an İblis ellerini ovuşturarak, sevinç naraları atmaktadır. Artık an gelmiştir.

Allah Resulü şöyle demiştir: "Ben nasıl rahat olabilirim ki, sur'un sahibi sur'u ağzına almış, alnını eğmiş, kulağını vermiş, kendisine emir verilmesini bekliyor ki sur'a üflesin." Resulullah'ın bu sözü karşısında, o nazenin kalp sahipleri sahabeler, cuş-u huruşa gelip "Ey Allah'ın Resulü, o anda biz ne diyelim?" diye sorarlar.

Allah Resulü: "Allah bize yeter, O ne güzel vekildir. Allah'a güvenip, dayandık, deyin" der.

Değerli mü'minler,

Bu, Allah Resulü'nün bize bir uyarı ve nasihatidir. Bu mesaj bizedir. Bu sözü dilimizle ve kalbimizle zikredelim, umulur ki kurtuluşa ereriz.

Şüphesiz Allah ve Resulü doğru söylemiştir."

İmam hutbeyi bitirdi. Müezzinin kamet okuması eşliğinde namaza durdular. Bedende huşu, kalplerde ise kazan kaynaması hırıltısı hâkimdi.

Namaz sonrası helalleşme safında dizildiler. Adeta içlerine doğmuştu. Dillerinde "Hasbunallahu ve ni'mel vekil" duasıyla helalleşip, birer birer dağılmışlardı.

Kimi evine ulaşmış, kimi yolda, kimi henüz cami avlusundayken, hoş kokulu bir esinti, mü'minlerin genizlerini sardı, adeta onları, koltuk altlarından tutmuştu. Onlar o hoşluğu ciğerlerine, yüreklerine çekerken, mü'min her bireyin Ruh'u esintiyle Rahman'a doğru çıkıyordu.

Allah'ın ahdi vardı. Kıyametin o dehşeti, mü'minlerin, Allah diyenlerin üzerine kopmayacaktı.

*

Mezarlık genişlemiş, şehrin yakınına yaklaşmıştı. Mezarlığa uğrayıp ta tefekkür eden yoktu. Buna ne zaman vardı ne de meşguliyetler izin veriyordu.

Kabirdekiler yalnızdı. Ruşen hâlâ azaptaydı ve ona göre asırlardır acı çekiyordu.

Orhan ile Mehmet aralarında konuşuyorlardı.

— Yakınlarımız, dünyadan göçüp aramıza katıldılar, dedi Orhan. Onlarla buluşmamız bizi sevindirdi, en azından ailemizin saidlerden olduğunu öğrendik. Ancak sonraki kuşak bizi unuttu. Cuma günleri bize gelip selam veren de yok. Acaba dünya harap mı olmuş.

— Bize katılan yeni mü'min ruhlar var, lakin sayıları çok az. Onların anlattığına göre yerin altında olmak yerin üstünde olmaktan daha hayırlıdır. Allah'ın dinini yaşayan ve inananların sayıca çokça azaldığını, dünyaya dalınıp gidildiğini belirtiyorlar.

— Kıyamet yakındır demek. Biz elbette kıyametin erken gelmesini istiyoruz. Allah'a hamd olsun ki biz müjdelenenleriz. Rabbimizin takdirini umutla bekliyoruz.

*

Şehirde eğlence merkezlerinde, parklarda, yapay göletlerde, motellerde hayatın çılgınlığı tüm hızıyla devam ediyordu.

Gün boyu çalışıp para kazananlar gece harcıyor, gece çalışıp para kazanan gündüz harcıyordu. Dolu dolu yaşamaktı bunun adı.

Mü'minlerin aralarından bir anda kaybolmasına bile hayret etmediler, üzerinde kafa yormadılar.

Belki kıyamete saniyeler kalmıştı.

Bu ümmetin azgınları geçmişte helak olmuş tüm ümmetlerin varisliğini yapıyordu:

"Sana düşük seviyeli kimseler tâbi olup dururken, biz sana iman eder miyiz hiç!" şeklinde kendilerine gönderilen Resûl'u reddeden Nuh kavmi gibi. Bu ümmetin azgınları da iman yoluna tabi olanları düşük seviyeli biliyorlardı.

Hz. Hud, Âd kavmine "Temelli kalacağınızı umarak sağlam yapılar mı ediniyorsunuz? Yakaladığınız zaman, zorbalar gibi mi yakalıyorsunuz? Bildiğiniz şeyleri size veren, size davarlar, oğullar, bağlar, pınarlar ihsan eden Allah'a karşı gelmekten sakının! Doğrusu sizin hakkınızda muazzam bir günün azabından endişe ediyorum." derken, onlar ise şöyle cevap vermişlerdi: "Sen öğüt versen de vermesen de bizce birdir." O sahne bir daha tekrarlanıyordu.

Eyke halkının da özelliklerini taşıyorlardı. Hani Hz. Şuayb "Ölçüyü tastamam yapın, insanların hakkını eksik verenlerden olmayın, doğru terazi ile tartın. İnsanların hakkı olan şeyleri kısmayın. Yeryüzünde bozgunculuk yaparak karışıklık çıkarmayın, sizi ve önceki nesilleri yaratan Allah'tan korkun" demişti. Onlar ise: "Şayet doğru sözlülerden isen, üstümüze gökten azap yağdır" deyip alaya almışlardı.

Ve bu ümmetin azgınları Lut kavmini de geçmişti. O kavim ki Hz. Lut onlara: "Rabbinizin sizler için yarattığı eşlerinizi bırakıp da, insanlar içinden erkeklere mi yaklaşıyorsunuz? Doğrusu siz sınırı aşmış sapık bir kavimsiniz. Ben sizin bu işinizden tiksinmekteyim" derken, onlar kendisine "Ey Lût! Bu davandan vazgeçmezsen, iyi bil ki sürgün edilmişlerden olacaksın" demişlerdi.

Hayâsızlık son haddine ulaşmış, fuhuş alenileşmişti. Öyle ki erkekler, kadınlar merkepler gibi tepişmekteydi.

Cismi, cirmi küçük; cürmü ve zulmü büyük; ayıp ve günahı azim insana tanınan müddet Allah indinde dolmuştu.

Bugün gaflette olan ins ve cin dışındaki tüm yaratıklar kulak kesilmiş, kıyametin kopuşunu beklemekteler.

İsrafil, gözlerini kırpmadan, Cenab-ı Allah'ın arşından gelecek emri beklemekte, bir dairesinin genişliği, göklerle yerin genişliği kadar olan sûr'a üfleme gerçekleşmek üzere...

Kahhar olan Allah, gökleri çatlatırcasına ilk üfürülüşün, birinci aşaması olan panik ve korku üflemesini emretti.

İsrafil emri alır almaz ve sûr'a üflemişti. Üfleyiş uzunca sürecekti.

İnsanlar hâlâ tartışıp, çekişip duruyor, çarşı-pazar, plajlarda, havuzlarda zevklerinin peşindeydiler. Güneş, yavaş yavaş kararmaya başladı. Yabani, evcil hayvanlar bir araya toplandı. Doğurması yaklaşmış develer başıboş kalmış, etrafa kaçışmıştı. Ve güneş karardı, dünya seması karanlığa büründü.

'Çığlığın kopmasıyla, yer hareketlenmeye başladı. Artık insan ne tavsiyede bulunabilir ve ne de ailesine dönebilirdi.' [28]

Sağmal hayvanını sağan sütü içmeye fırsat bulamadı.

Satıcı, malını satamadan, düremeden kalakalmıştı.

Havuzunu sıvayan, suyunu içmeye zaman bulamadı.

Lokmasını ağzına atan, yutmaya fırsat bulamadı.

Ses tek bir çığlık şeklindeydi; korkutucu, ürperticiydi.

İnsanlar şaşkındı, "Kaçış nereye?" diyorlardı. Sığınacakları, kaçacak yerleri yoktu. Gözler korkunun her çeşidini anlatıyordu.

Allah'ın azabının şiddetinden, sarhoş olmayan insan sarhoş gibiydi. Kadın, çocuk, yaşlı, genç herkes bir tarafa kaçışıyor, kulaklarını tıkıyor, ama çığlık beynine işliyordu. Kimisi diz çökmüş, göğe gözlerini dikmiş; "şimdi, şimdi tevbe ettim!" diyordu. Artık hesap tutulmuyordu. Melekler yeri çoktan terk etmişti. Ölümün açık emaresi gelmişti, fakat ölümün acelesi yoktu.

Emzikli kadınlar, emzirdiğini unuttu. Anneler kucaklarındaki yavrularını attı. Hamile kadınlar yükünü düşürdü, cinsiyetine bakmadan ezip geçti. Kadınlar, çocuklarını, kocalarını;babalar evlatlarını, hanımlarını unuttu.

Herkesin derdi başından aşkındı. Hiçbir içgüdü azaptan kurtulma içgüdüsü kadar değildi. Bütün bağlar, akrabalıklar ve duygular bir kenara atılmıştı.

Yer sarsıla sarsıla kaynıyordu. İnsanın günah ağırlığından mı, sûr'un şiddetinden mi, Allah'ın azametinden mi? Yer, zelzele zelzele kopuyor, dünya freni çekilmiş, içindekini uzaya fırlatırcasına kusmak üzereydi. Uçtan uca çatlamıştı yerler. Derinden derine kaynamalar ve içindeki ifrazatlar, ağırlıklar dökülüyordu.

Dağlar kalkıyor, birbirine çarpıyor, hallaç pamuğu gibi savrulup, toz bulutu haline geliyor, hurdahaş olup, etrafa saçılıyordu.

İnsanlar ise koşuşuyor, didiniyor, ölümü istiyor, ama ölemiyorlardı. Çığlık kulaklarda, beyin patlamak üzere...

'Savrulan dağlar, tepeler dümdüz olmuştu. Yerin mağması patlıyor, toprak kaynıyor, denizler birbirine açılıyordu.' [29] 'Yerin mağmasıyla bütünleşen denizler adeta tutuşuyordu.' [30]

İnsan bastığı yere ya batıyor, ya yanıyordu. Yer yüzeyinde tek güvenilecek bir mekân yoktu. Ne gemilerin işlerliği ne de uçakların işlerliği vardı. Ateş, su, toprak anlaşmışçasına karışmış, insana azap olmuştu.

Yerdeki emniyet bitmiş, gök kalmıştı. Cinler daha şanslı görünüyordu, ama o da ne? Sema birden bire parladı, gök adeta yıldız yıldız dökülüyordu. 'Allah gökleri kitap dürer gibi dürmüştü.' [31]

'Bu dürülmeyle gök bir çalkalanışla çalkalandı.' [32] 'Ve

sonra yarıldı,'[33] parça parça buruşturuldu. 'Gök erimiş maden gibi kızardı, kor haline geldi.' [34] 'Yıldızlar yerlerinden sökülüp atıldı.' [35] 'Ve her yıldız hızla sönmeye başladı.' [36]

Sönen güneş, ışığını kaybetti, ateş topu haliyle ay ile bütünleşti. Öyle parçacıklar oluştu ki, fırlayan her parçayla etraf aydınlanıp bir daha karanlığa bürünüyordu. Gökten yağmur damlaları gibi ateş yağıyordu.

'Kabirler alt-üst oluyor,'[37] çıkan kemikler yanıp kül oluyordu. Taş, toprak, katı ne varsa her şey eriyordu.

Mü'min ruhlar ise dünya boyutundan çıkmış olmaları nedeniyle kıyametin bu kopuşundan, azabından kurtulmuşlardı. Bu, Allah'ın rahmetiydi. Mü'min ruhlara artık hüzün, keder, korku olmayacaktı.

Şehid ruhlar ise Rablerinin katında rızıklanmaktaydılar, kıyametin kopuşundan habersiz. Rablerinden dünyaya dönüp uğruna tekrar ölmeyi dilemekteydiler.

İsrafil, ilk üfürülüşün ikinci aşamasına, her nefsin ölmesine sebep olan üfürülüşe geçti. Çığlık sesi bir anda kulakların zarını patlatmıştı. Kaçışan serkeş insanlar yaprak dökümü gibi, ciğerleri patlamış, kalpleri durmuş, beyinleri dökülmüş, gözleri fırlamış, bedenleri ters dönmüş olarak paldır paldır ölüme gitmişlerdi. Bu bir intikamdı; aşılmaz, engellenemez ve kaçınılmazdı. Artık ne bilinen yer ne de bilinen gök vardı. Yeryüzünde tek bir eser yoktu. Adeta yanan canlılar buhar olup uçmuştu, bir dumanımsılık etrafı sarmıştı. Kıyameti yaşayanlar için ölüm güzeldi, bir rahmetti.

'Allah'ın dilediği kişiler hariç, bu üfürüşle tüm boyuttaki canlılar ölmüştü.' [38]

Sonuçta Allah dışında ölümsüz kalmayacaktı. Ruhlar tamamen ölüm uykusundaydı. Berzah âleminde azap çekenler, Firavun ve ailesi dahi ölümü tadarak, geçici olsa da Allah'ın Rahman ismi gereği, onlar da azaptan beri olmuşları. Berzahtaki azaptan şimdilik kurtulmuşlardı, ama onları daha acı azap bekliyordu.

Cenab-ı Allah, kendisi daha iyi bildiği halde ölüm meleğine:

— Kim sağ kaldı? diye sual etti.

— Diri ve lâyemut olan Rabbim, Sen kaldın, arşı taşıyan meleklerle, Cebrail, Mikail, İsrafil kaldılar.

— Cebrail, Mikail, İsrafil'in ruhunu ve sonradan arşı taşıyanların ruhunu kabzet.

Görevini ivedi olarak tamamlayan Azrail, Rahman daha iyi bildiği halde;

— Ey Yüce Rabim! Onların ruhunu kabzettim, dedi.

— Öyleyse sen de öl! dedi Rabb-ül âlemin.

Sadece Vahid, Kahhar olan Allah kaldı.

Kahredici güce sahip olan, tek ve her şey kendisine muhtaç olduğu halde, kendisi her şeyden müstağni olan, doğurmayan ve doğurulmayan, dengi, eşi, benzeri olmayan, ezeli ve ebedi olan, gökleri ve yeri kitap gibi düren, sonra yeniden yeri ve göğü yayan, Allah kaldı.

O'nun vaadiydi, yaratılan her varlık ölümü tadacaktı. Yalnız Halık ve Fatır, Ezeli ve Ebedi olan Allah kalacaktı.

Cenab-ı Allah üç kez

— Sonsuz gücün sahibi benim! dedi. Ve sonra:

— 'Bugün hükümranlık kimin?' diye sual etti.

O'na cevap verecek kimse yoktu. Kendisi:

— Kahredici güce sahip olan tek Allah'ındır,'[39] diye buyurdu.

Tüm yaratıklar faniliklerinden dolayı fena bulmuş, yalnız Kahhar ve Vahid olan Allah kalmıştı.

* * *

MAHŞER

Yeniden dirilmek ya da yeniden doğmak. Nutfe, alak, mudğa aşaması olmadan; anasız, babasız...

Sadece "kün feyekun" emriyle.

Şaşkınlığın tozunu silmek ve bilmeden, görmeden Rahman'a koşmak yarışırcasına.

Hakk izhar olmuş, zihinler mizana durulmuş.

Utanmanın ya da azaplanmanın diğer adı.

Müjdelenmek ya da yazıklanmak.

Her nefsin kendisine şahit olacağı ve yalnız Rabbe divan durulan an.

Gözlerin önüne dikilmesi, sözlerin bitmesi.

Tek bir kıbleye, bir yöne göğüsler, sıra sıra, saf saf, ümmet ümmet dizilenler...

Bir tek Rab önünde, bir tek ümmet, bir tek cemaat gibi diz çöküş...

Çehrenin katmer katmer kırışması, solması, duyguların bomboş, kalplerin ürpermesi...

Korku, dehşet; saygı, itaatin karmaşası; hükmü beklemenin acısı ve tatlısı...

Birazdan farklılığın yolları, ebediye giden çizgi, noktası olmayan hayat...

Ya ebedi saadet cennet, ya ebediyete şekavet cehennem....

Rahman'a arz olunma, günahlarını, isyanlarını itiraf etme: Sevinçli gözlerle Rahim'e hamd,

Hüzünlü gözlerle Rahman'a münacat...

Azgınların bakılmayan yüzü, perçemlerinden çekilip **sakar**'a sürüklenişleri...

Yüreklerdekinin açığa vurulması, aynanın diğer yüzünün deşifresi...

Gerçeğin doğrusallığı, nefisle hesaplaşmanın safhası...

Nursuz kalmanın niçinliği, nurlu olmanın tebessümü...

Sayfaların havada uçuşu,

Umutların yok oluşu.

Hakk karşısında erimek, büklüm büklüm kalmak; bin bir kez ölümü çağırmak,

Toprak olmayı, unutulmayı dilemek,

Pişmanlığın kavramsızlığı,

Sözcüklerin kırılması,

Acının düğümlenmesi,

Maziyi yâd etmenin anlamsızlığı,

Mizanda tartılmanın hafifliği ve ağırlığı: Mahcup ve me'mun olmanın tezatlığı.

Heyecanın hüzünlü karışımı

Karne günü, hesap günü,

Sevinç ve keder günü,

Gün, Teğabun günüdür.

* * *

"Ey insanlar! Öldükten sonra tekrar dirilmekten şüphede iseniz bilin ki, ne olduğunuzu size açıklamak için, biz sizi topraktan, sonra nutfeden, sonra pıhtılaşmış kandan, sonra da yapısı belli belirsiz bir çiğnem etten yaratmışızdır. Dilediğimizi belli bir süreye kadar rahimlerde tutarız; sonra sizi çocuk olarak çıkartırız. Böylece yetişip erginlik çağına varırsınız. Kiminiz öldürülür, kiminiz de ömrünün en fena zamanına ulaştırılır ki, bilirken bir şey bilmez olur. Yeryüzünü görürsün ki, kupkurudur. Fakat biz ona su indirdiğimiz zaman harekete geçer, kabarır, her güzel bitkiden çift çift yetişir. Bunlar, yalnız Allah'ın hakk olduğuna, ölüleri dirilttiğine, gücünün her şeye yettiğine, şüphe götürmeyen kıyamet saatinin geleceğine, Allah'ın kabirlerdekini dirilteceğine delalettir."

(Hacc : 5)

MAHŞERE DOĞRU

Faniler ölüme mahkûm olmuştu. Ezeli ve Ebedi olan Vahid, Kahhar Allah bakiydi.

Ne kadar zaman geçtiğini sadece Alîm olan Allah bilir, işlerinde mutasarrıf olan 'Cenab-ı Allah göklerle yeri, başka gökler ve yerle değiştirdi.' [40]

Mahşer anı, hesap sorma vakti, cennet ve cehennemin ebedi sakinleri birazdan belli olacaktı. Dünya hayatındaki adaletsizlikler, haksızlıklar bırakıldığı gibi kalmayacaktı.

Cenab-ı Allah emretti:

— Cebrail, Mikail, İsrafil, Arş melekleri dirilsinler!

"Ol" emriyle, yeniden dirilmişlerdi ve Rablerinin vereceği vazifeye hazırdılar.

Arş'ı taşıyan melekler görevlerine koştu. İsrafil, Sûr'u dudaklarına aldı. Cenab-ı Allah, İsrafil'e emretti:

— Sûr'a üfle!

Bu, diriliş üflemesiydi. Ruhların dirilmesi ve çürüyüp giden cesetle yeniden birleşip Allah'ın mahkeme-i kübrası karşısında divana durmasıydı.

İsrafil, sûr'a üfledi. Ve Allah'ın izniyle önce ruhlar dirildi. Çekirge istilası gibi, üst üste, yığın yığın, gökle yerin arasını kapladı. Cenab-ı Allah:

— Onur ve üstünlüğümün hakkı için her ruh, dünyada canlandırdığı cesede dönsün! dedi.

Allah'ın iradesiyle her ruh cesedine vardı. Ruhların cesetlere varmasıyla diriliş başlamıştı: Yer yarıldı, mezarlar yavaş yavaş açıldı. Evvela, yaratılanların en şereflisi, Rahman'ın refiki, âlemlere rahmet olarak gönderilen Efendimiz Muhammed Mustafa aleyhissalatû vesselamın âli 'ruhu, mübarek bedeniyle buluştu.' Baki olan dosta hamd getirerek [41] O'na yöneldi.

O Resul ki, seçilmişti.

O Resul ki, her peygamberin dilindeki timsaldi ve gıpta ettiğiydi.

O Resul ki, Âdem'in onuruydu.

O Resul ki, İbrahim'in duasıydı.

O Resul ki, Musa ona imrenmişti.

O Resul ki, İsa'nın müjdesiydi.

O Resul ki, Allah'ın habibiydi.

Cenab-ı Allah, Habibini kerim ve müşerref kılmıştı. O'nu insanlığın önderi, rehberi, örneği yapmıştı. Burada da yine o önder olacaktı. O kutlu Resul, Rabbine hamd edip elindeki hamd sancağıyla Arş'ın sağ tarafına, makamına oturdu.

Diğer yaratıklar, insan olsun, cin olsun, her ceset üstündeki toprağı silkeleyerek "neler oluyor" demeye fırsat bulamadan, 'gözleri korku içinde baygın olarak,' [42] şaşkın şaşkın, garip garip ne olduğunu, ne olacağını bilemeden koşmaya başladılar. 'Yayılmış çekirgeler gibiydiler.' [43]

'Boyunları eğik şekilde, zillet ve huşu içinde, önceki atalarıyla birlikte zelil kimseler olarak.' [44] Allah'a hamd ederek, koşar adımlarla, kabrinden süratle çıkan, gözleri öne sürmüş bir halde zillet kaplamış halde ve sanki dikili taş putlara akın ediyorlardı.

Her şahıs tek başına koştuğunu sanıyordu, fakat onlar 'bölük bölük yarışmaktaydılar adeta.' [45]

Kişi, bütün sırlarıyla kabirden çıkmıştı. 'Öyle bir gün ki, onlar artık başlarını kendilerine her seslenene korkuyla kaldıranlar olarak çağrıldıkları yere koşacak olan kimselerdi. Öyle ki bakışları kendilerine bile dönemezdi. Kalpleri ise bomboştu. Kapıldıkları dehşetten dolayı hiçbir şey anlamaz durumdaydılar.' [46]

'Ve o korkunç sesle bir anda Allah'ın makamı huzurunda hazır bulundurulan kimseler olarak toplanmışlardı.' [47] 'Davetçi İsrafil, kendisinden nefret edilen, hoşlanılmayan hesap yerine çağırmiştı.' [48] Şaşkınlığını atamayan Ruşen:

— Eyvah bize! Bizi yattığımız yerden kim kaldırdı, dedi.

Kabir azabından sonraki ölümü yâd ediyordu, bu hoşlanılmayan tabloydu. Onu duyan yanındaki kâfirler:

— Bu pek zor bir gündür. 'Bu Rahman'ın vaad ettiği şeydir. Demek ki resuller doğru söylemiş' [49] dediler.

Diri halini gören niceleri, etrafına bakınıp duruyorlar ve:

— 'Eyvah bize; bu, ceza günüdür! diyorlardı. Melekler:

— Evet, bu kendisini yalanlamakta olduğunuz ayırma (aranızda hüküm verme) günüdür.' [50]

— Yazıklar olsun! Bizler helak olduk.

'Bugünü yakından gördüklerinde (Ruşen ve) inkâr edenlerin yüzleri kararmış, ümitsizliğe kapılmışlardı.' [51]

Ruşen yanındakine fısıldayarak konuşuyordu:

— Keşke! Kabir azabıyla cezamız bitseydi. Oysa ceza üstüne ceza yağıyor. Ben kabir azabının bitmesi için kıyametin kopmasını acele istedim, istediğim geldi, fakat kerih gördüm.

Onları duyan melekler şöyle cevap verdiler:

— İşte, kendisine inanmayıp da acele ederek isteyip durduğunuz azap budur!

Bir süre öylece donup kaldılar Ruşen ve yanındakiler. "Ah"lar, "vah"lar çekerek sızlanıyorlardı. Ruşen, gözleri öne düşmüş, zillete bürünmüş acı acı hayıflanmaktaydı. Allah'ın makamında durmuşlardı. Ama dünyada Allah'ı tanımadıkları gibi, şimdi de Rabbin kim olduğunu bilemiyorlardı. Koca koca, iri yapılı, güçlü melekler vardı etraflarında. Ruşen, kendi kendine "Acaba bunlardan hangisi Rabbimizdir?" diye düşünüyordu. Yanındakine fısıldayarak:

— Bunlardan hangisi Rabbimiz olabilir, dedi.

— Bilemiyorum, dedi yanındaki.

Meleklerin haşmetine bakarak onların Rab olduğunu sanmışlardı. Ve meleklere:

— Acaba hanginiz Rabbimizsiniz? diye sordular. Bu soru karşısında dehşete kapılan melekler, insanların cahilliği karşısında şaşırarak:

— Rabbimiz aramızda değil henüz, demişlerdi.

Ruşen ve arkadaşları, şaşırmışlardı. Öyleyse Rab kimdi? Nasıl biriydi? Görebilecekler miydi? Onlar için muamma ve belirsizlik, korkuyla sürüyordu.

İnsanlar, cinler, hayvanlar ve diğer tüm ruh sahibi yaratıklar, gözün görebileceği en uç noktayı da doldurmuşlardı.

Değiştirilen bu yer, yüzeyinde öyle bir platform oluşturulmuştu ki, 'dümdüz, çukursuz, tümseksiz' [52] ve alabildiğince genişti. Dairemsi ve her noktada konuşulan duyuluyordu. Bir çağırıcı seslendiğinde herkes aynı tonda o sesi işitebiliyordu. Göz görmek istediğini yakın olsun, uzak olsun görebiliyordu.

Platformun çevresini iri melekler sarmış, saflar halinde

Allah'ı zikretmektelerdi.

Mahşerde toplananlar endişeli ve korkuluydular. İnsanlar yalın ayak ve çıplak bir şekilde koşarak gelmiş, hazır bulunmuşlardı. Ama hiçbir göz kendi nefsini bırakıp, dalgınlığından sıyrılıp, korku ve endişesinden emin olup, yanındakine bakamıyordu. Bilakis kendisinin bile, çıplak olduğunu düşünecek değildi.

Bedenler divanda, kalpler korku içinde, gözler Makam-ı İlahi'ye çevriliydi. Bir çağırıcı seslendi:

— Ey insanlar ve cinler topluluğu! Biz size vaad etmiştik ki; 'sizi yerden yarattık, orada yaşar, orada ölür ve tekrar oradan dirilip çıkarılacaksınız.' [53] Ve Bugün o vaad gerçekleşmiş, huzurumuzda toplanmışsınız.

'İlk defa sizi yarattığımız gibi, çıplak halde teker teker gelmiş ve dünyada size verdiklerimizi arkanızda bırakmışsınızdır.' [54] Ne diyorsunuz, Bugün hak gün değil miymiş?!

'Suçluların gözleri korkudan büzülmüş, çökmüştü.' Aralarında gizlice konuşmaya çalıştılar:

— Biz dünyada sadece on gün eğleşmişiz.

— Hayır hayır, 'sadece bir gün eğleştiniz,' [55] dedi aralarındaki durumu en iyi bilen kişi.

İnsanlar farkında olmasa da yarısı sol tarafa, yarısı sağ tarafa yaslanmıştı.

Bugün suçlular zulmetteydi, yüzleri kararmıştı. Nursuz ve çirkin bir surattaydılar.

Sağda toplanan mü'minler nurluydu. Yüzlerindeki nur güzellik parıltısını veriyordu. Onlar da endişe ile yan yana dizilmiş Rablerinin emrini uygulamasını bekliyorlardı.

Orhan ve Mehmet yan yana durmuşlardı. Orhan, Mehmet'e döndü:

— Nezir ve Beşir olan Resuller doğru söylemiştir, dedi.

Allah'ın vaadi hakk olmuştur. Bizden hüznü gideren Allah'a hamd olsun.

Konuşmalarını duyan melekler onları müjdelediler:

— Bu size vaad edilen gündür. Ne mutlu onlara ki müjdelenmişlerdir...

Bekleyiş devam ediyordu. Sağdakiler için de bekleyiş acıydı. İlahi rahmet gereği onlara zaman, kısa gelmekteydi.

İnsanlar ayakta, gözleri göğe dikilmiş halde, yalın ayak ve çıplak olarak beklediler. Bu bekleyiş zamanı göreceliydi. Kimine göre bir namaz vakti kadar kimine göre yüz yıl gibi geliyordu.

Gökler ve yer değiştirilmişti. 'Rabbin arşını sekiz melek taşıyordu. Melekler göğün etrafında sıralıydılar.' [56] Ne eski yer ne de eski güneş vardı. Ortalık parlak ve göz kamaştırıyordu. Yer ise gümüşümsüydü.

Bu duruş uzadıkça meşakkat büyüyordu. Sıcaklığın, sıkıntının, takatsizliğin, günahların ağırlığından yavaş yavaş terleme başlamıştı.

Kimi hiç terlememiş, kimii ökçesine, kimii dizine, kimi göbeğine, kimi de ağzına kadar tere boğulmuştu.

Kâfirlerin, susuzluktan boğazları parçalanıyor, açlıktan mideleri yanıyordu. Çaresizlik ve tükenmişlik içindeydiler. Bu dünyadaki aymazlıklarının bedeliydi bu. Ne olacağını kimse bilmiyordu.

Cenab-ı Allah, arş-ı alâ'dan seslendi:

— Halilim İbrahim'i giydirin!

O Hz. İbrahim ki, kendisine Allah'ı dost seçmişti. Allah da onu dost kılmıştı. İnsanlardan ilk giydirilecek o idi. Melekler ince-beyaz ketenden mamul, alt ve üst olmak üzere iki cennet elbisesini giydirdiler. Ardından Habibullah olan Allah Resulü'ne ince-yeşilimsi ipekten elbise giydirildi. Ve diğer Resuller... Sonra takva ehli diğer insanlar...

Giydirilme işlemi bitince susuzluktan, açlıktan cefa çeken soldakiler umutlanmıştı. Sol tarafta bir dalgalanma vardı. İnsanlardan bir kısım, cinlerin çoğu, Ye'cuc ve Me'cuc'ün tamamıyla oluşturduğu sol taraf çaresizlik içindeydi.

O sıcaklıkta kimi mü'minler terlerken, kimi mü'minler de gölgedeydi.

O gün yedi sınıf, arşın gölgesinde gölgelenmiş, asla bir zorluk ve sıkıntı onlara değmemişti. O yedi sınıfın içinde, Orhan ve Mehmet de bulunuyordu.

Bu duruma şaşıran Mehmet sevinçle Orhan'a sordu:

— Acaba biz neden gölgeleniyoruz?

— Allah'ın bir lütfudur ve önceden verdiği bir vaad'dır, dedi Orhan. Allah'u Teala yedi sınıfa vaad etmişti: Adil imamlar, Aziz ve Celil olan Allah'a itaat üzere yetişen gençler, içinden çıktıktan sonra tekrar oraya dönünceye kadar gönlü mescide bağlı olanlar... Allah için birbirini sevip bu amaçla toplanan ve yine bu amaçla birbirlerinden ayrılan iki kişi, sağ elinin verdiğini sol eli fark etmeyecek derecede sadakasını gizli olarak veren kişi... Makam ve güzellik sahibi bir kadının davetini, "Ben Allah'tan korkarım" diyerek reddeden kişi ve bir de sadece Allah rızası için, İlây-i kelimetullah için canını veren şehid.

— Bizimkisi hangisi?

— Kanımca Allah için birbirlerini seven gençler olduğumuzdandır.

— Bundan sonra ne olacak? Bizler de yavaş yavaş susuzluğu yaşıyoruz.

— Allah'ın rahmeti boldur. O inananları asla sıkıntıda bırakmaz.

Onlar daha bu konuşmadayken, Allah'ın rahmeti Resullerin aracılığıyla geliyordu. Bu sıcakta, bu bekleyişte mü'minlere bir rahatlık ve bir serinlik gerekliydi.

Mü'minlerin bulunduğu tarafta her peygamber kendi ümmetindeki inananlarla havuz başında toplanacaktı. Allah'ın emriyle her peygamber için birer havuz oluşturuldu. Bu havuzların kaynağı cennetteki Kevser ırmağıydı. Cennetten havuzlara biri altın, biri gümüş iki oluktan su geliyordu.

Her ümmet, kendi Resul'lerinin havuzuna koşuyordu. Susuzluk anıydı. Bu tatlı havuzdan içmek büyük bir nimetti. Orhan ile Mehmet bu müjdeyi alınca koşmuşlardı. Hz. Muhammed'i yeşil elbiseleri içinde görmek, tebessümünü almak en büyük dilekleriydi. Aralarında konuşuyorlardı:

— Haydi, Mehmet, gidelim!

— Evet, çabuk davranalım, Allah Resulü'nü yakından görmek en büyük arzum. Hem susuzluğumuzu giderir, hem Allah Resulü'nü yakından görür, O'nunla selamlaşırız. O güzide ashabı, evliyaları ve şehidleri de görürüz. Bu güzel bir nimettir.

Her ümmet kendi Resullerinin havuzu başında yığılmıştı. Kimi Resulün havuzuna çok büyük cemaat akıyor, kimininkine kırk kişiden az, kimininkine on kişiden az gruplar, kimininkine iki kişi, kimininkine bir kişi gelmişti. Kimininkine hiç kimse gelmemişti.

Resul-i Ekrem'in havuzuna ise büyük cemaatler halinde topluluklar koşuyordu.

Resul'ün havuzu Kâbe ile Kudüs arası kadar uzundu. Suyunun rengi süt beyazdı, miskten hoş kokuluydu. Baldan ve şekerden daha tatlıydı. Susakları ise göğün yıldızları sayısıncaydı.

Bu havuzlardan içen artık ebediyen susuzluk çekmeyecekti. Bu havuzlardan içemeyenler ise ebediyen susuz kalacaktı.

Gruplar halinde insanlar geliyor, Orhan ve Mehmet de

sıralarını bekliyordu. Havuza en çok gelenler ve erkenci olanlar, dünyada başı tozlu, yüzü yumuşak, fakir kimselerdi. Onlar ki saray kapıları, davet kapıları onlara açılmaz, önemsenmezlerdi. Havuz başında ilk onlar bulunmuşlardı.

Mü'minler yüzlerindeki, ellerindeki ve ayaklarındaki parlaklık sebebiyle Resulullah tarafından tanınıyorlardı. Allah Resulü gelenlerin çokluğuyla iftihar ediyor, onlarla selamlaşıyordu.

Diğer yandan havuzu gören Ashab-ı Nar'dan kâfirler suya ulaşmak için çabalıyor, fakat melekler önlerine çıkıp onları engelliyordu. Bu havuzdan facirler içmemeliydi.

Bu engellemede itiş-kakış yaşanırken, Allah Resulü de bakıyordu. Meleklerin, kendisinin tanıdığı bazılarını, engellediğini gördü. Oysa onları mü'min olarak biliyordu.

Resûl-i Ekrem, Allah'a dua ederek:

— Ya Rab! Bunlar bendendirler, ümmetimdendirler, dedi.

— Ey Muhammed! Bunların, senden sonra neler yaptıklarını bilmiyorsun. Senden sonra bunlar hep topukları üzeri dinden geri döndüler! nidasında bulundu Allah.

Allah Resulü, kutlu kul İsa (a.s) gibi cevapladı:

—" Rabbim! Ben aralarındayken şahit idim. Benden sonra ise sen şahit oldun. Onlar senin kullarındır, dilersen onları cezalandırır, dilersen onları affedersin." 57

O gelen grup iç çeke çeke geri dönmüştü, karşılaştıkları kişiler onlara:

— Havuzlardan içmediniz mi? diye soruyordu.

— Hayır! Engellendik, men edildik, diyorlardı.

Sol cenahtakiler umduğunu bulamamıştı. Mü'minler havuzlardan doyasıya içerken, onlar susuzluktan kırılıyorlardı. Mü'minlerden olmayı ne kadar da arzuluyorlardı?!

Kâfirler, günahkârlar, suçlular... İnsanlardan/cinlerden hepsi artık tasa ve kederden güç yetirmez durumundaydılar. Onlar bir an önce hesabın başlamasını istiyor, belki varacakları yerde susuzluklarının giderileceğini umuyorlardı.

Mü'minler de hesabın görülmesini istiyor, bir an önce ebedi mekânları cennete varmak umudundaydılar.

İnsanlar bir araya gelmiş konuşuyorlardı:

— İçinde bulunduğunuz halinize bakmıyor musunuz ve başınıza neler geldiğini görmüyor musunuz? Rabbiniz katında size şefaatte bulunabilecek birine baksanıza!

İçlerinden bir grup şöyle dediler:

— İşte Atamız Hz. Âdem! O var ya.

Hemen Hz. Adem'e varıp yakınmaya başladılar:

— Ey Atamız! Sen insanlığın babasısın. Allah seni eliyle yarattı. Ruhundan sana üfledi ve sana secde etmeleri için meleklerine emir verdi de melekler de sana secde ettiler. Seni cennete yerleştirdi. Rabbin katında bizim için şefaatte bulunmayacak, aracılık etmeyecek misin? Başımıza gelenleri görmüyor ve ne durumda olduğumuzu bilmiyor musun?

Üzgün bir şekilde cevap verdi Hz. Adem:

— Bugün Rabbim öylesine gazaptadır ki, şu ana kadar hiç bu şekilde gazapta bulunmamıştır ve öyle bir gazapta da bulunmayacaktır. Hem Rabbim, benim bir ağacın meyvesinden yememi yasaklamıştı. Ben ise bu yasağı çiğnedim, karşı düşmanım olan iblise uydum. Ben bugün kendi derdimle başbaşayım. Derdim bana yeter, başkasına yardımda bulunacak durumda değilim... En iyisi siz benden başkasını arayın. Siz Nuh Peygamber'e gidin.

Bekledikleri cevabı alamayan insanlar yine de Hz. Adem'in tavsiyesine uyarak Hz. Nuh'un yanında bitivermişlerdi.

— Ey Nuh! Sen yeryüzünde bulunan insanlar için gönderilen Allah seni çok şükreden bir kul olarak andı. Sen bizim içinde bulunduğumuz bu hali görmüyor musun? Sen başımıza gelenlerden haberdar değil misin? Rabbin katında bizim adımıza şefaatte bulunamaz mısın?

Hz. Nuh, çekinerek cevap verdi.

— Rabbim, bugün öylesine bir gazaptadır ki, ne daha önce böyle bir gazapta bulunmuş ne de bundan sonra böyle bir gazapta bulunacak. Hem ben içinde bulunduğum ve kendilerine peygamber olarak gönderildiğim kavmim aleyhinde beddua etmiştim. Şu anda ben başımın çaresindeyim, kendi derdimdeyim, kimseye yardım ve şefaat edebilecek durumda değilim! Siz en iyisi benim dışımda birine, İbrâhim peygambere gidin!

Hz. Nuh'tan bekledikleri cevabı alamayan insanlar, onun tavsiyesine uyarak Hz. İbrahim'e vardılar.

— Sen yeryüzünde Allah'ın nebisi ve Halili/dostuydun. Rabbin katında bizim için şefaatçi ve aracı ol! Bak ne haldeyiz görmez misin?

Bunun üzerine Hz. İbrahim ağır ağır konuştu:

— Doğrusu bugün Rabbim öyle öfkelenmiş ki ne bundan önce böyle öfkelenmiş ve ne de öfkelenecek. İşte ben bugün ancak kendi başımın derdindeyim, ben bugün sadece canımı kurtarma peşindeyim ve başkasına yardım edecek durumda değilim! En iyisi siz benden başkasına gidin, Musa peygambere gidin!

Hz. İbrahim'den umduğunu bulamayan insanlar, hemen Hz. Musa'ya koştular.

— Ey Musa! Sen Allah'ın Resulüsün. Allah seni risalet ve mesajlarıyla, halka karşı seni kelamıyla taltif etti. Seninle konuşarak sana bir üstünlük ve değer verdi. Ne olur, Rabbin katında bizim durumumuz için şefaatte bulun, aracılık eyle! Şu anda içinde yaşadığımız hali görmez misin?

Bu sözler üzerine Hz. Musa şu cevabı verdi:

— Doğrusu bugün Rabbim öylesine gazaplıdır ki, daha

önce böyle bir gazapta bulunmamıştı ve ondan sonra da böyle bir gazapta bulunmayacaktır. Hem ben dünya hayatında öldürülmesi emredilmeyen bir cana kıydım, öldürdüm. Bugün ben canımın derdindeyim, bugün ben başımı kurtarma peşindeyim, benim kimseye yardım edebilecek durumum yoktur. En iyisi siz benden başkasına gidin. Hz. İsa peygambere gidin.

Hz. Musa'dan da olumsuz cevap alan insanlar hemen Hz. İsa'ya vardılar:

— Ey İsa! Sen Allah'ın Resulü ve annen Meryem'e seni ilka ettiği, attığı kelimesisin. O'ndan bir ruhsun. Sen henüz beşikte iken insanlarla konuşan elçisin. Ne olur, Rabbin katında bizim için aracılık et, şefaatte bulun. Sen içinde bulunduğumuz şu durumu görmez misin?

Hz. İsa sakin sakin cevap verdi.

— Rabbim bugün öyle gazaplanmış ki, ne daha önce böyle bir gazapta bulunmuş ve ne de bulunacak. Benim derdim başımdan aşkın, ben kendi canımın derdindeyim, başkasına şefaat edebilecek durumum yok! Siz en iyisi benden başkasına varın. Siz Muhammed (s.a.v)'e gidin.

Hz. İsa'dan olumsuz cevap alan insanlar, son umutları olan Hz. Muhammed'e (a.s) koştular:

— Ey Muhammed (a.s)! Sen Allah'ın Resûlüsün, sen peygamberlerin sonuncusu, Hatemül Enbiyasın. Allah senin geçmiş ve gelecek tüm günahlarını bağışlamıştır. Ne olur, Rabbin katında bize şefaatçi ol! İçinde bulunduğumuz hali görüyorsun.

Âlemlere rahmet olarak gönderilen Hz. Muhammed, teklifi kabul etti. Arş'ın altında secdeye kapandı. Allah'ın izniyle Makam-ı Mahmuda çıktı ve yine secdeye kapandı. Şu ana kadar hiç kimsenin bilmediği hamd şeklini Rabbinden alarak O'na hamd etti. O, secdede Allah'ın dilediği kadar kaldı.

Ve Hz. Muhammed'e şöyle denildi:

— Ey Muhammed! Kaldır başını, nedir isteğin? Söyle ki verilsin, şefaat et ki, şefaatin kabul olsun.

Başını secdeden ihtiramla kaldıran Allah Resulü isteğini açıkladı ve:

— Rabbim, Ümmetim; Rabbim, Ümmetim! dedi.

Ve Allah Resulü, kendisi daha iyi bilen Allah'a, insanların sıkıntısını bildirdi.

Bu Allah'ın azametiydi, Resul'ün değerinin bildirilmesiydi. Dilekler kabul olunmuştu.

Ve Cenab-ı Allah hüküm için nuruyla icabet edecekti. Gözler Arş'a dikilmiş, sessiz bekleyiş vardı. Sadece ayakların hışırtısı, korkunun hırıltısı vardı.

İnsanların üstündeki gök, kapı kapı açıldı, gürültü, çatırtı sesleri kulakları sağır edercesineydi. Beyaz bulutlar halinde birinci gökteki melekler indi. Bu iniş göz önünde gerçekleşiyordu, sayıları o platformda bulunanlardan daha fazlaydı ve platformun etrafını çevreleyerek saf tuttular. Bir panik ve korku vardı. Mahşerdekiler paniğe kapılarak:

— Rabbimiz aranızda mı? diye sordular.

Göktekiler ise bu sorudan ürküp:

— Rabbimiz yüce ve münezzehtir, dediler. O aramızda değil, ama gelecektir.

Ve ardından ikinci gökteki melekler indiler. Onlar da mahşerde bulunan ve birinci göktekilerin sayısından daha fazlaydılar. Mahşerdekiler aynı paniği yaşayıp onlara da aynı soruları sordular. Aldıkları cevap da aynı oldu. Ve bu sahne altı kez tekrarlandı.

Mahşerdekiler şaşkındı. Allah'ın gücünü yeni yeni idrak ediyorlardı.

Yıldırım, şimşek sesleri geliyordu, Allah'ı takdis, tesbih eden sesler yükseliyordu. Bunlar Arş'ı taşıyan gözde meleklerdi:

"Onur ve ezici gücün sahibi olan Allah, noksanlıklardan münezzeh ve yücedir. Mülkün ve yüce âlemlerin sahibi olan Allah, noksanlıklardan münezzeh ve yücedir. Diri ve ölümsüz olan Allah, noksanlıklardan münezzeh ve yücedir. Yaratıkları öldüren, ama kendisi ölmeyen Allah, noksanlıklardan münezzeh ve yücedir. Rabbimiz en yücedir. Meleklerin ve Ruh'un Rabbidir" tesbihleri eşliğinde teşrif ettiler.

Ve âlemlerin Rabbi Allah, nuruyla tecelli etti. Şüphesiz göz O'nu kuşatamaz. O sınırsız ve benzersizdir. O tecceliyatı, güç yetirilemeyecek bir tecelliyattır. Akılları baştan almış, gözler kamaşmış, yürekler boğaza gelmişti.

Allah'ın o sonsuz nuru karşısında her canlı dayanamayıp bayılmıştı.

Ne kadar zaman geçti, ancak âlim olan Allah bilirdi.

Baygınlıktan ilk ayılan Hz. Muhammed (a.s) oldu. Allah'ın nurunun tecellisine hayret ve mutlulukla bakıyordu. Allah Resulü, Hz. Musa'nın dimdik ayakta olduğunu gördü. İçinden "Acaba benden önce mi ayılmış yoksa Tur dağındaki bayılmasına bedel olarak bu sefer bayılmamış mıydı?" sorusunu düşünüyordu. Makam-ı İlahiye karşı secdeye kapandı.

Mahşerdekiler korku içinde ayılmaya başladılar. Mü'minlere müjde, kâfirlere hüzün gelmişti.

Kalbinde zerre kadar iman olan herkes secdeye kapanmıştı. Secdeler huşu, taat doluydu. Dünya hayatındaki gıyabındaki secdeler, müşahidi secdeye dönmüştü.

Kâfirler, münafıklar için zor geliyordu. 'Onlar da secdeye çağrıldılar.' [58]

Ruşen, Atilla, Aslan bulundukları gruplarla secdeye gitmek istiyorlardı. Bir secde yapmak... Belki bir secdeyle kurtulabilirlerdi. Tüm çabalarına rağmen secdeye kapanamıyorlardı. Belleri kemikleşmiş, öküz boynuzu gibi sertleşmişi. Dünyada secdeye gitmeyen, mahşerde gidemezdi. Onlar secdeyi gerçekleştiremediklerinden zillet ve pişmanlık içindeydiler.

Çünkü bunlar dünyadayken, 'sıhhatli kimseler oldukları halde okunan ezanlarla secdeye çağrılıyorlardı; fakat namazı eda etmiyorlardı.' [59] Mü'minlerin secdesi uzun sürdü ve Cenab-ı Allah nida etti:

— Başınızı secdeden kaldırın. Dünyadaki manevi hazırlıklarınızı, cehennemden kurtulma fidyesi olarak kabul ettik.

Başlar secdeden kalktı, gözler Allah'ın nuruna çevrildi.

— Bugün hüküm kimindir? diye sordu Cenab-ı Allah.

Anın dehşetinden hiç kimse cevap veremedi. Yine kendisi buyurdu:

— Bugün hüküm, Vahid ve Kahhar olan Allah'ındır. Ey kullarım! Bugün fasıl günüdür, 'bugün herkes kazandığının karşılığını görür, Bugün haksızlık yoktur. Şüphesiz ki, Rabbiniz hesabı pek çabuk görendir.' [60]

Ey kullarım! Sizi yarattığımdan beri sizi izledim, gözetledim, söylediklerinizi işittim. Bugün siz Rabbinize kulak verin. Size okunacak olan şey sadece sizin yaptıklarınızı anlatan amel defteriniz ve sahifelerinizdir. Defterinde ve sahifesinde hayır bulan kimse, Allah'a hamd etsin. Lakin şer bulan da bundan ötürü sadece kendi nefsini kınasın.

'And olsun ki, sizi ilk defa yarattığımız gibi bize geldiniz. Hayır! Size söylenenlerin gerçekleşeceği bir vaad zamanını asla tayin etmediğimizi sanmıştınız değil mi?' [61]

Ey Kâfirler! 'Size ayetlerim okunmuyor muydu? Fakat siz büyüklük tasladınız ve bir günahkârlar topluluğu oldunuz. Size "Şüphesiz ki Allah'ın vaadi haktır, kıyametin geleceği ki onda hiç şüphe yoktur' denildiğinde 'Kıyamet nedir, bilmiyoruz; sadece bir zandan ibaret olduğunu sanıyoruz; zaten biz onun geleceğine kâfir olarak inananlar değiliz" demiştiniz.' [62] Peki, Bugün gerçek değil miymiş?

Artık Bugün öyle yüzler vardır ki parlaktır, güleçtir, sevinçlidir. Yine öyle yüzler var ki üzerleri tozludur. Onları bir karanlık ve nursuzluk kaplar. 'Sizin unuttuklarınızı biz, bir bir kaydettik ve Rabbiniz Allah, her şeye hakkıyla şahittir.' [63] Ey insanlar ve cinler! 'Yerde yürüyen hayvanlar ve kanatlarıyla uçan kuşlar da ancak sizin gibi birer toplulukturlar. Kitapta biz hiçbir şeyi eksik bırakmadık, artık onlar bize toplanmışlardır.' [64] Öncelik olarak hayvanlar haşredilecektir.

Cenab-ı Allah'ın hitabı bitti. Hayvanlar arasında tedirgin bir durgunluk vardı. Onlar için sonuçta cennet veya cehennem söz konusu değildi. Sadece birbirlerinin üzerindeki hakları konusunda ödeşeceklerdi.

Kısas yoluyla haklar alınıyordu. Boynuzsuz hayvan boynuzludan, karınca karıncadan hakkını aldı.

Cenab-ı Allah "Seri-ül Hisab"tı. Hayvanlar arasındaki davalar çabucak bitivermişti. Yalnız hayvanların insan üzerindeki hakları kalmıştı. Bu çetin ve rüsvalıkla dolu olacaktı. Hayvanın zekâtını vermeyen, onların ayakları altında çiğnenecekti. Bu safha da biterse hayvanlar toprak olup gidecekti.

Cenab-ı Allah'ın emriyle mahlûkların gözü önünde mizanlar kurulmaya başlandı. Mizanlar bir sağ bir sol tarafta kuruluyordu. Mutlak Hakim olan Allah'ın buna ihtiyacı yoktu. Mağrur ve müvesves (vesveseli) olan insanlara/cinlere amellerini göstermek içindi.

Öylesi mizanlardı ki, bir kefede hasenat, bir kefede seyyiat tartılacak, olumlu, olumsuz; iyi, kötü; pozitif, negatif ne varsa ortaya çıkacaktı.

Müthiş bir sahne, varlıklar için soyut olan; hayır-şer, helal-haram, güzel-çirkin kavramları somut olarak ölçülecekti. İnsana göre Allah, melek, ölüm, kıyamet kavramları da soyuttu, ama soyut dedikleri bir bir somut çıkmıştı.

Müşrikler, münafıklar neyin tartılacağına anlam veremiyordu. Teraziler iki kefeden oluşturulmuştu, fakat onlar için tek kefe yeterliydi. Bu tüm kullar içinde mahcup, mahzun ve rüsvay olmaktı.

Mü'minler ise hangi kefenin ağır geleceğini düşünüyor, sessiz ve korkuyla beklemekteydiler. Belirsizliğin ürpertisi hâkimdi.

Mizanlar çok hızlı bir şekilde kurulmuştu. Daha ne bekleniyordu? Sol tarafta sayısı insanlar ve cinler tarafından bilinmeyen çoklukta melekler zincirlerle, yularla bir ağırlığı çekiyorlardı. Tüm yaratıklar kulak kesilmiş, meleklerin zincirle çektiği o devasa nesneye bakıyorlardı. Çok uzaklardan, derinlerden kaynama sesleri ve uğultular geliyordu.

Çekilip getirilen cehennemin ta kendisiydi. Cehennem kaynadı, kaynadı ve hırıltılı bir şekilde uğuldadı. Ses korkunç ve bir o kadar çirkindi. 'Cehennem ortaya kondu, insan öğüt almaya çalışır, ama artık öğütten ona ne?' **65**

'Günahkârlar ateşi gördüğünde onun uğultusu ve dehşetinden, daha ona varmadan, kendilerinin gerçekten ona düşmüş kimseler olduklarını zannettiler. Ve gerçekten ondan kaçacak yer de bulamazlar.' **66**

Dehşetli tablo karşısında bütün melekler, peygamberler ve mü'minler eklemleri titreyerek yere kapandılar. Her dil:

— Ya Râb! Bugün Senden sadece kendi nefsimi bağışlamanı dilerim, diyordu.

Kahhar olan Allah'ın ayetleri nida edildi:

— 'Ey insanoğulları! Ben size, şeytana tapmayın! O sizin için apaçık bir düşmandır, bana kulluk edin, bu doğru yoldur, diye bildirmedim mi? Böyle iken yemin olsun ki şeytan içinizden birçok nesilleri dalalete sevk etmiştir. Hiç mi akıl erdirmiyordunuz? İşte bu, size söz verilen cehennemdir. Bugün inkârcılığınıza karşılık oraya gireceksiniz. Ağızlarınızı mühürleriz, bizimle elleriniz konuşur. Ayaklarınız da yaptıklarınıza şahitlik edecektir.' [67]

'İşte o an yürekler, kederle yutkunan kimseler olarak gırtlaklara dayanmıştı.' [68] Cennet de yaklaştırıldı. Kokusu mü'minlerin ta ciğerine kadar işlemişti. 'Önceden ne hazırladığını iyi bilen, kendisine de ne hazırlandığını iyi bilecekti' [69] şüphesiz.

Kurulan mizanlar, sol tarafta alevli alevli kaynayan cehennem ve sağ taraftan yaklaştırılan cennet... Ayırma anı, hüküm anı gelmişti.

Çağırıcı nida etti:

— 'Her kim zerre kadar hayır işlemişse karşılığını görecektir ve her kim zerre kadar şer işlemişse karşılığını görecektir.' [70] Ey suçlular! Bugün mü'minlerden ayrılın. Ey insanlar ve cinler! Sınıflara ayrılın! Sizleri imamlarınızla birlikte çağıracağız. Ve her ümmet Resulüne gitsin!

Bunun üzerine din sahipleri peygamberlerine koştu. Diğer ideoloji ve fikir sahipleri liderlerinin peşlerine takıldılar, herkes imamına uymuştu.

Orhan ve Mehmet hızlıca etraflarına baktılar. Allah Resulü Hz. Muhammed, üzerindeki yeşil elbisesiyle beride duruyordu. Resul'ün etrafında göz alabildiğince insanlar ve cinler vardı. Onlar da bu kalabalığa karıştılar.

Diğer Resuller de ümmetleriyle bölük bölük durdular. Kiminin arkasında topluluklar, kiminin ardına gruplar, kiminin ardında da birkaç kişi vardı. Kimisi de yalnızdı.

Suçlular sol tarafta liderlerinin arkasına geçmişlerdi. Liderleri de İblis'in ardında hizaya geçmişlerdi. Nihayet tüm batıl fikirler bir tek kaynağa dayanıp kalmıştı. Tarık, Ruşen, Atilla, Aslan oluşan manzaraya hayretle bakıyorlardı.

Nasıl oluyor da ayrı ayrı tapındıkları, bir kaynağa gelip dayanmıştı? Kendi nefislerinden başka kızacak birini bulamıyorlardı. Yaptıkları nefislerine, arzularına uyma sonucuydu. İblis'in vesveselerine kanmış, onu dinlemiş, savunduklarını irdelememiş, Hak olanı tanımamış, bilakis Hakka karşı gelmiş, alay etmiş, hafifsemiş ve hayatlarını hevesleri doğrultusunda yaşamışlardı. Kınanacak olan, nefislerinden başka bir şey değildi.

Ye'cûc ve Me'cûc grubu tamamen kâfir olup İblis'in ardına dizilmişlerdi.

'Firavun ve ailesi öyle çirkinleştirilmişlerdi ki,'[71] yakınında bulunanlar onlardan ürküyordu ve yine müstekbirler dünyadaki büyüklenmelerinden dolayı oldukça küçülmüşlerdi. Ayaklar altında ezile ezile haşredileceklerdi.

Her kul arada tercüman olmaksızın Rabbiyle konuşacak, arz olunup sorgulanacaktı. Cenab-ı Allah:

— Ey Âdem! diye nida etti.

— Buyur, ey Rabbim! Emrine amâdeyim.

— Bu babanız Âdem'dir! Ey Âdem! Zürriyetinden cehenneme gönderilecekleri ayır bakalım!

Hz. Âdem için zorlu an başlamıştı. Her insan haşredilip, gözü önünde cehennem yoluna sevk edilecek ve cehenneme yollanacaktı. Cenab-ı Allah:

— Ey İblis! diye nida etti.

— Buyur Rabbimiz!

— Sen bana isyan etmene rağmen, sana mühlet verdim. Sen, cin ve insanlardan çoğunu aldattın. Sen de cehennem yoluna sevk ol!

Fikir ve ideoloji liderleri, şeytana koşarak:

— Sen, bizi aldattın, dediler.

— 'Sizleri ben azdırmadım, sizler zaten haktan uzak bir sapıklık içindeydiniz.'

Onların konuşmalarını işittiğinde Cenab-ı Allah gazaplandı:

— 'Huzurumda çekişmeyin! Çünkü size muhakkak azap edeceğime dair önceden tehditte bulunmuştum. Benim katımda söz değiştirilmez. Ve Ben kullarıma asla zulmedici değilim,' [72] dedi.

Ruşen ve fikir arkadaşları da aynı şekilde, kendilerini cehennem ateşine sürükleyen, akıllı, zeki bildikleri önderlerine veryansın ediyorlardı. Elebaşlarının yanına hışımla gelerek:

— Doğrusu siz, bize hakk olduğunuzu söyleyip hayrımıza çalışır görünürdünüz, dediler. Dünya zevklerine, nefsi arzularımıza köle ettiniz bizleri. Şimdi ise önümüze düşmüş, ateşe gidiyorsunuz.

—' Bilakis sizler, hiçbir zaman mü'min kimseler olmamıştınız. Hem bizim için, sizin üzerinde bizim fikrimize, düşüncemize muhakkak uyun diye bir zorlama gücümüz yoktu. Bilakis sizler kendiniz azgınlar topluluğu idiniz. Tartışmanın, ağlamanın faydası yoktur. Rabbimizin azap sözü üzerimize hakk oldu. Şüphesiz bizler bu azabı gerçekten tadacak kimseleriz. İtiraf edelim ki biz sizi azdırdık. Çünkü biz kendimiz de azgın kimseler idik.' [73]

Tartışmak fayda vermiyordu. Olan olmuştu artık. Ruşen diz üstü çökerek söylenmeye başladı:

— 'Allah hakkında işlediğim kusurlardan dolayı yazıklar olsun bana! Gerçekten ben alay edenlerdendim. Hakk'a yüz çevirip, sapık yolların mücadelesini verdim. Yahut doğrusu Allah beni hidayete erdirmiş olsaydı, elbette ben de takva sahiplerinden olurdum. Ya da, keşke benim için gerçekten bir kere daha dünyaya dönüş olsaydı da iyilik edenlerden olsaydım.' [74]

Nicelerinde aynı tablo yaşanıyordu.Yakınında bulunan melek:

— Hayır! Şüphesiz sana ayetler gelmişti de sen o ayetleri yalanladın, büyüklük tasladın ve Allah'a karşı kâfirlerden oldun, dedi.

Ruşen'in gözleri ferini kaybeder gibi oldu, buğulandı kaldı.

Diğer yandan Atilla da şaşkındı. Liderlerinin İblis'in ardında saf tutmasına anlam verememişti. Oysa liderleri bazen İslam kavramlarını da kullanıyorlardı. Meğer İblis de liderleri de içi boşaltılmış kavramlarla onları aldatmıştı.

Atilla ve içinde bulunduğu topluluk kızgın, öfkeli olarak liderlerine varmışlardı. Kendilerini cehennem yoluna sürükleyen önderlerine sordular:

— Doğrusu bizler dünyada sizlere tabi idik. Sizlerin söylemlerini haykırıyorduk, sizlere kulak veriyorduk, dediklerinizi uyguluyorduk. Peki, şimdi siz Allah'ın azabından herhangi bir şeyi bizden defedebilecek kimseler misiniz?

Bakışları önlerinde duran önderleri:

— 'Eğer Allah bizleri, doğruya-hidayete erdirseydi, biz de elbette sizi hidayete sevk ederdik. Lakin bizler sapık yoldaydık. Artık sızlansak da sabretsek de bizim için birdir, bizim için bugün Allah'ın azabından kaçıp sığınacak yer yoktur,' [75] dediler.

Tabi olanlar ile liderler arasındaki tartışmalar devam edip gidiyordu. Ağlayışlar, sızlayışlar olsa da fayda vermiyordu. Allah'u Teala insanlara verdiği akılla doğruyu, hakkı bulmalarını ona uymalarını emretmişti. Yoksa kendileri gibi noksan akıllara uymak için değil.

İnsanlar, cinler, mizanlarda Allah'a arz olunuyor, saflar hızla şekilleniyordu. Defterler, sahifeler havada uçuşuyordu. Haklı olmak veya haksız olmak... Cenab-ı Allah buyurdu:

— Firavun ve ailesini cehennemin en dibine atın!

Azgınlıkta ileri gelenlere mizan yoktur, onların tartılacak bir ameli yoktur!

Melekler, emri alır almaz, mahşerdeki en çirkin simalı olan Firavun ailesini, Karun'u ve dine karşı, Resullere karşı, mü'minlere karşı en azgın olanları, Ebu Cehilleri, Ebu Lehepleri ve daha nice Ebu'ları sorguya, mizana vurmadan, tanınan simalarından, perçemlerinden tutup cehennem yoluna sevk ettiler. Bunlar cehenneme ilk gireceklerdi.

Melekler bunların perçemlerinden tutup yüz üstü süründürerek çekiyorlardı. Bağırmalar, çığlıklar, acı çekmeler, vaveylalar...

Allah'u Teala insanlar arasındaki davalarda ilk olarak kan davalarına bakacaktı. Kabil ve Habil arasındaki davaya başlandı. Kanlar içinde duran Habil:

— Ya Râb! Bu, beni niçin öldürdü?

— Ey Kabil! Neden kardeşini öldürdün?

— Ya Râb! Üstünlük benim olsun diye onu öldürdüm.

— Bilmez misin? Yeryüzünde her kim bir kötülüğün kapısını ilk açarsa, o kötülüğü yapanların her birinin günahını yüklenecekti. Sen de dünyada ilk cana kıyansın. Ve her katilin cürümünü de yükleneceksin.

Habil, cennet yoluna, Kabil cehennem yoluna sevk edildi.

Mahşerde kör olarak dirilen biri Allah'a arz olundu.

— 'Rabbim! Beni niçin kör olarak haşrettin? Hâlbuki ben gören bir kimseydim.

— İşte böyle, dedi Cenab-ı Allah. Sana ayetlerimiz gelmişti de sen onları unutmuştun. Bugün de sen öyle unutulursun. Biz kitaptan yüz çevireni böyle kör olarak haşrederiz. '[76]

Olup biten, haşredilen kişinin durumu, konuşmalar herkes tarafından işitiliyor, görülüyor...

O hengâmda Ruşen, babasını, annesini, kardeşini gördü, onlarla konuşamıyordu, konuşmak da istemiyordu. O kendi telaşındaydı. Onlar da kendi telaşındaydı. Birbirlerini suçlayan bakışlarla bir süre kaldılar. An öyle bir andı ki 'kişi, oğlunu, karısını, kardeşini ve kendisini barındıran aşiretini, kavmini ve dünyada kim varsa hepsini feda etmek ister, yeter ki kendisi kurtulsun.' [77] Sonra birbirlerinden yüz çevirdiler.

Bugün bel kıran bir belaya uğramışlardı. Yüzlerdeki acı ve keder çizgileri umutsuzluğu anlatıyordu.

Ruşen bir an "Kezban" ismini duydu. Bu, bu annesinin ismiydi, gerçekten annesi miydi? Dikkat kesildi, çağrılan gerçekten annesiydi.

Ve ardında babası çağrıldı.

Melekler amel defterlerini sol taraflarından verdi. Hesapları kısa sürmüştü, cehennem yolcusuydular. Annesi, babası bununla kurtulmayacak gibiydi. Onların hesap etmediği başka şeyler de vardı. Cenab-ı Allah ikisine nidada bulundu:

— Neden diri diri, çocuklarınızı aldırdınız?

— Ben, ben çocuk aldırmadım, dedi Kezban Hanım, şaşkın ve bir o kadar korkmuştu.

— Peki, şu iki çocuk kimin?

Karı, koca şaşkın bir süre birbirine baktılar. Karşılarında bir kız, bir erkek çocuk duruyordu. Kezban Hanım kocasını suçlar gibiydi. Yine de çocuklara dönüp sordu:

— Siz, siz kimsiniz?

— Ben, diye başladı oğlan. Annemin karnında Allah'ın bahşettiği rızıklarla güzel güzel büyüyordum. Ama bir gün canımı acıtacak işlemler oldu. Nerden geldiğini anlamadığım ve bilmediğim cisimler geldi, önce parmaklarımı tutup kopardılar, sonra ellerimi ve sonra başımı kopardılar. Yalnız nasıl acı çektiğimi bilmiyordunuz, ne beni duyan vardı ve ne de bana acıyan. Seni hayatta göremedim, kendim dünyaya gözlerimi açamadan berzah âlemine geçtim. Sen ne kötü annesin ki, ne cani annesin ki, beni parça parça öldürttün! Sen ve babamdan davacıyım. Allah'ım onlara kat kat ceza ver!

İkisi de afallayıp kalmışlardı. Evet, doğruydu. Bu aldırdıkları çocuğun kendisiydi.

— Ben de, diye başladı, kız çocuğu. Güzel rızıklar içinde yumuşak, hoş bir ortamdaydım. Dünyaya gözlerimi açıp annemi, babamı görmek arzusundaydım. Ama Allah'a şükrediyordum ki beni sizlerle tanıştırmadı, sizlerin himayesine vermedi. Belki de beni imandan edecek, Allah'a isyan eden bir evlat olarak yetiştirecektiniz. Rabbim beni sevmiş olacak ki erken sizden ayırdı. Sizler ne şerli anne-babasınız! Siz beni, modern dediğiniz hekimlerin ellerine teslim ettiniz. Siz ve o cani hekimler acı çığlıklarımı duymazdan geldiniz. Beni, önce bacaklarımı koparak, sonra kollarımı ve sonra gövdemi kopararak, öldürdünüz. Sizden davacıyım. Sonsuz azapta kahrolun!

Kezban Hanım gözyaşları içinde:

— Allah'ım bunların sorumlusu kocamdır, dedi.

— Hayır, ey Rabbim! dedi korku ve aceleyle Vedat Bey.

Cenab-ı Allah buyurdu:

— İkisini de cehennem yoluna sürün!

Ruşen, annesinin ve babasının bu durumuna şahit olmuş, hayretten hayrete girmişti. Bunca kötü olan annesi ve babasına nasıl güvenmişti?

Aniden Ruşen de çağrıldığını duydu. Yanında iki melek vardı. Biri yanına geçti, diğeri önüne. Meleğin biri sevk edici, biri de şahitlik ediciydi.

O'na seslenildi:

— And olsun ki sen bundan gaflette idin. Bugün ise o

gaflet perdesi kalkmıştır, görüşün keskinleşmiştir.

Ruşen'in mizanda tartılacak bir ameli yoktu. Arz olunduğu yerde durduruldu. Yanındaki şahit melek de:

— 'İşte yanımda bulunan amel defteri hazırdır, dedi.'[78]

— Amel defteri mi?

— 'Bu aleyhine şahitlik eden kitaptır, yapmakta olduğunu yazıyorduk.' [79]

Ruşen verilen defteri açtı, hayır namına hiçbir şey yoktu. Okumak ve görmek istemiyordu. Melekler:

— 'Kitabını oku! Bugün hesap sorucu olarak nefsin yeter,' [80] dediler.

Kitabını okumaya başladı, yapıp öne sürdüğü ve yapmayıp geride bıraktığı her şeyden haberdar edildi. İstemeyerek çığlık attı.

— Vay! dedi. 'Bu kitap küçük, büyük hiçbir şeyi bırakmamış, hepsini sayıp dökmüş.' [81] Ben helak oldum.

Diz üstü çöküp kalmıştı. Cenab-ı Allah nida etti:

— 'Hani ilah zannetmekte olduğun ortaklarım nerede?

— Rabbim! Vallahi ben müşriklerden değildim.

— Sen kendine karşı daha yalan söylüyorsun, uydurmakta olduğun şeyler senden kaybolup gidecektir.' [82]

Ruşen mazeret uydurmak, yalan söyleyip kurtulmak istiyordu. Daha ne olduğunu anlayamadan kulakları konuştu:

— Allah'ım! Ben şahidim ki o müşriklerdendir. O hep beni batıl sözleri, çirkin sözleri dinlemede kullandı.

Ve dili:

— Allah'ım! Ben şahidim ki o müşriklerdendir. O hep beni batılı söylemekte kullandı. Senin aleyhinde sözler sarf etti.

Ve gözleri:

— Allah'ım! Bizler de şahidiz ki o müşriklerdendir. O hep bizleri harama bakmakta kullandı.

Ve diğer azalar bir bir konuşuverdi. [83]

Konuşan azaları karşısında aciz düşmüştü Ruşen. bugün hep beklemediği kötü sürprizlerle karşı karşıyaydı. Çaresizlik içinde kalmıştı. Cenab-ı Allah iki meleğe emretti:

— Atın cehenneme! Her bir kâfiri, inatçıyı! Hayra mani olanı, zalimi, şüpheciyi. O ki Allah dışında ilah edinmiştir. Bu yüzden onu şiddetli ateşin içine atın!

Melekler onu kollarından tutmuştu. Aynı şekilde Ruşen'e dünyada eşlik eden şeytanı da onunla beraber haşrolunmuş. O da cehennem yolcusuydu. Ruşen, dünyada fark etmediği ama Berzah âleminde tanıştığı şeytan arkadaşına döndü:

— "Keşke benimle senin aranda doğu ile batı arasındaki kadar mesafe olsaydı! Sen ne kötü arkadaşmışsın." [84] Kendin azgın olduğun gibi beni de azdırdın. Dilerim ki Allah sana kat kat azap verir.

— Hayır, dedi şeytan arkadaşı. Ya Rabbi, onu ben azdırmadım. O zaten hakktan uzak, hakka karşı bir sapıklık içindeydi.

Cenab-ı Allah:

— "Katımda çekişmeyin!" diye azarladı ikisini. [85]

Kitabı sol tarafından verilen Ruşen, yanındaki arkadaşı şeytanla beraber cehennem yoluna sevk edildi. Hor ve hakir görülmüş, zelil kılınmıştı. O ki dünyada üstün fikirliydi. Modern çağ adamıydı. Allah'a kul olmayı, tapınmayı basitlik görendi. O akıllıydı, bilinçliydi, insan zekâsı üstünlüğüne inanır, caka satardı. Şimdi ise her şey tersyüz olmuştu. Yalvarıyordu, inliyordu, diz çöküp ağlıyordu, çaresizdi. O'na teselli veren bir arkadaşı da yoktu. Bilakis herkes ondan kaçmıştı. Ailesi dahi yardımına koşmamıştı. Artık yalnızdı. Vaad olunduğu azabı uzaktan gördüğünde, dünyada sadece gündüzün bir saat kadar kalmış olacağını düşündü.

Değer miydi bir saat için sonsuz cehenneme razı olmak. Cehennem ateşinin alevlerine karşı durduğunda:

— 'Keşke ben dünyaya döndürülsem, dedi ellerini ısırarak. Keşke Resullerin yoluna uysaydım, Rabbimin ayetlerini yalanlamasam ve mü'minlerden olsaydım.' [86] Vay halime!... Yazıklar olsun bana!... Ne olurdu Allah düşmanlarını dost edinmeseydim.

Kendine kızıyor, bir türlü sakinleşemiyordu. Birden aklına gelmiş gibi dönüp azalarına sordu:

— Neden aleyhime şahitlik ettiniz? Oysa siz benden yana olmalıydınız.

— 'Her şeyi konuşturan Allah, bizleri de konuşturdu.' Bizler kendi başımıza bunu yapacak kudrette değildik. Unutma ki 'siz insanları ilk defa yaratan Allah'tır ve ancak O'na döndürülüyorsunuz.' [87]

Bütün varlıkları yaratan Cenab-ı Allah'tı. Bugün de onlara hükümferma edecek O idi. Kişinin el uzatabileceği her dayanak Allah'ın emrinde, O'nun hükmündedir. Ruşen kendi azalarına kızmakta haksız olduğunu anladı. O azaları kendisi yaratmamıştı, satın almamıştı. Onları da yaratan ve ona emanet eden Cenab-ı Hak idi. Kızılacak biri varsa o da nefsiydi.

Ruşen için bir dönem olan sorgu, arz olunma da kapanmıştı. Allah'a arz olunma devam ediyordu. Yine azgınlardan birine kitabı sol eline verilmiş cehennem yoluna sürülmüştü. O azgın ise acı acı hayıflanıyordu.

— Ah keşke bana kitabım verilmeseydi ve hesabımın ne olduğunu bilmeseydim. Keşke ölüm işimi bitirmiş olsaydı, yok olup gitseydim. Topladığım, hayatını adadığım malım bana fayda vermedi. Yıllarca sürdüğüm saltanatım benden yok olup gitti.

Cenab-ı Allah meleklere emretti:

— "Tutun onu! Hemen kendisini bağlayın, sonra cehenneme atın onu! Sonra hemen onu, boyu yetmiş arşın olan bir zincire vurun! Çünkü o yüce Allah'a inanmazdı. İnkâr eder, aşırıya giderdi. Yoksulu doyurmaya da teşvik etmezdi. Bilakis verdiğimiz mal ile fakiri hakir ve hor görür, israf ederdi. Artık, ona bugün burada yakın bir dost yoktur." [88] Yoksulu doyurmayıp, itip kakan nice zenginler aynı akıbeti paylaşıyordu. Verilen mal bir emanet idi. Canın sahibi Allah olduğu gibi malın da sahibi O idi. Allah kulu imtihan etmek için mal vermişti. O maldan Allah'ın hakkı zekâtı çıkarıp vermek, yoksulun, yetimin hakkı olan sadakayı çıkarıp dağıtmak ile yükümlüydü zengin kişi. Mal kazanmak akıl, zekâ, şans işi değildi. Nice akıllı, zeki insanlar fakirlik içinde ölmüştü. Nice aptal denilenler servet içinde yüzmüştü. Cenab-ı Allah dilediğine mal, zenginlik vermiş, imtihan etmişti. İmtihanı kaybedenler elbette cehennemi boylayacaktı.

Cenab-ı Allah meleklere nidada bulundu:

— "Zulmedenleri ve onlara eşlik edenleri ve bir de Allah'tan başka tapmakta oldukları putlarını toplayın, sonra onları cehennemin yoluna götürün. Ve tutun onları! Çünkü onlar sorguya çekilecek kimselerdir." [89]

Kâfirler toplu olarak ateşe sevk edileceklerdi. Tek tek sorgulamaları, hesap, arz olunmaları gerçekleşmişti. Şimdi ise Cenab-ı Allah onları toplu olarak hesaba çekecek, onları aşağılık kılacaktır.

Cenab-ı Allah buyurdu:

— Bana ortak zannettiğiniz şeyler ve de şefaatçileriniz nerede? Beraberinizde göremiyoruz.

— Ey Yüce Rabbimiz! Sana arz ederiz ki, şimdi buna dair bizden hiçbir şahit yoktur.

— 'Hadi ortaklarımı çağırın!'

Her gürûh, Allah'ın ortağı zannettiklerini çağırdı. Liderlerini, şeytanlarını çağırdı, ama çağrılanlar icabet etmediler. [90] Dünyada Salih kişiler olup, kavimlerini iyiliğe çağıranlar da sonraki kuşaklar tarafından kutsanmış, o salih kişiler habersizken, onları Allah'a ortak kılmış, şefaatçi edinmişlerdi.

Cenab-ı Allah bu tapılan salih kişilere:

— Bu kullarımı siz mi dalâlete düşürdünüz, yoksa onlar kendileri mi sapıttılar? diye sordu.

Bu hitabın dehşetinden titreyen salih kişiler:

— Rabbimiz, Seni tenzih ederiz, dediler. Senden başka dostlar edinmek bize yaraşmaz; fakat onlara ve babalarına birçok nimetler verdin de sonunda seni anmayı unuttular. Onlar kendi nefislerine tapmışlardı. Biz bundan tamamen habersizdik. Onlar gerçekten helâk edilmeyi hak eden bir kavim oldular.

Cenab-ı Allah o sapkın kavimlere nida etti:

— 'İşte taptıklarınız. Söylemekte olduklarınızda sizi gerçekten yalancı çıkardılar. Şimdi ne azabı geri çevirmeye ve ne de kendinize bir yardıma güç yetirebilirsiniz.' [91]

Suçlular boynunu eğmiş, Allah'a karşı söyleyebilecek bir söz bulamamışlardı. Cenab-ı Allah meleklere:

— Bunlar size mi tapıyorlardı? diye sordu. Sorudan dehşete düşen melekler:

— 'Rabbimiz, seni tenzih ederiz, dediler. Bizim velimiz onlar değil, Sensin! Hayır! Onlar, cin şeytanlara tapıyorlardı. Cin şeytanlar adımızı kullanıp bunları saptırıyorlardı. Bunlar ise hiç düşünmeden, o cin şeytanlara inanan kimselerdi.' [92] Şüphesiz Sen hakikati en iyi bilensin.

Elbette Cenab-ı Allah daha iyi biliyordu. Aklını kullanamayan, cahil sapkınlara, bile bile nasıl dalâlete düştüklerini ve meleklerin de Allah'a asla isyan etmeyecek yaratılışta olduklarını göstermek için bu diyaloglarda bulunuyordu.

Salih kişilere, meleklere ve putlara taptıklarını sanan şirk koşan insanlar, hâla anlamamış gibi, taptıklarına dönüp:

— Biz gerçekten sizlere tapıyorduk, dediler.

Tapılanlar bu gürûhun ahmaklığı karşısında hayret ve şaşkınlıktaydı.

— 'Siz hakikatte bize tapmıyordunuz, dediler. Sizler kendi nefsinizin heva ve heveslerine, şeytani liderlerinize tapıyordunuz. Şimdi bizimle sizin aranızda şahit olarak Allah yeter! Doğrusu bizler, sizin bize tapmanızdan tamamen habersizdik.' [93]

Cenab-ı Allah Ruşen, Tarık ve onların benzerlerinin bulunduğu modern çağ insanı olduklarını iddia eden müşrik topluluklarına seslendi:

— Bana ortak koştuğunuz ortaklar, liderler nerede?

— İşte buradalar dediler hepsi birden fikir önderlerini işaret etmişlerdi.

Fikir önderleri pişmanlık ve rüsvaylık bir hal ile sözü aldılar:

— 'Rabbimiz! Şunlar bizim azdırdığımız kimselerdir. Biz nasıl azdıksa, onları da öyle azdırdık. Vaad olunanı, bugünü gördükten sonra onlardan sana sığınıp uzaklaştık. Gerçekte onlar nefsi arzularının peşindeydiler de bize tapmıyorlardı.' [94]

Tapanlar liderlerinin bu küstahlığı karşısında sadece ellerini ısırıp kendilerine kızdılar.

İnsanlara kimi zaman melek, kimi zaman Ruh, kimi zaman uzaysal bilinç olarak kendini lanse edip aldatan cinlere Cenab-ı Allah nidada bulundu:

— Ey cin topluluğu! İnsanların çoğunu hakk yoldan çıkardınız.

Cin topluluğu suçlu ve suskundu. Cinlere uyan müneccimler, kâhinler sözü aldı:

— Rabbimiz! Bir kısmımız bir kısmımızdan faydalandık ve bize tayin ettiğin sürenin sonuna ulaştık. Biz bugünü akledemedik.

— Öyleyse cehennem, Allah'ın dilemesine bağlı olarak kalacağınız yerdir. Rabbiniz Hakimdir, bilendir.

Ey cin ve insan topluluğu! İçinizden size ayetlerimi anlatan ve sizi bugününüzle korkutan peygamberler gelmedi mi?

Hazır bulunan insan ve cin toplulukları hep bir ağızdan:

—'Artık kendi aleyhimize şahadet ederiz ki, bizi Bugünümüzle korkutan peygamberler geldiler.' [95] Lakin bizler o Resulleri doğrulamadık, dediler.

Allah'a karşı suçlu olduklarını itiraf eden, kıyameti unutan insan ve cin toplulukları aralarında fısıldaşarak konuşuyorlardı:

— "(Demek) gerçekten Rabbimizin peygamberleri bize hakkı getirmişler. Acaba şimdi bizim şefaatçilerimiz var mı ki bize Allah indinde şefaat etsinler veya geri döndürülür müyüz ki yapmış olduklarımızdan başkasını yapalım?" [96] Aralarında diyaloglar sürüp gitti. Helâk olunmalarına sebep olan baş sorumluları İblis'e vardılar.

— Bu hale düşmemize sen sebep oldun. Dünyada bize vaadlerde bulunuyordun, söz veriyordun, sapık yolları süslüyordun, "ahiret, kıyamet yok" diyordun. Resulleri inkâr etmemizi istiyordun. "Hayat sadece dünyadır, dünyayı dolu dolu yaşayın" diyordun. Batıl yollar uğruna savaşmamızı istiyordun. Senin dürtmelerinle nice masum canlara kıydık, nice kanlar döktük ve nice namuslar kirlettik. Sana kulak verdik, hesap, kitap olmaz dedik. Yaptığımız yanımıza kâr kalır diye düşündük. Ama bugün görüyoruz ki senin aşıladığın her düşünce köpük olup kaybolmuştur. Peki, bugün sen bu azaptan bizi kurtarabilir misin ya da Allah indinde bize şefaatçi olabilir misin?

Onlara bakıp pişkin pişkin sırıtan İblis:

— Muhakkak ki Allah, doğru söylemiştir, dedi. O size gerçek bir söz ile vaad verdi. Ben de size vaadde bulundum; fakat size olan sözümde durmadım. Bununla beraber benim için sizin üzerinizde, sizi zorlayacak bir gücüm yoktu. Sizi sadece batıl yollarıma, sapkın düşüncelerime çağırdım, siz de hemen ve bütün gerçeklere rağmen hiç sonunu düşünmeden bana uydunuz. Mademki öyledir, artık beni kınamayın! Bilakis kendi nefsinizi kınayın! Bugün artık ne ben sizin kurtarıcınız olabilirim ne de siz benim kurtarıcım olabilirsiniz! Benim amacım sadece cehennemde bana yoldaş olanların sayısını artırmaktı. Ve bunu sizlerin sayesinde başardım. Daha önce dünyada iken beni Allah'a ortak koşmanızı da doğrusu ben bugün inkâr ettim.

Baş liderleri Şeytan'dan darbe alırcasına işittikleri sözlerden sonra, zulmeden günahkâr kâfirler için son umut kalmıştı. Hep birden Allah'a yalvardılar:

— "Rabbimiz! Gördük, işittik, anladık, dediler. Şimdi bizi dünyaya döndür de salih amel işleyelim, yakın bir vakte kadar olsa da ecelimizi te'hir et ki, senin hakk davetine uyalım ve o gönderdiğin Resullere ittiba edelim. Doğrusu biz artık kesin olarak inanan kimseleriz" [97]. Pişmanlıkları gözlerinden, bedenlerinin her noktasından gözlemlenebiliyordu. Bunca mücadeleden sonra yegâne güç sahibi Kadir olan Allah'a yönelmiş ve azıcık olsa da mühlet isteminde bulunmuşlardı. Endişe ve merakla Cenab-ı Allah'ın cevabını beklediler. Cenab-ı Allah buyurdu:

— Ey cin ve insan topluluğu! "... Hâlbuki daha önce dünyada iken, sizin için hiçbir şekilde sona erme olmadığına dair yemin etmemiş miydiniz?"[98] "Sizden önce helak etmiş olduğumuz kavimlerin yerlerine yerleşmiş, onlara yaptığımız helaklerin şeklini görmüştünüz." Şu an uğruna mü'minlerle alay edip, mü'minlere düşmanlıkta bulunup durduğunuz ortaklar, önderler nerede? "Allah öleni diriltmez" dediniz. 'Oysa bugün hepinizi dirilttik ki ihtilaf eder olduğunuz şeyi size açıklayalım, inkâr edenler de gerçekten kendilerinin yalancı kimseler olduklarını bilsinler.' [99]

Biliniz ki "Cehennemi insanlardan ve cinlerden emirlerime isyan edenlerle muhakkak dolduracağım!" sözü hakk olmuştur.

Öyle ise Bugününüzle karşılaşmayı unuttuğunuz için azabı tadın bakalım! Çünkü bugün de bizler, sizi unuttuk. O halde yapmakta olduklarınızdan dolayı tadın ebedi azabı!

Allah'a inanmayan, Resullere itaat etmeyen müşrik topluluklar için tek yol alevli cehennem olmuştu.

* * *

"Ey ehl-i kitap! Dininizde aşırı gitmeyin
ve Allah hakkında gerçekten başkasını söylemeyin.
Meryem oğlu İsa Mesîh,
ancak Allah'ın Resûlüdür. O, Allah'ın, Meryem'e ulaştırdığı
kelimesidir. O'ndan bir ruhtur. Şu halde Allah'a
ve peygamberlerine iman edin."Allah üçtür" demeyin.
Sizin için hayırlı olmak üzere bundan vazgeçin.
Allah ancak bir tek İlah'tır. O, çocuğu olmaktan münezzehtir.
Göklerde ve yerde ne varsa hepsi O'nundur.
Vekil olarak Allah yeter. Ne Mesih ve ne de Allah'a yakın
melekler, Allah'ın kulu olmaktan geri dururlar.
O'na kulluktan geri durup büyüklenen kimselerin hepsini Allah,
yakında huzuruna toplayacaktır."
(Nisa:171-172)

PEYGAMBERLER HESAPTA

Cenab-ı Allah her peygambere, tebliğini yapıp yapmadığını soruyordu. İlk olarak Allah Resulü Hz. Muhammed'e sormuş ve ardından ilk olarak O'nun ümmeti arz olunmuştu. Diğer peygamberler sırayla Allah'a hesap verirken, kavimleriyle yüzleştirilmiş, onların çoğunun kavimleri Resullerinin "kendilerine tebliğ etmediğini" söylemişlerdi. O Resuller de Hz. Muhammed'in ümmetini şahit göstermişlerdi. Peygamberlerin kavimleriyle beraber arz olunması devam etmiş, sıra salih kul Hz. İsa'ya gelmişti.

Ehl-i kitap olan Yahudiler ve Hıristiyanlar, Hz. Muhammed'i inkâr edenler, Hz. İsa'yı resul kabul etmeyenler ya da O'nu Allah'ın oğlu diye tabir edenler, yanlışlarını, suçlarını anlamışlardı.

Cenab-ı Allah, Hz. İsa'ya nidada bulundu:

— Ey Meryem oğlu İsa! Benim ahdimi tebliğ ettin mi?

— Evet, Ya Râb!

Hz. İsa'dan bu cevabı alan 'Cenab-ı Allah, ehl-i kitaba hitap etti:

— Peygamberinize ne cevap verdiniz?' [100]

— Biz O'nu sadıklardan bildik, dedi ehl-i kitabın salihleri.

— Hayır! O bize gelmedi, dediler ehl-i kitabın sapkınları.

Cenab-ı Allah Hz. İsa'ya sordu:

— Tebliğ ettiğine dair şahidin var mı?

— Evet, Rabbim!

— Kimdir senin bu şahitlerin?

— Muhammed (a.s) ümmetidir.

Muhammed (a.s) ümmeti çağrıldı. Yüce Allah onlara da sordu:

— Şu peygamberimin, benim ahdimi kendi ümmetine tebliğ ettiğine şahitlik eder misiniz?

— Evet, Ey Rabbimiz. Bu Resulünün kendi ümmetine gerekli tebligatı yaptığına şahidiz.

Bu şahit olma durumu, sapkın ehl-i kitabın hoşuna gitmedi. Araya girerek:

— Ya Râb! Bizim zamanımızda yaşamamış ya da bizim Resulü görmeyenler nasıl oluyor da bizim aleyhimizde şahitlik yapıyorlar? dediler.

Cenab-ı Allah, Muhammed (a.s) ümmetine sordu:

— Nasıl oluyor da şahitlikte bulunuyorsunuz?

— Ey Rabbimiz! Bize bir elçi gönderdin. Mesajını ve kitabını indirdin. Önceki peygamberlerin senin ahdini kendi ümmetlerine tebliğ etmiş olduklarını kitabında bize bildirdin. Ve kitabında "Böylece sizi insanlara şahid ve örnek olmanız için vasat bir ümmet kıldık. Peygamber de size şahit ve örnektir" [101] ayetinde bizim Resulü bize şahit olarak getirdin ve bizi de tüm ümmetlere şahit kıldın. Buna dayanarak biz de bu salih kul Resul lehinde şehadette bulunuyoruz.

— Evet, bunlar doğru söylüyor, dedi Cenabı Allah.

Ehl-i kitaptan Yahudi ve Hıristiyan olup da sonradan dalalete sapanlar, Hz. Muhammed (a.s) Resul olarak gönderildiği halde tahrif edilmiş, şirkle doldurulmuş kitaplarına, papazlarına, hahamlarına tapanlar, toplatıldı ve cehennem yoluna sevk edildi.

Cenab-ı Allah onlara:

— Ey Yahudi ve Nasranîler! "Allah'a verdikleri sözü ve yeminlerini az bir fiyata satanların, ahirette nasipleri yoktur. Hem onlarla Allah konuşmaz, rahmet nazarıyla bakmaz ve günahlardan temizlemez, elemli azaba giderler. İnkâr edip de kâfir olarak ölenler var ya! Dünya dolusu altını fedâ edecek olsalar da artık onların hiçbirinden asla kabul edilmeyecektir." [102] ayetlerini okuyup düşünmediniz mi?

'Ey Yahudiler ve Nasranîler! Sizler "Biz Allah'ın oğulları ve sevdikleriyiz" demiştiniz. Bilakis sizler de yarattıklarımızdan birer insansınız ve günahlarınız yüzünden de azap çekersiniz.'

"... Ey ehl-i kitap! Hesap günü olan bugünde "Bize ne bir müjdeleyici ne de bir korkutucu geldi" demeyesiniz diye fetret döneminde size Resul gönderdik.' [103] Ey Yahudiler! Günah işlemede, Resûllerine düşmanlık yapmada ve haram yemede aşırıya gidip koşuştuğunuzu gördük. İçinizdeki dindar ve âlimlerin harama koşanları engellemesi gerekmez miydi?

"Allah'ın eli bağlıdır" dediniz. Bu isyan dolu sözleriniz ve fiillerinize rağmen eğer gerçekten iman edip sakınsaydınız, mutlaka kötülüklerinizi örter ve sizleri naîm cennetlerine koyardık. [104]

"Ey İsrail oğulları! Sizden söz aldık, Resuller gönderdik. Gönderdiğimiz Resuller nefislerinizin hoşuna gitmeyenleri getirdiklerinde, o Resulleri yalanladınız ve bir kısmını da (Zekeriya, Yahya) öldürdünüz." [105] Ey İsrail oğulları! Biliniz ki "Üzeyir Allah'ın oğludur" diyenler kâfir olmuştur.

"Ey Ehl-i kitap! Şüphesiz "Allah, O Meryem oğlu Mesih'tir" diyenler kâfir olmuştur ve "Allah üçün üçüncüsüdür" diyenler de kâfir olmuştur." [106]

Cenab-ı Allah onlardan yüz çevirdi, salih kul olan Hz. İsa'ya döndü ve sordu.

— 'Ümmetini davet ettiğinde sana ne cevap verildi?

— Rabbim! Benim onların zahiri dışında, gerçek halleri hususunda bir bilgim yok. Şüphesiz ki gizlilikleri hakkıyla bilen, ancak Sensin!' [107]

— Ey Meryem oğlu İsa! Sana ve annene olan ni'metimi hatırla! Hani sana Ruh-ül Kudüs ile kuvvet vermiştim. Beşikte iken de, yetişkin halde iken de insanlarla konuşuyordun. Ve hani sana yazı yazmayı, hikmeti, Tevrat'ı İncil'i öğretmiştim. O zaman ki benim iznimle çamurdan kuş şekli gibi yapıyor, sonra içine üflüyordun da iznimle hemen bir kuş oluyordu. Ve yine iznimle âmâyı ve alacalı olanı iyileştiriyordun.

O vakit yine iznimle ölüleri dirilmiş olarak (kabirlerinden) çıkarıyordun.

Ve bir zaman da seni öldürmek isteyen İsrail oğullarını senden def etmiştim. Buna rağmen onlara apaçık delillerle geldiğin halde "Bu apaçık sihirden başka bir şey değildir." demişlerdi.

Havarilere "Bana ve Resulüme iman edin" diye ilham etmiştim. Onlar da "iman ettik, Ya Rab! Şahid ol ki biz gerçekten Müslümanlarız." demişlerdi.

Bir vakit de Havariler, senden, gökten sofra indirmeni istemişlerdi. Ben de: "Size (o sofrayı) indireceğim ama bundan sonra içinizden kim inkâr ederse; artık şüphesiz, âlemlerden hiç kimseye etmeyeceğim bir azabı ona yaparım" demiştim.

Ey Meryem oğlu İsa! Sen mi onlara: "Allah'ı bırakın, beni ve annemi iki ilah edinin" diye söyledin?

Sayılan nimetler ve bu sualin ağırlığı karşısında Hz. İsa titreyerek ve terleyerek cevapta bulundu:

—" Ya Rabbim! Sen noksan sıfatlardan münezzehsin! Hakkım olmayan bir şeyi söylemek bana yakışmaz. Eğer onu söylemiş olsaydım, o takdirde Sen onu gerçekten bilirdin. Sen benim nefsimde olanı bilirsin. Fakat ben Senin zatında olanı bilemem. Şüphe yok ki görünmeyenleri hakkıyla bilen ancak Sensin!"

" Ben onlara: Benim de Rabbim sizin de Rabbiniz olan Allah'a ibadet edin, diye senin bana emir buyurduğundan başka bir şey söylemedim. Aralarında bulunduğum sürece, onların üzerinde bir şahid-gözetleyici idim. Nihayet Sen, beni onların aralarından alınca, onları hakkıyla gözetleyici olan ancak Sen idin! Ve Sen, her şeye hakkıyla şahit olansın."

" Eğer onlara azap edersen, artık şüphesiz ki onlar Senin kullarındır. Eğer onlara mağfiret edersen, yine şüphe yok ki Aziz-Kudreti daima galip gelen, Hakim/her şeyi hikmetli olan ancak Sensin! " dedi.

Cenab-ı Allah buyurdu:

— " Bugün, doğru olanlara doğruluklarının fayda vereceği gündür." [108]

" Şüphesiz ehl-i kitaptan öyle kimseler vardır ki, Allah'a, Müslümanlara indirilen Kur'an'a, kendilerine indirilene, Allah'a gönülden bağlı kimseler olarak iman ederler, Allah'ın ayetlerini az bir fiyata satmazlardı. Onların hepsi bir değildi. İstikamet üzere olan doğru bir topluluk vardı ki, gece saatlerinde Allah'ın ayetlerini okur, secde ederlerdi. Allah'a ve ahiret gününe iman ederler ve iyiliği emreder, kötülükten men ederlerdi. Hayırlı işlerde birbiriyle yarışırlardı. İşte onlar salihlerdendir.

Onlar ne hayır işlemişlerse, artık şüphesiz ondan-sevabından mahrum bırakılmayacaklardır. Allah takva sahiplerini hakkıyla bilendir." [109]

Salih olanlar Resulün ardından cennet yolcusu oldu. Dalâlette olanlar da cehennem yoluna sevk edildi. Hz. İsa'nın arz olunmasıyla Resullerin arz olunması bitmiş oldu.

*

Sağ tarafta bulunan mü'minler için de hesap ve arz olunma devam ediyordu.

Cennete ilk gireceklerden bir şehid getirildi. Mahşerde tüm insanların gözü önünde arz olunacaktı. Şehidin elbisesi kan içindeydi. Kanın kokusu misk, rengi zaferan gibiydi.

Cenab-ı Allah, şehide sordu:

— Neden öldürüldün?

— İlây-ı kelimetullah ve rıza-i ilah için.

— Şüphesiz sen doğru söyledin, dedi Cenab-ı Allah. Sana hazırladığım güzel nimetlerle bezenmiş cennetimle müjdelen! Onu cennete götürün.

Şehidler hesapsız cennet yolcularıydı. Cenab-ı Allah bu şehidi temsili olarak hesaba çekmişti. Şehidler mizana vurulmadan cennete gidenlerdir.

Ümmetinin hesabının bitmesini bekleyen Hz. Muhammed (s.a.v), kendisi cennet yolcusuyken, Arş'ın sağında önce ümmetinin geçişini istiyordu. Her şahıs kendi derdine düşerken o ümmetinin derdiyle meşguldü. Cenab-ı Allah'ın kendisine vaad ettiklerini bekliyordu. Şüphesiz Allah vaadinden dönmezdi. O an gelmişti.

Cenab-ı Allah buyurdu:

— Ey Muhammed! Ben, senin ümmetinden yetmiş bin kişinin hesapsız olarak cennete gideceğini vaad etmiştim. Şüphesiz Ben vaadimde duranım. Bu vaadimdir, yetmiş bin kişiden olanlar çıksın!

Bu yetmiş bin kişiden olanlar, adeta kendilerini biliyorlarmış gibi çıkıp, cennet yoluna geçiyorlardı. Yüzleri dolunay gecesindeki ay gibi parlaktı. Sevinçle ve mutlulukla cennete doğru gidiyorlardı. Bunlar sabikûn grubundan olanlardı. Her zaman Allah'ın emirlerini ve Resul'ün sünnetini her şartta yerine getirmeye çalışanlardı. Sahabeler, âlimler, şehidler yoğunluktaydı.

Cenab-ı Allah'ın mü'minlere karşı rahmeti sonsuzdu. Ve yeniden nidada bulundu:

— Her yetmiş kişiyle yetmiş bin kişi daha cennete girsin!

Bunlar da kendilerini bilircesine çıktılar. Yüzleri gökteki en parlak yıldız gibi parlıyordu. Allah'a hesap vermeden, defter, kitap görmeden, Allah onların amellerinden razı olmuş, onlar da Allah'tan razı olmuştu. Şehidler, âlimler, hayır sahibi, İslam için çalışanlar, vücutlarını dağlamayan, başkalarının gizliliklerini araştırmayan, olaylarda ve nesnelerde uğursuzluk aramayan, sadece Rablerine güvenip dayanan kimselerdi.

Birçok mü'min "Keşke bizler de bunlardan olsaydık" diye içlerinden geçiriyordu.

Mü'minler için kurulan mizanlarda arz olunma devam ediyor, sevinç ve mutlulukla ailelerine dönüyorlardı. Kitabı sağ tarafından verilenler, sahifeleri adeta havada uçuşur gibi sevinçteydiler. Cenab-ı Allah, mü'minlerin günahlarını bir kat ile yazdırırken, hasenatlarını iki kat, on kat, yedi yüz kat ve hatta daha fazla karşılıkla yazdırmıştı. Bu O'nun sonsuz rahmetiydi.

Orhan, annesi Münevver Hanım, babası Abdullah Bey ve kardeşleriyle, onların çocuklarıyla bekleşiyordu. Yüzleri sevinçliydi. Nurlu kılınanlardan idiler. Yine de arz olunma, tüm insanların duyacağı, göreceği şekilde olması, bir endişe veriyordu. Cenab-ı Allah, kullarının günahlarını aleni kılmaz, kulunun kulağına fısıldar, affederdi.

Çağrılma sırası Orhan'a gelmişti. Sevinç ve korku arasındaydı. Önünde sevk edici melek yürüyordu ve sağ tarafında da elinde amel defteri olan yazıcı melek olduğu halde İlahi Makama yaklaşmış, mizanın önünde durmuştu.

Cenab-ı Allah nidada bulundu:

— Sana nimetler vermiş ve 'her ni'metten de sorguya çekileceğini' vaad etmiştim. [110]

— Evet, Rabbim, bu vaadine şahidim.

— Verdiğim ömrü nerede tükettin?

— 'Bana yakîn-ölüm gelinceye kadar sana ibadet etmede' [111] kullandım. Ve 'edebildiğim kadarıyla haramlardan soyutlanıp, Sen'den sakındım.' [112]

— '... Her kim Allah'tan sakınsa, ona bir çıkış kılarız ve hesap etmediği yerden rızıklandırırız.' [113]

— Peki, gençliğini nerede harcadın?

— Hayırda olma niyetiyle, günahlardan sakınma çabasında gücüm yettiğince Allah'a kulluk etme devamında harcadım.

— " Eğer Allah'tan sakınırsan kötülüklerini örter ve mağfiret eder. Şüphesiz Allah büyük fazilet sahibidir." [114]

— Peki, malını nereden kazandın?

— Mümkün olabildiğince helal dairesinde kazanmaya çalıştım. Rabbim! "Gerçekten ben bana indireceğin her hayra muhtacım."[115] Rabbim Sen bol lütuf sahibisin.

— Malını nereye sarf ettin?

— Kendime, sevdiklerime, aileme, sarf ettim. Allah yolunda çalışanlara ve sadakaya sarf ettim.

— Öğrendiklerinle ne kadar amel ettin?

— Allah'ım! Gücüm yetebildiğince amel etmeye çalıştım. Yeterli olmadığını biliyorum. Sonsuz rahmetine sığınırım.

— "Allah sizin için kolaylık ister, sizin için zorluk istemez." [116]

— Namazını kıldın mı?

— Ya Rabbim! Elimden geldiğince eda ettim.

— "Muhakkak mü'minler kurtuluşa ermiştir. Onlar ki namazlarında huşu içindeydiler." [117]

Cenab-ı Allah'ın Orhan'a sorduğu sorular bitmişti. Orhan adeta ölüp ölüp dirilmişti. Her cevabından sonra Allah'ın müjdeli sözleri onu teskin ediyordu. Şimdi tartılara bakıyordu.

Tartıda en ağır gelenler, ihlâsla getirilen kelime-i şehadet, besmele, Tevhid ve Hamd cümleleriydi. Amellerden salih ameller ve güzel ahlâk, tartıda en çok ağır gelenlerdi.

Tartısı ağır gelmesi, anlatılmaz bir sevince boğmuştu onu. Yanındaki yazıcı melek:

— Al kitabını! dedi sağ eline vererek.

Kitabına baktı, içi ve dışı hasenatla doluydu. Cenab-ı Allah kötülüklerini de affetmiş, hasenata çevirmişti.

— 'Tartıları ağır gelenler, kurtulanlardır,' [118] denildi.

Orhan, sevinçle ailesine koştu. Ailesi de onun bu sevincine ortak oldu. Aile olarak kitapları sağdan verilenler olup cennet yoluna sevk edildiler.

*

Mehmet de ailesiyle beraberdi. Anne ve babası arz olunmuş ve kurtuluşa erenlerden olmuşlardı. Kendisi de onlarla beraber olmak istiyordu. Yalnız gençliğini çokça zayi etmişti. İbadetlerine pek önem vermemişti. Allah'u Teala ona Orhan'la tanışmayı nasip ettikten sonra kul olma gerekliliğinin önemini kavramıştı. Bu yüzden Allah'a şükreder, için için arkadaşı Orhan'a duacı olurdu.

İsmi zikredildi, ürkek, çekingen ve terleyerek ilahi makama doğru, sevk edici ve yazıcı melek eşliğinde mizana durdu.

Cenab-ı Allah buyurdu, nurani ses sordu.

— Ey Kulum! Size verdiğim nimetlerden sizi sorgulayacağımı vaad etmiştim. Ben vaadimden dönmem. Ömrünü ve gençliğini nerede harcadın?

— Ya Rabbim! Ömrümde heder ettiğim yılarım oldu, şüphesiz Rabbim daha iyi bilir. Sonradan Allah'ın hidayetiyle, Allah'ın taatinde bulunmaya çalıştım.

— 'Bugün doğru olanlara doğruluklarının fayda vereceği gündür.' [119]

— Peki, malını nereden kazandın ve nereye tükettin?

— Ya Rabbim! Cüz'i bir malım da olmadı. Çoğunlukla ihtiyaç içindeydim. Şükürler olsun ki kazandığım da imkânım el verdiğince helâl dairesindendi. Ve helâl yere harcamaya çalıştım.

— Peki! Öğrendiklerinin ne kadarıyla amel ettin?

— Allah'ım, ilk yıllarımda pek bir şey öğrenmedim. Ama son bir yılda çok şey öğrendim. Gerçekten öğrenme iştiyakım yüksekti. Öğrendiklerimi genelde uygulamaya çalıştım. Şu an Senin nihayetsiz mağfiretine sığınıyorum.

— Namazını kıldın mı?

— Ya Rabbim! Kazalarım henüz vardı ve bitiremedim, bu yüzden çok büyük bir suçluluk duygusundayım.

— Evet, Bugün sana haksızlık edilmeyecektir.

Mehmet hatalarını itiraf etmişti. Müthiş terlemişti, tınısız, kıpırtısız bekliyordu. Bu an zor bir andı. Kendisine bir sesin yaklaştığını hissetti.

Cenab-ı Allah Mehmet'in ancak duyabileceği şekilde:

— Ey Kulum! Bak! Senin şu şu günahlarını affettim. Ve 'kötülüklerini de hasenata çevirdim.' [120] Çünkü sen bize kavuşmadan tevbe-i nasuh yapanlardan idin.

Bu ses, Mehmet'i müthiş heyecanlandırmıştı. Tartısı birdenbire ağır bastı. O ihlâslı Tevhid kelimesini söyleyip, kelime-i şehadeti getirmesi ve en önemlisi İslam'ı güzelce yaşamaya karar vermesi, tevbe etmesi... Onun günahlarının silinmesine ve kötülüklerinin iyiliğe dönüşmesine sebep olmuştu. Bundan daha fazla nasıl mutlu olabilirdi ki!

Yanındaki yazıcı melek:

— Buyurun, al kitabını! Cennetle müjdelen! dedi ve kitabını sağ eline verdi.

Mehmet, Allah'a şükrederek ailesine koştu.

— "... Alın, dedi. Kitabımı okuyun; doğrusu ben, hesabımla karşılaşacak kimse olduğumu bilmiştim." [121]

Cenab-ı Allah Seri-ul Hisab'tı. Çabucak insan ve cinlerin arz olunması bitti.

En son hayvanların insan üzerindeki hakları alınıyordu. Özellikle kimi Müslümanlar zekâtlarını, sadakalarını vermediklerinden o hayvanlar tarafından ısırılıyor, toynaklanıyor, eziliyorlar ve bu sahne defalarca, tüm insanlar önünde gerçekleşiyordu.

Bu işlem de bitikten sonra, Cenab-ı Allah, yürüyen, sürünen, uçan hayvanlara:

— Toprak olunuz! buyurdu.

O an hayvanların toprak olduğunu gören nice kâfirler:

— 'Keşke bizler de toprak olsaydık,' [122] unutulup gitseydik ve bu azaptan kurtulsaydık, dediler.

*

Ashab-ı Cehîm cehennem yolunda, Ashab-ı Necat da cennet yolunda dururken, garip olan, sayıları azımsanmayacak derecede çok büyük bir grup ortada kalmış gibiydi.

Bunlar da kitapları sol taraflarından verilmiş, tartıları hafif gelenlerden idiler. Her grup liderleri/imamları peşi sıra ya cennet ya da cehenneme doğru giderken, bu grup şaşkın ve imamsız gibi duruyorlardı. Şüphesiz bunlar münafıklardı. Münafıklar dünyada Hakk ehlini aldatmaya çalıştılar. Nihayetinde kendilerini aldattıklarını anlamıyorlardı. Mahşer gününde dahi Müslümanlardan görünmeye çalıştılar. Boş temennileri onları aldatmıştı. [123] Kıyamet gününde de Allah'ı aldatmaya kalkışırlar. Allah onlara aldatmayı gösterecektir.

Cenab-ı Allah tüm yaratılanlara münafıkların durumunu izhar ediyordu. Ve herkes de münafıklara bakıyor, arayış hallerinin çirkinliğine vakıf oluyordu. Orhan, çok dikkatli baktığında, sınıf arkadaşı Aslan'ı gördü. Bunu gerçekten garipsemişti. Onlar kör ve karanlıktaydılar.

Cennet yolundaki mü'minlerin, kadın olsun erkek olsun nurları önlerinde ve sağlarında koşuyordu. Onlara:

— ' Bugün sizin müjdeniz, altlarından ırmaklar akan, ebedi cennetlerdir,' [124] deniliyordu.

Mü'minlerin bu nurunu, bu müjdesini temaşa edip de iç geçiren münafık erkek ve münafık kadınlar sesleniyordu:

— Bizi de bekleyin ve bize biraz bakın da nurunuzdan faydalanalım!

Mü'minler de onlara seslenerek:

— Yapabiliyorsanız, arkanıza-dünyaya dönün de bir nur arayın! dediler.

Ve bu diyalog sürgit devam ederken 'mü'minlerle münafıklar arasına bir sur çekildi. Mü'minlerin bulunduğu bu surun iç tarafında rahmet vardı, münafıkların bulunduğu dış tarafında ise o cihetten azap vardı.' [125]

Çağırışlı, bağırışlı, vaveylalı halleriyle mü'minlere:

— Sizinle dünyada beraber değil miydik? diye bağırarak soruyorlardı.

— " Evet, bizimle beraberdiniz. Fakat siz, kendinizi nifakla fitneye düşürdünüz ve hep mü'minlere musibet gelmesini beklediniz. Hem hak olan dininizde şüphe ettiniz. O boş temenniler sizi aldattı, nihayet Allah'ın emri-ölüm geldi. O çok aldatıcı şeytan da sizi Allah hakkında aldattı." 126

Mü'minlerin bu cevabından sonra münafıklara şöyle nida edildi:

— Ey münafıklar! Artık bugün ne sizden bir fidye alınır ne de inkâr edenlerden. Varacağınız yer, ateştir. Size layık olan da odur! O ise ne kötü varılacak yerdir.

Münafıklar için azabın en dehşetlisi olacaktı.

* * *

"Cehennem, yalnız azgınları bekleyen yerdir.
Dönecekleri yer orasıdır. Orada sonsuz kalacaklardır.
Orada serinlik bulamayacaklardır. İşlediklerine uygun olan
kaynar su ve irin dışında bir içecek tadamayacaklardır.
Çünkü onlar, hesaba çekileceklerini ummazlardı.
Âyetlerimizi hep yalan sayıp dururlardı.
Biz de her şeyi saymışızdır.
Şöyle deriz: "Artık tadınız.
Bundan böyle size azaptan başka bir şey artırmayız."
(Nebe:21-30)

CEHENNEM

Sorumsuz yaşanılan hayatın nihayetsiz durağı, zalimlerin, müstekbirlerin ebedi konağı,

Gözü yaşlı, bağrı yanık mazlumların dinmeyen âhı, Celal ve Şedid olan Allah'ın öfkesi,

Sonsuz azap, dinmeyen acı ve sancılı girdap, umutsuzluğun dergâhı,

"Ah"ların, "vah"ların mekânı; "Keşke"ler ve "yazık"ların tamahı,

O gün kişi girmemek için didinir, o gün kişi can havliyle çırpınır,

Geriye dönüş yok, ilerisi için umut...

Çılgın alev temaşa edilir, gözler büyür büyür, ateşle dolar, ateşle yanar.

Bütün bedeni bağlar çözülür, her biri kaçış için düşünür. Kaçış yok, fidye yok, kurtuluş yok...

Kişi günahına ağlar; günahın azabına. Diz çöker, çömelir, feryat eder.

Oyunun finali oynanmış, kervan göçmüş, Hakk olan ceza vuku bulmuştur.

Çaresizlik, tükeniş, ama ölmemek, ölmeyi, yok olmayı

dilemek...

Yedi tabakalı cehennem, kızgın ateş, çılgın alev, kaynar su,

Ğassak ve zakkum ağacı, dikenlerin yemek, irinin içecek oluşu,

Organların işlevsizliği, boğaz yutkunması, açlığın, susuzluğun idamesi,

Kanmamak suya, Rahman'ın intikamı, ezilenlerin bedduası,

Bir ateş yumağı, siyahlaşan yüzler, körleşen gözler,

Tutuşan diller, kırılan beller, hurdahaş kemikler,

Kesilen kulaklar, yırtılan deriler, boyuna bağlı eller, manzaranın ürpertisi...

Sürünmek yüzüstü, dikenlerin batması gözlere, alevin bedende gezişi...

Akan gözbebekleri, düşen yanaklar,

Pörsüyen deriler ve acının katlanışı; yeniden dirilen deriler.

Etlerin kemikten sıyrılışı, damarların acısı, nefsin dinmez ağrısı, manzaranın acımasızlığı...

Ateşte koşuşmak, ateşte konuşmak, ateşte yalvarmak,

Ateşte ağlamak, ateşte yatmak, ateşte sonsuz kalmak,

Ateşten giysiler, katrandan gömlekler, döşekler, örtüler ve kızgın demirler,

Kazanın kaynaması, zincirlerin ağırlığı, azaların titremesi, helakıi istemek,

Zillet evi, alev vadisi, tutup da bırakmayan cehennem...

Cehennem yoluna alınan isyankâr ehl-i nar, bağlı oldukları önderleri mahiyetinde ağır ağır yol alıyorlar,

Vaveyla, ağlama, feryat, hayal kırıklığı, pişmanlık,

Gözyaşı, tartışma ve çaresizlik içinde adeta sürünüyorlar.

'Suçlular, cehenneme suya gider gibi götürülüyordu.' [127]

Nitekim susuzdurlar, ciğerleri çatlamış, hücreleri can çekişmekte, belleri çökmüştür. Bir umutları var belki cehennemde su içirilirler.

Bu saatten sonra yoldan dönmeleri ve özürlerinin kabulleri imkânsızdı. Yine de yalvardılar:

— Rabbimiz özrümüzü kabul et! Yardım et!

— 'Bugüne kavuşacağınızı unuttuğunuz gibi biz de sizi unuttuk. Varacağınız yer ateştir. Yardımcılarınız yoktur. Bu Allah'ın ayetlerini alaya almanızdan ve dünya hayatının sizi aldatmış olmasından ötürüdür.'[128]

Cevaplar olumsuz ve kahredicidir. Ateşe gözüktüler. Onun kaynamasını, fokurdayışını, ğayzı-öfkesini, uğultusunu çok yakından işitiyor, kemiklerine kadar sızlanıyorlardı.

Her ümmet, her grup nicedir ayakta bekler vaziyetteler, şu ana kadar ne oturabilmiş ne uyuyabilmiş ve ne de dinlenebilmişlerdi. Cehennem tüm korkunçluğuyla, heybetiyle, acımasızlığıyla, hoşa gitmeyen manzarasıyla müşahede ediliyordu. Duyguların, beklentilerin, bedenin iflasıyla diz üstü çöküvermişlerdi, cehenneme girişe olan inançları kesinleşmişti.

Cenab-ı Allah buyurdu:

— "Rahman'a en çok isyan edenleri çekip çıkaracağız. Önce onlar cehenneme girecek." [129] İblis ve askerlerini öncü olarak atınız!

Cehennem bekçileri onların perçeminden tuttu, ellerini boyunlarına bağlayıp cehennemin en dar, uçurumlu yerinden atıldılar.

Ruşen bu çılgın tabloyu izliyordu, çığlıklarını duymuştu. Gözlerinde her türlü korku vardı. Gözbebekleri büyüyor, küçülüyor, kalbi hızlı hızlı çarpıyor, duracak gibi oluyordu.

Cenab-ı Allah emretti:

— "Firavun ve ailesini en şiddetli azaba sokun!" [130]

Firavun, ailesi ve askerleri, uğuldayan, kıvılcımları dağ dağ kopan, deniz dalgalanması gibi alevlere tutulup atıldılar, feryatlar kulakları sağır ediyordu. Fakat burada merhamet edecek ve merhamet edilecek yoktu. Yalvarışları, ağlayışları, özür dilemeleri, mazeret sunmaları hükmü değiştirmedi. Bir an siyah dumanlı kızgın ateşte kaybolup gittiler.

Ve ardından Karunlar, Nemrutlar, Ebu Cehiller ve nice önderler bir bir elleri boyunlarına bağlanıp, perçemlerinden tutularak atılmıştı. Bütün bunlar çok serice oluyordu. Sonrakiler bunu gözlemliyor, her atılanla acı çekiyorlardı. Bu da Allah'ın bir azabıydı.

Ruşen, cehennem meleklerinin annesinin kolundan tuttuklarını gördü,

— Haydi ateşe! dediler.

— Affedin, yapmayın! diyordu annesi.

Didindi, çırpındı bir süre, konuşmalar uzadı. Ama sonuç değişmedi. Kadın tereddüt etti, istem dışı bir canhıraşla bağırtılar arasında atılıvermişti. Ve babası ve kız kardeşi ve niceleri... Korkuyor, üzülüyordu, ama onlar için değil sadece kendisinin de aynı akıbeti paylaşacağından titriyordu. Başkasına acıyacak hiçbir duygusu kalmamıştı.

Çabucak sıra ona gelmişti. Cehennem bekçileri ellerini boynuna bağladılar.

— Bu, senin sonsuz mekânın, Allah ateşini artırsın ve sonsuza kadar müjden olmasın!

— Ne olursunuz yok edin beni, ölüp gideyim, bu acımasız manzara dayanılmaz!

— "Bir kere değil, birçok defa yok olmayı iste." [131] Sana aşağılık ve rüsvaylık vardır! Allah'ın laneti üzerine olsun! "Hadi bakalım ateşe ne kadar dayanıklısın!" [132]

— Yalvarırım yapmayın!... Yapmayın!

Sesi yavaş yavaş kısılıyordu, boynu bükülmüş, ateşe

göz ucuyla bakarken cehenneme arzı gerçekleşiyordu.

Atılması an meselesiydi. Allah'ın azabından hafif bir kokucuk, azıcık dokundu ve canhıraş bir feryatla bağırdı:

— 'Eyvah bize! Gerçekten biz zalimlermişiz.' [133]

Ve ateş yüzünü yalayıp geçiyordu.

— Demek ki Allah'a kavuşmayı beklemiyordun, dedi cehennem bekçileri. Sen dünya hayatına razı olup onunla tatmin oluyordun!

— Ne diyeceğimi bilmiyorum, keşke akletseydim.

— Akletmeyen ve 'Allah'ın ayetlerinden gafil olanların yeri ateştir.' [134]

Cehennem, simsiyah ve dumanımsıydı. Ateş kıvılcımları yukarı çıkıyor, sonra tekrar derin siyahlık arasında kayboluyordu ve dip, taban denen bir şey görünmüyordu. Bu dipsiz görünen ateş çukuru sadece ilk tabakaydı, daha kaç tabakanın var olduğunu Ruşen asla bilemezdi.

Cehenneme gireceğini bir türlü içine sindiremedi. Ateşe atılacaklarla beraber yalvarıyordu.

— "Dünyaya geri dönecek bir yol var mı?" [135]

— Hayır! Boşuna yalvarıp yorulmayın.

— Peki! Neyi feda edelim de kurtulalım?

— Her şeyinizi de feda etmek istediğinizi biliyoruz. Fakat sahip olduğunuz her şey kaybolup gitmiştir.

— Yer dolusu ve onun misli de olsa feda etmek isterdik, yeter ki bu azaba girmeyelim.

— Daha nice kez, feda etme istekleriniz olacaktır. Bugün 'mallarınız, evlatlarınız, aşiretiniz, Allah'a karşı size fayda vermeyecektir.' [136]

— ".. Keşke biz dünyaya döndürülsek de Rabbimizin ayetlerine inanan mü'minler olsak!" [137]

— " Şüphesiz siz yalancılarsınız, eğer dünyaya döndürülseniz şu yasaklandığınıza yine dönerdiniz." [138]

— Gerçekten, bu sefer dönsek bir an durmadan Allah'a secde ederiz, iyilikte bulunuruz ve bizim gibi hayırlısını yeryüzünde bulamazsınız.

— Hayır, hayır! Yine: "Bu dünya hayatımızdan başka bir hayat yoktur" derdiniz.

— Biz Allah'ın bu azabını gördükten sonra nasıl öyle düşünebiliriz?

— 'Ve sizler "Biz diriltilecek değiliz" derdiniz.'[139]

— Kesinlikle öyle demezdik!

— Şu an bile kendinize karşı yalan söylüyorsunuz. Hâlbuki Cenab-ı Allah: "Bu dirilme gerçek değil mi?" diye size sormuştu ve siz de "Evet gerçektir" demiştiniz. Artık gerçek ortaya konmuştur. Dünyada yüklendiğiniz günah sebebiyle ve inkârınızdaki aşırılık nedeniyle azabı tadın!

— Dünyada ihmal ettiğimiz şeylerden dolayı bizlere yazıklar olsun!

— Evet, yazıklar olsun size. İblis'in askerleri ve azgınlar yüzüstü atıldılar; şimdi sizler de bölük bölük atılacaksınız. "Kendisini yalanlamakta olduğunuz azaba girin! Haydi, üç çatallı bir gölgeye, cehennemin dumanına girin. O ne gölgelendiricidir ve ne de alevden korur. Çünkü o, saray gibi büyük kıvılcımlar saçar, sanki o kıvılcımlar, peş peşe gelen sarı develer gibidir.Yalanlayanların vay haline!"[140] Bugün kimse konuşamaz, özür dileyemez. Bu hakk gündür. Siz ve sizden öncekileri bir araya getirdik. Azaptan kurtulmak için bir tuzağınız varsa haydi Allah'a tuzak kurun! Burada sonsuz kalacak, irin ve kaynar su içecek, ne bir serinlik ve ne de bir içecek tadacaksınız.

Ateş öncesi son hitaptı. Ateş acıydı, ateş yakıyordu, ateş inletiyordu. Ne serinlik, ne su, ne de rahat bir teneffüs vardı. Acı, ızdırap... Deriden ta içteki en küçük birime kadar nüfuz eden ateş... Ve tepetaklak düşüyorlardı, yanıyorlardı, bağırıyorlardı. Nereye vardıklarını bilmeden inliyorlardı.

O kaplayıcı alev arasında kapıların açıldığını gördüler. Kapılar demirden, kor halinde, kızarık ve kıpkırmızı. Ateş kapıları zorluyor, bir yükseliyor bir iniyor. Ateş içinde ateş, azap içinde azap...

Bir itilişle itilip kakıldılar. Kapılardan ebedi meskene, alevli-kızgın ateşe ve nice işkenceye atıldılar. O kızıl, şimşek gözlü cehennem bekçilerinin kızgın bakışları altında azaba katlandılar.

— Bize merhamet eden yok mu, buna nasıl sabrederiz? diyorlardı. Cehennem bekçileri:

— 'İşte yalanlayıp durduğunuz ateş budur! dediler. Bu cehennem de mi sihirdir? Yoksa siz mi görmüyorsunuz? Girin oraya! Artık sabretseniz de sabretmeseniz de birdir.' [141]

Ruşen üste doğru baktı. Hiçbir aydınlık yok, kapkaranlık bir duman, yüzü yalayan ateş ve yanmış deri kokusu. Ve karşısında kıvılcımların aydınlattığı bir kapı, bir cehennem tabakası, çılgın bir ateş. 'Homurtu sesleri, kaynayışlar ve öfkeli çatlayışlar.' Kulakları sağır eden, alın çizgilerini kabartan, kederi artıran, kalpleri titreten dehşetli uğultular... [142]

Cehennem bekçileri Ruşen'in grubuna seslendi:

— Size bu azabı haber veren bir nezir-korkutucu gelmedi mi?

— Doğrusu uyarıcı geldi, ama biz yalanladık.

— O'nun getirdiği kitabı mı yalanladınız?

— Onu ve getirdiği her şeyi yalan saydık.

— Neden yalanladınız?

— 'Biz, "Allah hiçbir şey indirmemiştir, siz ancak bir dalâlet içindesiniz" dedik. Ama bugün görüyoruz ki eğer işitir veya akıl eder olsaydık, bu alevli ateş ashabı olmazdık. '[143] Biz gerçekten günahkârlarız.

— Demek ki günahlarınızı itiraf ediyorsunuz. Artık hakk olan kapılı cehenneme girin! Sizler! 'Ey Ashab-ı Meş'eme üzerinize kapıları sımsıkı kapatacağız ve ateşle baş başa kalacaksınız.'[144]

Hâlâ bölükler halinde, sonsuzluğu yutacak enginlikteki cehennem çukuruna atılıyorlardı.

Ne zaman bir ümmet cehenneme girse, kendi din kardeşine, yoldaşına lanet ediyor. Orada toplandıklarında sonrakiler ve öncekiler tartışıp duruyordu.

Ruşen ve fikirdaşları Allah'a duada bulundular,

— 'Rabbimiz! Bu liderlerimiz, fikir önderlerimiz bizi dalâlete düşürdüler,' biz onları hakk sanmıştık. Ve gerçekten biz insanların bu kadar yalancı olduğunu bilemedik. Bize öyle inandırıcı geldiler ki, o fikirleriyle ciltlerce kitaplar oluştu. Nice ilim ve bilim adamı, sanatçı, ressam, devlet adamları ve diğer meslek erbabı insanlar bu fikirlerin doğruluğunu kabullenip peşinden koştu, doğruluğunu tasdik edip uğruna savaştı. Ve bizler de bunca insanın aklına güvenip dediklerini doğru saydık. Böylece sapıklığa düştük. 'Bu ateşe girmemize sebep olanlara kat kat azap ver! '

— 'Siz de dâhil herkes için kat kat azap var,' diye buyurdu Cenab-ı Allah tüm İzzet ve Celaliyle.

Bunun üzerine fikir önderleri takipçilerine dönüp:

— 'Şimdi sizin bize bir üstünlüğünüz yoktur,' dediler. 'Öyleyse kendi kazanageldiğiniz günahlar yüzünden, kendi azabınızı tadın!' [145]

— Siz yalancıları Allah çirkin kılsın!

Önderlerine karşı olan intikam duyguları hadsizdi. Bu alevlere de sabredilemiyordu. Sürekli bir feryatlar dizini var, ama cehennemin o korkunç sesli kaynayışında kaybolup gidiyordu. Onların feryatlarını, figanlarını işiten yalnızca Cenab-ı Allah'tı.

— "Ayetlerim size okunuyordu da siz onları yalanlıyordunuz değil mi?" [146] dedi Cenab-ı Allah. "Feryat etmeyin bizden yardım göremezsiniz. Okunan ayetlerime karşı büyüklük taslayıp ökçeleriniz üzerinde geriye dönüyordunuz, geceleri toplanıp saçmalıyordunuz." [147] Gece hayatı oluşturup isyanda azgınlaşıyordunuz.

— Rabbimiz! Bize bir kolaylık, bir faydalanma ver.

— "... Dünya hayatınızda, bütün güzel şeylerinizi giderdiniz. Ve onlarla faydalandınız. bugün ise büyüklük taslamanızdan dolayı aşağılayıcı azap ile cezalandırılacaksınız!" [148] 'Nasıl! Bu azap/ateş gerçek değil miymiş?

— Evet Rabbimiz! Yemin ederiz ki gerçektir.

— Öyleyse tadın azabı!' [149]

Cehennem azabının hafiflemesini istiyorlar, Allah'a yalvarıyorlar, fakat hiçbir olumlu icabet olmuyordu. Üstelik Ashab-ı Nar cehenneme düşmeleriyle tüm vücutları irileşmiş, kocaman kocaman oluvermişlerdi. Acılarının katmerleştiğini görüp:

— Neden irileştirildik? diye sordular.

— Azabı daha iyi tadasınız diye, dediler cehennem bekçileri. Rabbimizin sizden intikamıdır. Peki, Allah dışında taptıklarınız nerede? Size yardım ediyorlar mı?

— Onlar bugün bizden uzaklaştılar.

— Size faydası olmayanlara mı uymuştunuz?

Ashab-ı nar, cehennem bekçilerine cevap vermeyip kendilerinden uzak duran önderlerine döndüler.

— Elbette biz sapıklıktaymışız, dediler. 'Çünkü biz, sizi âlemlerin Rabbi Allah ile bir tutuyorduk.'

— Biz sizi zorlamıyorduk ki!

— 'Bizi ancak siz günahkârlar dalâlete düşürdünüz. Şimdi ne şefaatçimiz ne de yakın dostumuz var. Ah keşke! Bizim için bir şans daha olsaydı da dünyaya dönseydik ve inanan olarak gelseydik.' [150] Ve bugün bizlerden uzaklaşan önderleri lanetleseydik.

Gruplarla liderler arasındaki çekişmeler devam ediyordu. Başka bir grupta zayıf düşürülenler büyüklenenlere lânet edip onlarla tartışıyordu.

— Siz olmasaydınız elbette biz de mü'min kimseler olurduk!

— Size Hakk geldikten sonra, sizi hidayetten biz mi çevirdik? Bilakis kendiniz sapıklıkta olan günahkâr kimselerdiniz.

— Hayır! Gece gündüz durmadan kurduğunuz tuzaklar bizi hidayetten çevirdi. Bize Allah'ı inkâr etmemizi ve O'na ortaklar koşmamızı emrederdiniz.

— Artık azapta eşitiz, yakınmanın anlamı yoktur.

— Ah keşke sizlere uymasaydık.

'Zayıf düşürülenler, müstekbirlerle olan tartışmalarını bırakıp içlerindeki pişmanlığı gizlerdiler. Artık kızgın demirden halkaların başlarına geçirildiği zamandı.' [151] 'Halkalar boyunlarına geçirileli, yüzleri dik yukarı bakar hale gelmiş ve azapları katlanmıştı. Hep beraber Cenab-ı Allah'a dönüp duada bulundular.

— Rabbimiz, dediler. Bizi bu cehennemden çıkar ki dünyada işlemekte olduğumuz günahlardan başka, salih bir amel işleyelim!'

— "Sizi, ibret alacak bir kimsenin, kendisinde ibret alacağı bir süre kadar yaşatmadık mı? Size korkutucu peygamber gelmişti. Tadın azabı! Artık zalimlerin yardımcısı yoktur." [152]

Cehennem bekçileri azapların çeşidini bildiriyorlardı. Bir grup vardı ki reislerine kayıtsız, şartsız itaat etmiş, yaptıklarını sorgulamadan doğrulamışlardı. 'Cehennem bekçileri o reislere:

— 'Bunlar sizinle beraber ateşe girecek olan size körü körüne uyan topluluktur,' dediler.

Reisler, onların da günahlarını çektiklerini düşünerek yan yan baktılar, pişkin pişkin söylendiler:

— 'Onlar rahat yüzü görmesin! Onlar hak ettikleri ateşe girecekler.

Reislere uyanlar bu sözlere isyan ederek:

— Hayır! Siz rahat yüzü görmeyin, dediler. Bunu siz başımıza getirdiniz. Rabbimiz! Bizim başımıza bunu saranların azabını bir kat daha artır!' [153]

— Sizler sadece ahmak bir topluluksunuz.

— Ey müstekbirler! 'Dünyada size tabiydik. Şimdi siz ateşin birazını, az da olsa bizden defedebilir misiniz?

— Doğrusu biz, hep beraber onun içindeyiz. Şüphesiz ki Allah, kendi kulları arasında gerçekten hükmünü vermiştir.' [154]

Cehennem bekçileri onların hepsine:

— "... Elbette Allah'ın size olan gazabı, kendinize olan gazabınızdan daha büyüktür, dediler. Çünkü sizler imana davet ediliyordunuz, fakat inkâr ediyordunuz.

Onlar da Allah'a yalvardılar tüm güçleriyle:

— Rabbimiz! Bizi iki defa öldürdün ve iki defa dirilttin. Şimdi günahlarımızı itiraf ettik. Acaba buradan çıkmaya yol var mı?

— Bu azabın sebebi şudur: Bir olan Allah'a davet edildiğinizde inkâr ettiniz! Hâlbuki Allah'a ortak koşulsa, inanıyordunuz. Artık hüküm Aliyy, Kebîr Allah'a aittir."[155]

— "Rabbimiz! Cinlerden ve insanlardan bizi dalâlete düşürenleri bize göster ki onları ayaklarımızın altına alalım da en aşağılıklardan olsunlar!" [156] "Rabbimiz! Bedbahtlığımız bize galip geldi de sapıklığa düşenler topluluğu olduk. Rabbimiz! Bizi buradan çıkar. Eğer bir daha küfre geri dönersek, o zaman gerçekten zulmeden kimseler oluruz." 157

— "Yıkılıp gidin, kesin orada sesinizi, bana konuşmayın! Kullarımdan bir zümre:"Rabbimiz! Biz imân ettik; artık bizi bağışla, bize merhamet buyur. Sen merhametlilerin en hayırlısısın!" derken, siz onları eğlence konusu edindiniz; tâ ki onlarla alay etmeniz, size Beni anmayı unutturdu. Ve siz onlara gülüyordunuz. Şüphesiz ki sabretmelerine karşılık bugün o alay ettiklerinizi mükâfatlandırdım; gerçekten kurtuluşa erenler onlardır.

— Peki, siz yeryüzünde seneler itibariyle ne kadar kaldınız?

— Bir gün veya günün bir kısmı kadar kaldık; artık o sayanlara-hesap tutan meleklere sor, Rabbimiz!

— Ancak pek az kaldınız; eğer gerçekten siz biliyor olsaydınız! Sizi ancak boşuna yarattığımızı ve gerçekten siz, bize döndürülmeyeceğinizi mi sandınız? İşte gerçek hükümdar olan pek yücedir; O'ndan başka ilah yoktur. O Kerim olan arşın sahibidir." 158

Cehennemliklerin Cenab-ı Allah ile olan son diyaloglarıydı. Ebediyen artık onlarla konuşmayacaktı. Böylece Ashab-ı Şimal'ın yalvarma faslı da bitmiş oldu. Rahman ve Rahim olan Allah, Kahhar ve Şedid-ül ikab isimleriyle onlara muamelede bulunmuştu. Allah'ın nurlu nidasını da işitemeyeceklerdi, ateşli ve sıkıştıran ateşle yalnızlığa ve acıya mahkûmdular.

Ruşen, kendisiyle aynı fikri taşıyan babası, annesi ve kız kardeşiyle aynı tabakada bulunuyordu. Nitekim peşinde oldukları liderleri oradaydı. Hiçbirinin diğerini soracak hali yoktu.

Ruşen azap sancısı içinde göz ucuyla babasına baktı. Babası azap içinde azap görüyor, bağırıyor, çağırıyor ve eğer o azaptan kurtulması için fidye isteseler, gözünü kırpmadan, çocuklarını, eşini, annesini, babasını, kardeşini feda etmek istediğini söylüyordu. Ruşen kesinlikle babasına acımıyordu, bilakis öfkeli ve kızgındı. Kendisinin iki katından fazlasıyla azap çekmesini istiyordu. Ona bu sapkın fikri empoze eden ve savunmasını sağlayan babasıydı. İnsan babasına güvenmez mi? Bir baba çocuğunun kötülüğünü ister mi?... Ama ne her baba güvenilirdir ve ne de her baba çocuğunun sadece iyiliğini ister. Bu aşikârdı ve gerçekti. Ruşen çok geç anlamıştı babasının sapkın olduğunu, sapık fikirleriyle kendisini de kirlettiğini ve acı sona mahkûm ettiğini...

Şimdi, babasının kendi azabını da yüklenmesini istiyordu. Yeter ki kendisi rahatlasın ve kurtulsun. Hükmün kesinleşmiş ve değiştirilemez olması onu büsbütün yıkıyordu. İçinden "Allah'ın gazabı kat kat olsun sana!" deyip bakışlarını babasından çevirdi.

Ruşen annesini aradı göz ucuyla. Onu çığlık çığlığayken gördü. Ona ne işkenceler yapmışlardı? Saçları alev alev yanıyor, kızgın şekilde yüzünü ve kafa derisini eritiyordu, işlem tekrarlanıyordu. Annesi çıplaktı ama bedeni tamamen siyahtı. Bu kapkaranlıkta kimsenin kimseye bakacak mecali de yoktu.

Annesine de acımıyordu, ya o anne ki hani yufka yürekliydi, hani Ruşen hastalandığında saatlerce yanı başındaydı. Ekmeğini dilimleye dilimleye yediren, sevgiyle kucağına alan ve sevinçli, parıltılı gözlerle, gülücüklerle kendisini karşılayan annesi... O nasıl olurdu da oğlunun istikbalini ebedi cehennem kılardı. Bunu nasıl yapmıştı, bu nasıl anlayıştı?! Bir ana bu kadar sadist olabilir miydi? Hem kendisinin, hem çocuklarının hayatlarını zehirleyen, ateşli azaba duçar eden, ahmak annesini ne kadar da akıllı ve duygusal biliyordu. Oysa ölümünden bu yana o biricik annesi hiç de "oğlum" diye ona sarılmamıştı. Azabı, gerçeği anladığında annesi artık kendi derdine düşmüştü, çocuklarını, kocasını bir çırpıda silivermişti.

Annesinin yeni kötülüklerini de öğrenmişti. Diri diri iki çocuğunu modern tıpçıların elinde acımasızca ölüme mahkûm etmişti. Öyle canice ki kollarını, başını, ayaklarını koparttırarak...

Anlamalıydı; bu kadın bir canavardı. İçgüdülü annelik duygusunu tatmin etmeye çalışmış, sadece kendini düşünen, bencil ve acımasız bir kadınmış.

Meleklerin bu kadına musallat olup demirlerle dövmeleri boşuna değildi.

Annesinden, onun azabını yüklenmesini isteseydi ne cevap alırdı? Cevabı belliydi. Anne ancak kendi derdindeydi. Kim demiş; "Anneler çocukları için canını feda eder." diye? Meğer burada bu söz geçmezmiş. Can feda etmek bir kereydi, ama azap çekmek sonsuzdu.

İçinden "Allah'ın laneti, gazabı üzerine olsun, siz değil misiniz bu azabıma sebep olanlar" dedi. Annesiyle son kez göz göze geldi. Annesinin gözlerinde çektiği acıyı ve alevli ateşin yansımasını görüyordu. Artık bu sonsuz kader ikisinin de ortak paydasıydı. Ve bir dumanımsı karartı aralarına girdi, artık ona bakacak zamanı yoktu.

Lime lime dökülen bedenin acısıyla, gözleri kız kardeşi Zozan'ı aradı. Cehennem engindi, ne uzak ne de yakındı. Göz keskinliği bugün farklıydı, azap katlansın diye bu keskinlik katlanmıştı.

Zozan'ın çıplak bir halde olduğunu gördü. Bağırıyor, çığlık atıyor, kolları boynuna bağlı halde çırpınıyordu. Ne yazık ki ona acıyan yoktu. Biricik kız kardeşi kendisinden sonra ne yapmıştı ki bu kadar işkence ediliyordu. Bedenin tümü dağlana dağlana kızarmış, simsiyah olmuş ve deri dökülüyor, ardından tekrar tazelenip işlem devam ediyordu. Gögüslerine kızgın şişler geçiriliyor, sallandırılıyor ve bu yanıp kopuncaya kadar devam ediyordu.

Acaba bu kız, kendi elleriyle neler uydurmuştu. Evde sırdaşı, beraberce büyüdüğü, yemeğini, harçlığını ve kitaplarını paylaştığı kız kardeşi...

Evet, o da Allah'a inanmazdı. "İstediğim gibi inanır ve yaşarım" diyordu. Biraz açık giyinirdi; mini eteklerle, dantel üstle gezinirdi. Bu sadece onun suçu değildi, günün modası öyleydi. Üstelik herkes de aynı şekilde giyinirdi. Bu büyük bir suç muydu?

Tatil zamanlarında erkek arkadaşıyla gezerdi. Bu da onun en doğal hakkıydı. Evlenmek için birbirlerini tanımalıydılar. Sevgi için birliktelik ve flört gerekirdi. Tüm ailesi de öyle düşünürdü. Onun kişisel tercihine karışmak modern düşünceye, modern yaşama aykırıydı. Varsın çocuklar diledikleri gibi hür yaşasınlardı.

Birdenbire aklına geldi: Gerçekten o erkek arkadaşıyla evlenmiş miydi? Yoksa daha nice erkek arkadaş mı edinmişti? Sonucu belki bilmiyordu, fakat gerçek şu ki azabı çetindi. Saçları alevleniyor, gözleri oyuluyor, dudakları göbeğine kadar sarkıyor, göğüsleri eritiliyor, bacakları kızartılıyor...

Ruşen, kendisi de temiz değildi; namus anlayışı hayvaniydi. O da nice kız arkadaş edinmişti ki, fikir yapısı bunu gerektiriyordu ve bugün de işledikleri günahlara göre nice nice azablara katlanacaktı. Şüphesiz mücrimlerin hepsinin azabı eşit değildi. Her bir günahın elemli ayrı bir azabı olacaktı. Şimdi yine azabıyla baş başaydı. Yeni tehlikeler geliyordu. Nice zamandır, girdiğinden beri ateşe, beraber olduğu grupla gözyaşı akıtarak ağladılar.

Cehennem bekçileri onlara seslendi:

— Ey bahtsızlar topluluğu! Sakinlerine merhamet edilen bir diyarda, yani dünyada ağlamadınız. Şimdi mi ağlıyorsunuz? Medet dileyecek birini bulabilecek misiniz bakalım?

— Cennetliklere sesleneceğiz, belki yardım ederler.

Yüksek sesle bağırarak cennetliklere seslendiler:

— Ey cennetlikler! Ey babalar, analar ve evlat topluluğu. Bizler mezara susamış olarak girdik, susamış olarak çıktık. Mahşerde uzun süre susuz bekledik. Ve burada da yine uzun zamandır susamış haldeyiz. Bize biraz su!

Cevap veren, muhatap olan yoktu. Umursanmamışlardı, kahredici bir beklenti içinde bocaladılar. Yardımda bulunacak var mıydı? Sonuç müjdeli mi yoksa hüsran mı olacaktı yine?

Alevden perdeler onları çepeçevre kuşatıyor, onları sıkıştırıyor, derine nüfuz ediyor, pörsüyen derilerini yalıyor, yakıyor, eritiyor, döküyordu...

Yardım dilemelerine cevap geliyordu(!), umutlu ve müjdeli gözlerle intizardaydılar: Ve su...

Kana kana içmeliydiler, yıllardır, asırlardır susuzdular.

Ruşen suyun rengine, tadına bakmadan içmişti. O da ne bu su katıydı, yutulmuyordu, yutmaya çalışıyor, uğraşıyor, yutkunuyor, ama boğazdan geçiremiyordu. Boğuluyor gibi ve yeni yeni içtiğinin kokusunu aldı. Dayanılmaz bir koku ve dayanılmaz bir tat, nasıl olmuştu da bunu içmişti. 'Bu pis kokulu irinden başka bir şey değildi.' O irin ki azı dahi dünya denizlerini içilmez kılardı.

'Ölüm, her taraftan ona geliyordu. Hâlbuki o ölecek bir kimse de değildi ki ölüp kurtulsun.' [159] Oysa bunların ardından yine ağır azap vardı.

Ruşen bir an cehennem bekçilerinin kovalarla su taşıdığını zannetti. "Evet evet!... O kovalar su olmalıydı" sudan alma umuduyla;

— Biraz su! dedi. İçimi ve yüzümü serinletecek bir su lütfen, merhamet edin, acıyın!

— Su mu istiyorsun? Öyleyse al!

Kovalar başından dökülüvermişti. Ruşen çığlık çığlığaydı.

— Aman Allah'ım! 'Bu ne biçim su? Erimiş maden gibidir. Ah... Yüzüm haşlandı. Bu ne kötü içecek, ne kötü yer!' [160]

— Sen Allah'ı inkâr ediyordun değil mi? Ve sınırsız günah işlemeyi diliyordun. Nice azap çeşitlerimiz var. Sızlanman fayda vermeyecektir. Şimdi sana elbiseler giydirelim de azabın elemlisini çek!

Katrandan ve ateşten elbiseler giydirildi, başından kaynar su döküldü. Bedeni eriyor, organları dökülüyordu. O bağırıyor, çırpınıyordu:

— Ne olursunuz, ateş yetmiyor mu? Bir de bu işkenceler...

— Sen daha nice azaplarla karşılaşacaksın. Yoksa isyanınla beraber işlediğin o günahların cezasız mı kalacaktı?

— Merhamet edin! Suçumu kabul ediyorum.

— Bugün kabul etsen de etmesen de birdir. Şimdi de şu demir kamçıları tad bakalım!

Sırtına kızgın 'demir kamçılarla' vurdular,[161] yakıcı izi ve içe nüfuzu müthiş elem veriyordu.

— Ah!... Eyvaaah!...

— Haydi bakalım! Azabı savabiliyorsan sav !

— Keşke kaçabilseydim! Ya da azabın şiddeti bitseydi.

— 'Sen yüzünden, sırtından ateşi savamadığın gibi,'[162] bu kamçıları da savamazsın, azabı iyice tad!

Yüzü geceden karanlık parçalarla örtülmüş gibiydi. Cehennem bekçileri ona sordular:

— Hani sen iman edenlere, "Bizim yolumuza uyun da günahlarınızı biz yüklenelim" [163] diyordun. Şimdi o günahları yüklenmek ister misin?

— Ama ben, o sözü cahilliğimden söylemiştim.

— O zaman söylerken gayet bilgiç bilgiç laflar geveliyordun, humeze-lumeze ediyordun.

— Yanlış yaptığımı biliyorum, bilgisizliğime verin!

— Hayır, hayır!.. Bugün hem kendi hem de başka yükleri yükleneceksin ve uydurduklarının hesabını vereceksin. Böyle deyip de kandırdığın, sapık yola sevk ettiğin insanların günahı, bedduasıdır. Söylenen her sözün kaydedildiğini ve bir gün karşına çıkacağını akletmeli değil miydin?

Azap tüm şiddetiyle devam etti. Kâfirler cehennemde yanıyor, mü'minlerin kurtuluşunu da kıskanıyorlardı. "Bir grup azgın kâfir, bekçilere sordular:

— Ne oluyor ki! Dünyada kendilerini düşükler saydığımız fakir Müslümanları aramızda göremiyoruz. Onları alaya alıyorduk; yoksa gözlerimiz mi onlardan kaydı?" [164]

— Onlar Allah'ın lütfuna mazhar oldular, siz ise alaycılığınızla sadece azabınızı katladınız. Ebedi olarak cehennemdesiniz. Kibirlenenlerin yeri ne fenadır.

— Rabbinize dua edin de hiç değilse bir gün olsun, bizden azabı hafifletsin!

— 'Size Resuller mucize getirmiş değil miydi?

— Evet, getirdiler.

— Öyleyse, siz kendiniz dua edin Rabbinize!' [165] Demek ki Resulleri yalanladınız. 'Öyleyse boyunlarınızda halkalar, zincirler olacak, kaynar suda sürüklenecek ve sonra yine ateşte yakılacaksınız!' [166]

Duaları boşunaydı. Azabın şiddeti karşısında yok olmayı diliyorlardı.

— Ey Malik! diye seslendiler. Rabbine dua et, bizim üzerimize artık ölümle hükmetsin!(işimizi bitirsin)

Cehennem sorumlusu Malik:

— Doğrusu siz azapta ebedi olarak kalıcısınız, dedi ve

isteklerini reddederek kestirip attı.

Cehennemin yedi tabakası da dolmuştu. Yahudi ve Hıristiyanlardan kâfir olanlar, Mecusi, ateist ve daha nice batıl fikirlerinde ısrar edenler ayrı ayrı tabakalara yerleştirilmişlerdi. Çılgın alevler, demir kamçılar ve kapılar ile ateşten döşekler, örtüler, elbiseler içindeydiler. Su isteyene maden eriyiği veriliyor, iç organları eriyip dübüründen çıkıyor ya da irin veriliyor, o da boğazda düğümlenip kalıyordu. 'Zakkum ve dikenler yiyecek olarak sunuluyor, ardından kaynar su ile yardım ediliyordu! Kâfirler ise bir türlü suya kanmayan bir hastalığa yakalanmış develerin içişi gibi içiyorlardı' [167] yine. 'Ve bağırsakları paralanıyor,' [168] eriyip kalıyorlardı.

*

Tarık da fikir önderleriyle birlikte ayrı bir bölük olarak Ruşen ve yandaşlarıyla aynı akıbeti yaşıyordu. Yollar farklı olsa da varılan durak aynı olmuştu. Ruşen ve yandaşlarının, fikir önderleriyle olan tartışmaları, Allah'tan istekleri, cehennem bekçileriyle diyaloglarının hemen hemen tıpkısı Tarık'ın bulunduğu grupta da yaşanıyordu. Onlar önderlerini lanetlemiş, önderleri de onları bırakmış, uzaklaşmışlardı.

'Cehennem bekçileri onlara sordu:

— Allah'ı bırakıp da ortak koştuklarınız önderler, fikirler nerede?

— Bizden kayboldular, gerçekten bizler daha önceden hiçbir şeyin peşinden gitmiş değiliz.' [169]

— Çok geç! 'Bu azap ise şımarma ve böbürlenmenizdendir.' [170]

— "... Keşke bize bir dönüş olsa, bugün bizden kaçtıkları gibi biz de onlardan beri olsak!.." [171] "... Biz Allah'a tek olarak inandık ve şirk koştuklarımızı inkâr ettik. [172]

— Onların sizi bırakmasından, sizin de alevli ateşe yaslanmanızdan sonra mı iman etiniz?

Bunların azabı da tüm şiddetiyle devam ediyordu. 'Cehennem bekçileri, cehennemin alt tarafına ateşten döşekler koydu ve üste de alevli örtüler serdiler.' [173] Suçlulara dönüp:

— Şimdi katlanmış azabı tadın! diyorlardı. Demir kamçıları, topuzları yiyin! 'İçeceğiniz kaynar su, yiyeceğiniz kuru dikendir!' [174]

Her tabakadaki, her köşedeki manzara aynı. Bağırışlar, çırpınmalar, çığlıklar, acının yansıması gözyaşları, pişmanlığın tercümanı; Ah keşkeler...

*

Atilla; dostları, kandaşları, yoldaşları, fikir babaları önderliğinde azaba sürüklenmişlerdi. Atilla için acı bir tabloydu. Oysa annesi, babası Allah'ın ğufranına nail olmuş, "Ashab-ı Meymene" arasına katılmışlardı. Kendisi nerede hata yapmıştı? Ölçüyü nerede kaçırmıştı ki, önderleriyle birlikte İblis'le aynı mekânı paylaşıyordu.

Onlar da diğer tabi olanlar gibi reisleriyle çekişmiş, "Bu azaba bizi sürükleyen sizsiniz, haydi bu azabı bizden savın!" demişlerdi, ama çabaları boş çıkmıştı.

Cehennem bekçileri, Atilla ve yandaşlarına sordular:

—" Sizi Sakar'a sokan nedir?

— Biz namaz kılmazdık."

— Siz değil misiniz "Altı üstü bir namaz; kılmasak dinden mi çıkacağız" diyenler? Oysa Resulünüz: "Kul, bazen düşünmeden bir söz söyler de cehennemi boylar" demişti.

— Bizler hakiki manada iman etmiş değildik. Meğer bilmeden Allah'a şirk koşmuşuz. Dini; kültürel bir değer olarak düşündük.

— Allah'ın varlığını dille kabul etmek yeterli değilmiş. Kendiniz gördünüz; Allah'ın varlığını en iyi bilen İblis-şeytandır. O ise cehennemde azabın en şiddetlisindedir. Allah'ın yasaklarını size bildiren Resul'e uymanız gerekmez miydi?

— Evet, biz namaz kılmadığımız gibi, lâfzen 'hesap gününe inanır, fiilen yalanlardık ta ki bize ölüm geldi.' [175]

— Haydi, insana susayan, ne et ne kemik bırakan ve ne de ölüme terk eden Sakar'a girin:

Ne kadar da ölmeyi istiyordu. Annesinin ölçülü davranmasındaki telkinlerini neden dinlememişti? İnsan peşinde koştuğu fikrin, ideolojinin Hakk'a uygunluğunu araştırmaz mıydı? Cehalet ve ahmaklık en büyük azap sebebi değil miydi?

*

Münafık güruhu; evvelkilerle sonrakiler beraber toplanmış, bölük bölük cehenneme sürülmüşlerdi. Mü'minliğe ramak kala, mü'minlerle beraber olmalarına rağmen iman etmeleri nasip olmamış, şüphe içinde çift taraflı olmayı, yüze gülmeyi, arkadan vurmayı adet edinmişlerdi.

Cehennem bekçileri nida ettiler:

— Şüphesiz münafıklar, ateşin en aşağı tabakasındalar. Onları yüz üstü çekerek en alta alın, azabı tatsınlar!

Yüz üstü süründürülerek, boyunlarına, sırtlarına vurularak cehennemin en alt tabakasına atılmışlardı. Aslan, şaşkındı. Ne yapmıştı ki bu kadar ağır işkence ve azaba müstahak olmuştu? İslam'ın, Müslümanların aleyhine çalışmayı, Müslümanlardan görünüp müstekbirler için çalışmayı küçümsüyor, hafif görüyordu hâlâ. Belki de cehennemin alt tabakasına girecek kadar büyük suç işlemediğine inanıyordu. Bunu değiştirecek kudreti de yoktu. Artık üzerindeki kat kat ateş içinde "ah"lar "keşke"ler çekecekti. Bulunduğu tabakada çok ünlü insanlar da vardı. Onların işkence çekişini müşahede ediyor, suçlarını öğreniyordu.

O tabakada cehennem bekçileri münafıklardan Ahnes b. Şureyk'e azap ediyorlardı:

— 'Sen miydin peygamberin yanına vardığında sözünü hoş tutan? Ayrılınca da yerde fesat çıkardın, ekinleri, nesilleri helak etmeye çalıştın. Sana "Allah'tan sakın!" denildiğinde, sen gurura kapılıp günah işledin. Senden sonra da nice despot zalimler, inatçı zorbalar, nesilleri yok etmek için çabaladı, soykırımlar gerçekleştirdi. Dünyayı yaşanmaz kıldı. Onların günahını da yükleneceksin. Cehennem sana yeter! '[176]

Ahnes b. Şureyk hiçbir cevap veremiyor, boş gözlerle umutsuzca izliyordu. Yapmacıklığa yer yoktu. O gizli ve pislikle dolu içi; açılıp yerine ateş doldurulmuştu. Kaynar su ve irinle destekleniyordu.

Aslan başka bir taraftaki çekişmeye, çığlığa bakışlarını yöneltti.

Cehennem bekçileri birilerine işkencede bulunuyor ve onları kınıyorlardı.

— Ey Medine münafıkları! Sizler Allah Resulü'nü gördünüz, yakından müşahede ettiniz. Öncelikli olarak iman etmeniz gerekmez miydi? Bilakis Allah Resulüne muhalefet ettiniz. Nice oyunlar çevirdiniz. Savaşta arkada ganimette ön saftaydınız. Hani mü'minler cihad için hazırlık yaparken sizler canlarınızla, mallarınızla Allah yolundu cihad etmekten kaçınıyor ve "Bu sıcakta sefere çıkmayın!" diyerek fitne çıkarıyordunuz. Peki, ne diyorsunuz, cehennem ateşi sıcaklık olarak daha çetin değil mi?

— Şüphesiz daha çetindir, dediler başları önlerinde.

Şu ana kadar Aslan başkalarını izlerken, şimdi o izleniyordu. Cehennem bekçileri ona sordu:

— Sen neden buraya girdin?

— Bilmiyorum, ben aslında Allah'a inanırdım.

— Allah kimseye haksızlık etmez, suçun ağır olsa gerek.

— Dünya menfaatim için Müslümanların aleyhine çalıştım. Ancak ileride tevbe etmeyi düşünüyordum. Lakin ölüm beklediğimden erken geldi.

— Demek ki sen dünya saadetini başkalarının felaketi üzerine kurmak istemişsin. Kariyer yapmak için kirli çalışmalarda bulundun. Allah'tan korkmadan, sakınmadan ibadetlerini yapmacık ve yalan hareketlerle ifa eder gözüktün sırf kariyerin için.

— Ama ben yapmasaydım başkası yapacaktı.

— Doğrudur, o zaman da burada sen değil başkası olacaktı, değil mi?

Bu cevap karşısında durakladı. Yeni anlamış gibiydi. Nasıl oldu da bunu düşünememişti. Acınarak istekte bulundu.

— Bu kadar ağır azabı hak edecek iş yapmamıştım.

— Sen galiba aldatıcılığı hafif sayıyorsun. Emin gözüküp aldatmak en büyük suçtur. Azabın şiddetlisi sizin içindir.

Aslan'la konuşmaları biten cehennem bekçileri ona azabın çeşitlerini tattırdılar.

Cehennem nöbetçileri nida etti:

— Ey münafıklar! Sizler en şiddetli azap görecek kimselersiniz. Sizlere hazırladığımız tuzakları tadın!

Ateşte kızartılmış demirden tabutlar konuldu ve bir bir yerleştirildiler. Yalvarana aldıran ve acıyan yoktu. Tabutlar Cübbû'n-Nazen tandırlarına bırakıldı. Önce tabutların kapağı kapatıldı ve ardından tandırların.

*

Cehennemin bir tabakası, çeşit çeşit azapların denendiği merkez... Çünkü buranın misafirleri özel kişilerdi. Bunlar kavmin liderleri, ünlü insanlar, fikir-ideoloji tanrıcıklarıydı... Onlara has, özel ağırlanma gerekiyordu. Ateşten duvarlı, sıra sıra dizili hücrelerde ardı sıra durmadan azap çekiyorlardı.

Cehennem bekçileri onlardan birine seslendi:

— Ey Ebu Leheb! O Allah Resulü ki sana en yakındı. Senin en başta O'nu doğrulaman, O'na ittiba etmen gerekmez miydi?

— Kuşkusuz O'nun eminliğinden şüphe etmedim. Gururum, kabile içindeki statüm ve -Allah lanet etsin, azabını kat kat artırsın-, Ebu Cehil'le olan dostluğum benim Resul'e uymamı engelledi.

— Bugün kendinden başka suçlu arama! Akıl etmeliydin. Dünyada seni zengin kılan malın sana fayda vermedi. O şerefin de seni kurtarmadı. Alevli ateşe yaslanacaksın, bakalım dayanacak mısın?

— Azabımı hafifletin, acıyın, merhamet edin!

— Senin azabını, alevli ateşini biz artırmıyoruz. Alevini artıracak olan senin gibi, o Allah Resulü'nün yoluna dikenli ağaçları koyup da eza veren, düşmanlıkta aşırıya giden, çok sevdiğin eşindir.

Az zaman geçmişti ki dumanın karanlığından saçı dağınık ve alev alev yanan, yüzü kederli, gözleri, dudakları yanmış, çirkin kılınmış Ümmü Cemile çok uzaktan, yorgun düşmüş haliyle göründü. Boynunda ateşten bükülmüş bir ip, sırtında kor ateşten odun taşıyor. İp boynunu, odun sırtını yakıp kavuruyor, o ise durmadan sabırla aynı işlevi görüyordu. Ebu Leheb'in önünde durup kor odunları bıraktı ve alevler yükseldi. Alevlenen ateşle Ebu Leheb:

— Allah sana lanet etsin, senin gibi hanımım olmaz olsaydı! dedi.

— Allah sana lanet etsin! dedi Ümmü Cemile. İki elin kurusun Ey Ebu Leheb! Bu azaba duçar olmamızın sebebi sen değil misin?

Onların bu tartışması hep öyle sürüp gidecekti. Ebu Leheb'in komşusunda da aynı tartışmalar ve konuşmalar devam ediyordu.

— Ey Ebu Cehil! Senin sığınağın **Haviye** nasıldır? Bu kızgın ateşe dayanmak nasıl?

— Azap çok şiddetli, az da olsa ara veremez misiniz?

— Oysa dünyada aralıksız fitne-fesat peşindeydin. O seçkin Resul'e yapmadığın eza kalmadı. Gerçek sana yakınken iman etseydin bu elemli azaba girmezdin.

— Ben, Muhammed'in (a.s) Resûl olduğunu biliyordum. Yalnız, O'na ittiba etseydim kabilem içindeki konumum ve şerefim zedelenir diye düşündüm. Lider ve reis ben olmalıydım. Bu hevesim beni elemli sona mahkûm etti.

— Ey Ebu Cehil! 'Muhakkak zakkum ağacı, çokça günah işleyenlerin yiyeceğidir.' Cehennemin dibinde yetişir, tomurcukları şeytanın başı gibidir, 'erimiş maden gibi acıdır, sıcak suyun kaynayışı gibi karnını onunla dolduracağız.'

— Artık hayatıma son verin! Bu azaba dayanamam!

Azaptan kurtulmak istiyordu, ölümü bin bir kez istiyordu. Cehennem bekçisi Zebani, emir verdi:

— 'Tutun onu, cehennemin ortasına sürükleyin, başından kaynar su dökün.'

Karnı zakkumla dolduruldu, başından kaynar su dökülerek işkence ediliyordu. Bekçi ona:

— 'Tat bakalım! Zannınca güçlü ve şerefli sendin!' [177]

Başka bir hücrede zebaniler Velid b. Muğire'ye sesleniyordu.

— Ey Velid! Sen ki şiirden anlıyordun. Kuran'ın bir şaire ait olmadığını biliyordun. O'nun Allah'ın kelamı olduğunu söylemeni ne engelledi?

— Ben... Ben, az daha iman edecektim. Kur'an beni büyülüyordu. Fakat konumum gereği ve dostlarımın beni kınaması korkusundan iman etmedim.Allah, Ebu Cehil'e lanet etsin, o benim akıbetimden baş sorumludur.

— 'Allah sana mal ve oğullar verdi, nimet verdi. Ama Allah'ın ayetlerine karşı inatçıydın...' 'Kur'an hakkında düşündün. Ölçtün, biçtin ve sonra yine ölçtün biçtin, baktın, kaşlarını çattın ve suratını astın. Arkanı dönüp büyüklük tasladın ve dedin ki: "Bu Kur'an bir sihirdir, bir insan sözüdür." Bugün Allah'ın sana vaad ettiği Sakar'a sokulacaksın. O Sakar ki ne et ne kemik bırakır ve ne de öldürür. Ve Sakar'ın ardında ateşten birikimli sarp bir yokuşa sardırılacaksın.' Azabın iyisini tadacaksın! [178]

Velid b. Muğire için bu azap hep devam edecekti.

Ve başka bir hücrede medyatik bir hoca'ya seslendi Cehennem bekçileri:

— Ey insanoğlu! Allah sana ilim verdi. İlim ile amil olman gerekirdi. İlmiyle amel eden olmadığın gibi, hakk ile batılı bilinçli olarak karıştırıyordun. Ekranlarda insanların karşısına çıkıp ortama göre fetva veriyordun. Az bir paha için Allah'ın ayetlerini gizliyordun.

— Ben pişmanım! Ünlü olmak istiyordum, "bilgi sahibidir" denilmesini istiyordum. Nefsim beni aldattı.

— Sen o fetvalarınla, konuşmalarınla, yazılarınla 'milletin malını yiyor,' onlardan nemalanıyor, 'altın ve gümüş biriktiriyordun.' [179] Yalılar da ve köşklerde, tatil arzusundaydın. İnsanlara karşı bilgiçlik taslarken arkada ise alay ediyordun. Artık sen karın dolusu ateş yiyeceksin ve insanları aldatıp biriktirdiğin o altın ve gümüş üzerinde kızdırılacaksın. Alnın, sırtın onlarla dağlanacak. Sen ki edindiğin malı sayıp duruyordun. Senin yerin **Hutame**'dir Uzatılmış direklerle kapatılmış ateş!..

Daha nice zalimler, despotlar, modern Cengiz Hanlar bu işkence safhasından geçiyordu. Onlar için elemli azabın en şiddetlisi vardı.

Cehennem sonsuza kadar var olacaktı. İçindekiler; kendilerine gelmez/uyuyamaz ve ölmezler de. Ateş üzerinde yürür, ateş üzerinde oturur, birbirlerinin irinlerini içerler. Yorganları, döşekleri ateştendir. Gömlekleri ateşten ve katrandandır. Yüzlerini, bedenlerini ateş kaplar, acı ve ızdırap kaplar, pişmanlıklar içinde elem uzayıp gider...

* * *

"İçinizden oraya (cehenneme) gitmeyecek
hiç kimse yoktur. Bu, Rabbinin katında kesinleşmiş
bir hükümdür. Sonra Allah'tan sakınanları kurtarırız
ve zalimleri öyle diz üstü çökmüş olarak bırakırız."
(Meryem:71-72)

SIRAT VE CENNET

Sabikun ehli, Ashab-ı Yemin ehli ve günahkâr mü'minler hepsi beraber cennetin yoluna sevk edilmişlerdi. Allah Resulü Hz. Muhammed (s.a.v) öncülüğünde tüm Resuller en önde yol alıyorlardı. Ehl-i Necat olan mü'minler için henüz tehlike geçmiş değildi. Cenab-ı Allah'ın kesinleşmiş hükmü vardı. O da cehennemi görmek ve sırat'tan geçmek korkusu...

Nurlu olmayanlar için yol karanlıktı, yol uzundu. Resuller binekler üzerinde parlak nurlarıyla şereflenmişlerdi. Mü'minler de amellerine göre nurlanmışlardı. Sabikun ehli, onlar ki İslam davasında öncü, Allah'a itaatte ve takvada en önde olan kimselerdi, en nurlu mü'minler sınıfını oluşturuyorlardı. Hemen ardlarında Ashab-ı Yemin, onlar ki amel defterleri sağ tarafından verilen, müjdelenen kimselerdi. Nurları sağlarında, önlerinde koşup yol almaktaydılar. Orhan ve Mehmet aileleriyle birlikte Ashab-ı Yemin'den olduklarından, nurları sayesinde rahat ve sevinçli bir yol almaktaydılar.

Öyle mü'minler vardı ki terazileri denk gelmiş ya da günahları ağır gelmişti. İşte bu mü'minlerin asıl imtihanı sırat köprüsüydü. Bugünahkâr mü'minlerden kiminin nuru var, kiminin nuru yoktu. Nuru olan da bir parmak ucu kadar yanan ve sönen nuruyla yol almaya çalışıyor. Nur yanınca adımını atıyor, sönünce de durakalıyordu. Nuru olmayanlar ise başkalarının nuruna muhtaç olarak yol alıyor, düşüyor, ayakları birbirine dolanıyordu. Korku ve endişeyle çabalayıp duruyorlardı.

Nurlu mü'minler, nuru yetmeyenlerin acıklı, ızdıraplı manzaraları karşısında, kendi nurlarının da sönüp sönmeyeceğinden emin değillerdi ve Allah'a dua ediyorlardı:

— "... Rabbimiz nurumuzu tamamla; bizi bağışla, doğrusu Sen her şeye Kadirsin." [180]

Tüm mü'minler ahenkli ve gür bir sesle bu duada bulunuyordu. Bütün nimetlere rağmen, çetin bir yolculuk ve istikbal endişesi...

Mü'minlerin önüne, ansızın tüm haşmetiyle çetin duruşuyla, kaynayış ve homurtusuyla cehennem çıkmıştı. Dumanımsı ve dipsiz bir kuyu, kalpler titreşimde, dizler çözülmekte, "acabalar" zihinde koşturmaktaydı. Görüntü korkunçtu, görünen feciydi, tüm beden istem dışı ürperip duruyordu.

Ve melekler, cehennem alevi üzerinde kurulmuş kılıçtan keskin ve kıldan ince Sırat'ı gösterip:

— Buradan geçeceksiniz, diyorlardı.

Sırat'ı, baştanbaşa melekler sarmış; durmaksızın Allah'ı tesbih ediyor; bu anın korkunçluğundan mü'minlerin içinde bulundukları bu imtihanı başarıyla vermeleri için Rahman'dan selamet diliyorlardı.

Bu nasıl bir köprüydü? Kim geçebilirdi ki görünen halinden? Kılıçtan keskinse o zaman kesecektir, kıldan ince ise o zaman ayaklar kayacaktır.

Bu köprü fiziki bir köprü değil, ameli bir köprüydü. Dünyada sırat-ı müstakimde didinip çalışan, takvayı azık edinen, hayrı amel edip, günah yükünü hafif tutan, beden olarak da hafif olacaktı ve sırat o kişi için dümdüz, geniş bir cadde oluverecekti.

Dünyada sırat-ı müstakimde olduğu halde, Allah'tan sakınmayıp, sağa-sola sapan, yükünü günahlarla ağırlaştıran, tevbe etmeyi hep erteleyen, günahını küçümseyip duran elbette Rahman'a isyanıyla, köprüye ilk adım atışında zelzeleye tutulacaktı.

İncecik bir köprü, simsiyah duman, alevlerin yüksele yüksele neredeyse köprüye değmesi, cehennemin sesi ve öfkesi, kişinin zayıflığı, kalbinin ızdırabı, ayaklarının titremesi ama ince yoldan geçmeye zorlanması ve günahlar altında ağırlaşan beden.

Kişide hissi bir takatsizlik... Önde insanların kayıp düşmesi, gözlerin durmadan manzarayı korkuyla kaydedişi ve köprüye uzanan çengeller... Köprü üzerinde "ha düştü ha düşecek" derken zorla yol alanın ortaya kadar gelmesi ya da bitişe bir adım kalırken çengellere takılıp düşmesi... Kişinin o an feryadı, bağırması, inlemesi ve derinden nefes alması... Ateşin dokunmasıyla imdat dilemesi... An zordur, manzara korkunçtur, bir mü'minin cehennemin derekesine yuvarlanışını seyretmek.... İnanmanın ;ancak amel etmemenin bedeli bu olsa gerek. Gaflete dalıp hazırlık hususunda gevşeklik göstermek de azgınlık ve haddi aşmaydı. O gafletten uyandıran da ateş olacaktı. Günahtan alıkoymayan imanın ne kadar faydası olacaktı. Dil ile zikir, kalp ile tasdik, amel ile tahkik etmek gerekti.

Günahkârlar o an yakınmaya başladı:

— Keşke yok olsaydım! İşte benim korktuğum buydu! Keşke hayatım için tedbir alsaydım! Keşke önceden tevbe etseydim, günah işlemeseydim.

Bu keşkeler yankılanarak, ses azalarak dibe doğru gidiyordu. Müşahede edilenler dehşetle doluydu. Sağlam geçiş olsa da, o geçişin tehlikesinden duyulan korku kişiye yeter de artardı!

Önce Resuller geçti, onlar göz açılıp kapanıncaya kadar, karşıya varmışlardı.

Sonra Sabikun ehli, nurlarıyla şimşek gibi geçtiler. Ve Ashab-ı Yemin grubu, nurlarıyla rüzgâr gibi geçti. Ve ardı sıra insanlar amelleriyle geçmeye başladı. Kimi bineklerin hızında, kimi süratli yürüyüşle, kimi normal yürüyüşle, kimi zorlukla, kimi sürünerek...

O hengâmede melekler:

— Ya Rab, selim kıl! Ya Rab, selim kıl! diyordu.

Mü'minler de:

— Rabbimiz selamet ver! Rabbimiz selâmet ver! diye yalvarıyordu.

Karşıya geçmiş olan Hz. Muhammed (a.s) ise ümmeti için ayaktaydı:

— Allah'ım! Ümmetim için selamet kıl! diyordu.

Niceleri daha ayağını Sırat'a atar atmaz, -kadın olsun erkek olsun- titreye titreye gözler alevlere sabitlenmiş, korkuyla büyümüş, takatsizlik hâkim olmuş, yalpalaya yalpalaya ayakta durmak için tüm enerjisini, çabasını harcamasına rağmen düşmüşlerdi. Kimileri korkuyla yürüyor, ama çengellere, dikenlere takılıp, cehenneme düşüyordu. Kimi de çengelden, dikenlerden darbe ala ala, yara bere içinde sona varıyordu.

Emekleye emekleye ya da yüzüstü sürüne sürüne geçmek ve zamanın bilinmezliğinde her an cehenneme düşüş korkusu yaşamak, binlerce kez ölüp ölüp dirilmek...

Orhan, bu korkuyu yaşadı. Geçiş sırasında tüm mü'minler gibi "Allah'ım selamet ver, Allah'ım selamet ver!" demişti.

Sırat'tan geçiş tamamlanmıştı. Ayağı kayan, çengellere

takılanlar cehenneme düşmüştü. Onlar bir süreliğine cehennem misafiriydiler. Geçişi sağlam gerçekleştirenler sevinçliydi ve hep beraber:

— Ey Cehennem! Seni gördükten sonra bizi senden kurtaran Allah'a hamd olsun, diyorlardı.

Âlemlere rahmet olarak gönderilen Allah Resulü, Muhammed Mustafa (a.s) rahat değildi. Bir yandan ümmetini cennete götürme yolundayken diğer yandan ümmetinden cehenneme düşenlere yanıyordu. O, bugün kendisini düşünme derdinde değildi. Önce ümmetini cennete vardıracaktı.

Mü'minler cennetin o güzel rayihasına ulaşmışlardı. Cennet nimetlerini merak ediyor, heyecanla ve şevkle alelacele mekânlarına varmak istiyorlardı.

Allah Resulü Hz. Muhammed (a.s) tüm insanların ve Resullerin önderi olarak, cennetin kapısına vardı ve durdu.

— Kapıları açınız! dedi.

İçerden sordular:

— Sen kimsin!

— Ben, Allah'ın Resulü Muhammed'im.

— Senden önce bu kapıları başkasına açmamakla emrolunduk.

Ve cennet kapıları "Bismillahirrahmanirrahim" denilerek açıldı. Melekler:

— Buyurunuz! Cennetin sekiz kapısından selâmette ve emniyette olan kimseler olarak girin! diye müjdelediler mü'minleri.

Şüphesiz cennete sekiz kapıdan giriliyordu. Amellerine göre mü'minler içeri alınıyordu. Mü'minler:

— Bize hidayet veren ve cennete ulaştıran Allah'a hamd olsun, derken, melekler de:

— Selam size! Tertemiz oldunuz. Artık ebediyen kalıcılar olarak buraya girin! diyerek mü'minleri bölük bölük cennetlere alıyorlardı.

Kişiler, amellerin çeşitliliğine ve ağır basmasına göre o kapılardan çağrılıyorlardı.

Kimi mü'minler namaz kapısından çağrıldı. Kimi mü'minler zekât kapısından, kimi mü'minler cihad kapısından kimisi de oruç kapısından. Öyle üstün dereceli mü'minler de vardı ki tüm kapılardan çağrılıyorlardı. Onlar her türlü ameli en iyi seviyede yapan muttaki, önder insanlardı.

Orhan, Hz. Ebu Bekir'in ismini duymuştu. Her kapının bekçisi onu çağırıyor, onu buyur ediyordu.

O muttaki ve sadık dost Hz.Ebu Bekir... Canıyla, malıyla, ailesiyle, her şeyiyle Allah Resulü'nün yanında olan, darlıkta, genişlikte hep aynı samimiyeti gösteren, fedakâr, cömert... Erdem sahibi örnek insan... Duraksamadan iman eden, İsra ve Mi'rac olayında daha Allah Resûlünden bile duymadan "Şüphesiz arkadaşım ne derse doğrudur" diyecek kadar tasdik edici insan ve "sıddık" unvanını kazanan ender şahsiyet. Malını Allah yolunda infak eden, fakirlerin, yetimlerin, dul kadınların sadaka babası. Her dem "Annem babam sana feda olsun" diyerek Allah Resulü etrafında pervane olan, o mübarek yüzü temaşa eden kutlu insan! Kuşkusuz o tüm kapıların efendisiydi.

Hz. Ebubekir, ardından diğer seçkin sahabeler, muhacirler, ensar, âlimler, şehidler çağrıldı.

Önce Hz. Muhammed'in (a.s) ümmeti, sonra diğer ümmetler girdi.

Orhan, Mehmet ve aileleri cennet kapılarından girmişlerdi. Bütün cennetlikler şu şiarı dillendiriyorlardı:

— "Hamd O Allah'a mahsustur ki, vaadini bize doğru çıkardı ve bizi bu yere varis kıldı. Cennette istediğimiz yerde otururuz.

— Salih amel işleyenlerin mükâfatı ne güzeldir," [181] diye melekler onları karşılıyordu.

Cennete giriş uzun zaman alıyordu. Belki de acele etmedeki duyguya böyle geliyordu. Mü'minlerden fakirler daha önce girmiş, zenginler ise sonraya kalmışlardı.

İyilikleriyle kötülükleri birbirine eşit olan kimseler sırat'ı zorlukla, çengel darbeleri alarak geçmişlerdi. Şimdi ise cennet ile cehennem arasındaki A'raf suru üzerinde kala kalmışlardı. Sevapları onları cehennemden kurtarmış, günahları ise cennete girmelerine engel olmuştu. Ne kadar süredir umutla haklarında olumlu bir karar verilmesini bekliyorlardı. Onlar cenneti görebiliyorlardı. Cennetliklerin yaşayışına, mutluluklarına bakarak ve kendilerinin de cennete gireceklerini umarak cennetliklere:

— Size selam olsun! diyorlardı.

— Size de selam olsun! Hayırlı akıbetler olsun! diye cevaplıyordu cennetlikler.

A'raf'takiler cehennemi de görüyor ve ürperiyorlardı. Gözleri cehennemliklerin yüzüne çevrilince:

— "... Rabbimiz! Bizi zalimlerle beraber kılma!" [182] dediler. Bunun üzerine Cenab-ı Allah buyurdu:

— Kalkınız, cennete giriniz. Şüphesiz sizi bağışladım.

Melekler eşliğinde, hayat ırmağı denen bir ırmağa vardılar. Irmağın toprağı, alaçehre ve safrandı. Kıyıları ise altından kamışlar ve inci ile taçlanmıştı. A'raftakiler bu ırmakta yıkandılar; gerdanlarında beyaz bir ben oluştu. Yine yıkandılar ve beyazlıkları daha da arttı. Melekler onlara:

— Her ne dilerseniz dileyin! dedi.

— Allah'a hamd olsun ki, bizi cehennemliklerden etmedi ve cennete kavuşanlar kıldı, deyip Allah'ın sonsuz mağfiretinden dileklerde bulundular.

— Dilediklerinize yetmiş kat fazlasıyla size verilmiştir, denildi.

Artık onlar cennetin miskinleri olarak yeni sakinleriydi.

Cennet hâlâ sakinlerini bekliyordu. Çünkü bazı mü'minler günahlarının ağırlığı nedeniyle Sırat'tan düşüp cehennem alevine tutulmuşlardı. Onlar da bir gün cennete gireceklerdi. Fakat şu an durumları feciydi. Onları Zebaniler karşılamıştı. Cehennemin yüzeyinde olmaları onları daha çetin azaptan kurtarmıştı.

Aziz ve Celil olan Allah, Zebanilere emretti:

— Ey Zebaniler topluluğu! Muhammed'in (a.s) ümmetinden iman edip de büyük günahları işlemekte ısrar edenleri ateşe atın! Dünyadayken emrimi önemsemediler. Hakkımı hafife almaları ve saygınlığımı hiçe saymaları nedeniyle onlara karşı gazabım şiddetlenmiştir. Kötülüklerini insanlardan gizliyorlar, ama bana açık işliyorlardı. Oysa ben kendilerini diğer ümmetlerden üstün ve kıymetli kılmıştım. Benim lütfumu ve nimetimin büyüklüğünü takdir etmediler.

— Rabbimiz biz ancak sana itaat ederiz, dediler Zebaniler.

Erkeklerin uzayan sakalından kadınların dağılmış saç örgülerinden tutarak ateşe sundular. Fakat imanlı olmaları nedeniyle yüzleri karartılmamış, dehşetli azaba duçar olunmamışlardı.

Zebaniler onlarla konuşuyorlardı:

— Ey bahtsızlar topluluğu! Siz hangi ümmettensiniz? Şimdiye kadar yanımıza sizden daha güzel yüzlü kimseler gelmedi.

— Ey Bekçiler! Bizler Kur'an ümmetiyiz.

— Ey Bahtsızlar! Kur'an Muhammed'e (a.s) inmedi mi?

— Evet, o bizim resulümüzdür. O'nun dediklerinin gereğini yapmadık.

— O Resul ümmetindeki mü'minlere pek düşkün ve şefkatliydi.

Bu diyalogdan sonra günahkâr topluluk:

— Ya Resulallah şefaat! Ya Resulallah şefaat! diye yalvarmaya başladılar.

Cenab-ı Allah, Malik'e emretti:

— Ey Malik! Onların yüzleri kararmayacaktır; çünkü onlar dâr-ı dünyada âlemlerin Rabbi Allah'a secde ederlerdi. Onların vücutlarını prangalarla ağırlaştırma; çünkü onlar temizlenirlerdi. Onların ayaklarına bukağı vurma; çünkü onlar saygın olan Beyt-ül Haram'ı tavaf ederlerdi. Onlara katrandan elbise giydirme; çünkü onlar ihrama girmek için elbiselerini çıkarıp ihram elbisesini giymişlerdi.

Ey Malik! Ateşe de ki: Onları amellerine göre yakalasın! Ve bu emirden sonra ateş onlardan kiminin topuklarına, kiminin dizlerine, kiminin göbeğine, kiminin göğsüne kadar yakıyordu.

Cenab-ı Allah onları, günahları, taşkınlıkları ve masiyet işlemekteki ısrarları nispetinde cezalandırdıktan sonra onlarla müşriklerin arasına bir kapı açtı.

O haldeyken günahkâr mü'minler Allah'a dua ederek yalvarıyorlardı:

— Ey Rabbimiz, Ey Efendimiz! Her ne kadar kötülük yapmış, günah işlemiş ve haddi aşmışsak da dünya hayatında sana kimseyi ortak koşmamıştık, bizlere merhamet eyle! Biz Senin Habibin Muhammed'in (a.s) ümmetiyiz. Rabbimiz O'nun şefaatine bizleri nail et! Çünkü ateş, kanımızı, etimizi, kemiklerimizi yemiştir.

Açılan kapıdan müşrikler onları seyrediyordu. Mü'minlerden bir kısmının oraya düşmüş olmasını biraz alaya alarak onlara nida ettiler:

— Siz dünyada iken iman edenlerden değil miydiniz?

— Evet, iman edenlerdendik, ama günahkârdık!

— Yine de Allah'a inanmanız, Resulü tasdik etmeniz size fayda vermedi.

Bu konuşma mü'minleri üzmüş, Rahman ve Rahim olan Allah'ı gazaplandırmıştı. Allah Resulü Hz. Muhammed ise cennetteki konağına geçmemiş, ümmetindeki mü'minlerin tamamının cennete girişlerini bekliyordu. O, cehennemdeki günahkâr mü'min ümmeti için secdeye kapanmış, duada bulunuyordu.

Allah-u zü'l Celal buyurdu:

— Ey Muhammed! Başını secdeden kaldır. Dileğin nedir? Konuş, sözün dinlenecektir.

— Allah'ım, ümmetim!

— Onlara şefaat mi etmek istiyorsun?

— Rabbim! Her şey Senin kudretinde ve iznindedir.

— Öyleyse git! Kalbinde bir buğday tanesi ağırlığınca iman bulunan kimseleri cehennemden çıkar!

Allah Resulü verilen emri çabucak yerine getirdi. Tekrar dönüp aynı övgülerle Allah'ı övdü, secdeye kapandı, ne kadar kaldı ancak Allah bilir. Kerem sahibi Cenab-ı Allah buyurdu:

— Ya Muhammed! Başını secdeden kaldır. Konuş; sözün dinlenecektir. Şefaat et; şefaatin kabul edilecektir. Dile; ne dilersen sana verilecektir.

— Ya Rab! Ümmetim.

— Haydi, git bakalım. Kalbinde bir arpa tanesi ağırlığınca iman bulunan kimseleri cehennemden çıkar.

Allah Resulü, Cenab-ı Allah'ın bu emrini hemen yerine getirdi. Ve döner dönmez yine hamd edip secdeye kapandı. Allah-u zülcelâl buyurdu:

— Ya Muhammed! Başını secdeden kaldır ve dileğini dile!

— Ya Rab! Ümmetim.

— Haydi, git bakalım! Kalbinde en küçük bir hardal tanesi ağırlığınca iman bulunan kimseleri cehennemden çıkar!

Allah Resulü hemen gidip bu emri de yerine getirdi.

Rahmet peygamberi Resul-i Ekrem (a.s) dönüp yine secdeye kapandı. Uzun uzun Allah'ı övüp, O'na hamd etti. Ğani ve Hamid Allah buyurdu:

— Ey Muhammed! Başını secdeden kaldır, konuş; sözün dinlenecek. Şefaat et; şefaatin kabul edilecektir. Dile ne dilersen verilecektir. "Allah kendisine ortak koşulmasını affetmez. Bundan başka günahları dilediği kulu için affeder..." [183] "... Ve zerre kadar iyilik olsa onu kat kat artırır ve o iyiliği yapana büyük ecir verir." [184]

— Ya Rab! La ilâhe illallah diyenler var cehennemde.

— İzzet ve Kibriyama, azametime yemin olsun ki "La ilahe illallah" diyenleri mutlaka cehennemden çıkaracağım.

Cenab-ı Allah Vasi, Hakim, Vedud isimleri gereği cehennemdeki tüm mü'minlere rahmet ederek, onları oradan çıkardı. Günahkâr mü'minlerin cehennemdeki serencamı böylece bitmişti.

İlk şefaat olunanlar evvelden cennet kapısına gelmiş, bekleşiyorlardı. Diğerleri de gelip onlara katıldı. Vücutları yanmış, siyahlıklar içinde kalmışlardı. Onlar da hayat ırmağına atıldılar. Kuru bir ağacın yeşermesi gibi, onlar da aniden bembeyaz kesildiler. Gruplar halinde cennet kapısından içeri girip yerleştiler. Onlar artık "cehennemiyun" diye anılan azatlılar olacaktı.

Onlardan cehennemden en son çıkan kişi Cenab-ı Allah'a şöyle dua ediyordu.

— Ya Rabbi! Beni cehennemden çıkar, başka bir şey istemem.

— Bundan başka bir şey istemeyeceğine dair ahdine ve zimmetine yemin eder misin?

— Evet Rabbim!

Cehennemden çıkarıldı, ama yüzü hâlâ cehenneme dönüktü.

— Allah'ım, yüzümü cehennemden başka tarafa çevir.

— Bundan başka bir şey istemeyeceğine dair ahd eder misin?

— Evet Rabbim.

Onun yüzü çevrildi, bir ağaç gördü ve gölgesini.

— Ya Rab! Beni şu ağaca yaklaştır da gölgeleneyim ve meyvesinden yiyeyim.

— Başka bir şey istemeyeceğine dair ahd eder misin?

— Evet Rabbim.

Cenab-ı Allah onu ağaca yaklaştırdı. Meyvesini yedi, gölgelendi. Cennetteki insanların seslerini işitti. Onların sevinçlerini görmek istedi:

— Ya Rab! Beni cennetine koy!

— Cenab-ı Allah bunun üzerine rahmet dolu sesiyle buyurdu:

— Ey Kulum! Cennete gir. Dünya ve bir o kadar hatta on katı senindir.

—Ya Rabbim! Hepsi benim mi olacak? Rabbim hamd, şükür, övgü Sanadır. Şüphesiz ki Sen, bol rahmet ve lütuf sahibisin.

Cennete girdi ve vaad edileni buldu.

Cennet bütün sakinlerini almıştı. Artık kapılar kapanacak, cehennemliklerin cennet kokusu duyma istekleri de bitecekti.

Allah'ın izniyle, Allah Resulü'nün şefaatiyle mü'minler tamamen cennete girmişlerdi. Artık cennet ve cehennem sakinleri tamamen birbirinden ayrılmıştı.

Ölüm, alaca koç suretinde getirilip cennet ile cehennem arasında durduruldu.

— Ey Cennet Halkı! diye seslenildi. Cennetlikler korkarak boyunlarını uzatıp baktılar.

— Şunu tanıyor musunuz?

— Evet, Ey Rabbimiz. Bu ölümdür.

— Ey cehennem halkı! diye seslenildi sonra. Cehennemlikler içinde bulundukları mekândan çıkarılacakları ümidiyle sevinerek boyunlarını uzatıp baktılar.

— Şunu tanıyor musunuz?

— Evet. Bu ölümdür.

Allah'ın emriyle cennet ile cehennem arasında ölüm kesildi ve şöyle nida edildi.

— Ey cennetlikler! Ebedilik var, ölüm yok. Ey cehennemlikler! Ebedilik var, ölüm yok.

Cennetliklerin sevincine sevinç; cehennemliklerin üzüntüsüne de üzüntü ve ümitsizlik eklendi.

* * *

CENNETE GİRİŞ

Mü'minlerin mükâfatı, Allah'a olan bağlılık nimeti cennet... İlelebet mutluluk bahçesi, sevinç pınarları, tükenmeyen, bozulmayan yiyecekler ve lezzetler, Allah'ın hoşnutluğu ve rızası...

Herkes amellerinin kalitesine, niteliğine göre cennete yerleşecekti. Ona oranla zevk alacaktı. Her kişi dünyadaki evini nasıl biliyorduysa cennette kendisine hazırlanan köşkleri, bahçeleri öyle biliyordu. Şaşırmadan, dosdoğru ebedi konaklarına gidiyordu mü'minler. Rahman'ın sonsuz ödülü cennet mekânı... Sevinç var, üzüntü yok; paylaşmak var, kıskançlık yok; sevmek var kin yok.

Orhan, Ashab-ı Yemin'den bir bölük içinde cennete girdi. Meleklerin güler yüzlü karşılamasında, gözleri hayreti yansıtıyor, yüzü, mimikleri, hayreti/şaşkınlığı yaşıyordu. Işıl ışıl parlayan yeşillikler içinde bir mekân... Güneşi olmayan, nurlu aydınlık... Göz alabildiğince; yeşillikler, meyve ağaçları, çeşit çeşit çiçekler, köşkler, bahçeler, pınarlar, nehirler, havuzlar ve cıvıldayan kuş sesleri, tarif edilemez nimetler...

Safrana benzettiği toprağa yalın ayak bastı, misk kokusuydu. Yeşil çimenlere bastı, doyamadı. İki pınarın kaynamakta olduğu bir ağacın dibine vardı. İnci ve yakuttan kumlara basa basa pınarın başında durdu. Çok susamıştı. Önce suyun billurluğuna ve dibindeki altın sarısına baktı, gözlerin hoşnutluğunu tatmin etti. Suya eliyle dokundu, misk ve za'feran kokuyordu adeta. Öyle hoşuna gitti ki yüzüne gülümseme geldi. İçinden, "Allah'ım hamd Sanadır, sonsuz şükürler Sanadır" dedi. Pınardan bir avuç aldı, yudumladı.

— Aman Allah'ım! dedi sevinçle. Ne güzel tat! Ne güzel koku! Ne hoş serinlik!

Ve bir yudum, ardından bir yudum daha... Yüzü güzelleşti, bedeni güzelleşti, kokusu güzelleşti, duyguları güzelleşti. Susuzluğu gitmişti. Suyla oynamayı bıraktı, yanı başındaki yeşilliğe baktı. Gözü yormayan, berrak duran hoş ve latif bir manzara. Cennetliklerden olmak ona yetmişti. Sonsuza dek sadece bu pınar başında kalması onu tatmin ederdi. Ona "Başka ne istersin!" denilseydi "Bunun da ötesi mi olur?!" derdi.

Melekler onu sessizce izlemiş, hayretinin geçmesini beklemişlerdi.

— Selam olsun! dediler. Ey Allah'ın dostu! Seni bekleyenler var.

— Beni bekleyen de kim?

— Senin köşklerin, bahçelerin, hizmetçilerin var. Allah'ın vaad ettiği nice nimetler ve seni sabırsızlıkla bekleyen eşlerin var.

— 'Beni, bu mükâfata vesile olan amellere hidayet eden Allah'a hamd olsun. Eğer Allah beni hidayete erdirmeseydi, doğru yolu bulamazdım. Gerçekten Rabbimizin Resulleri bize hakkı getirmişlerdir.' [185] Bizi hakka ulaştıran Allah'a şükürler olsun!

— Ey Allah'ın bahtlı kulu! İşte sana cennet! İşlemiş olduğun salih amellerden dolayı ona varis kılındın. Selametle yurduna var!

Melekler eşliğinde yürüyordu. Aslında hiç adres sormadan, kılavuzu olmadan yurduna-köşklerine varabilirdi. Kerim ve Aziz olan Cenab-ı Allah, onu meleklerle ağırlayarak şereflendiriyordu. O ise hâlâ çevresinin gizeminin etkisi altında; uçuşan renk renk desenli kelebeklere gözleri takıldı. Bir kelebek uçup uçup, daha önceden görmediği, tanımadığı bir meyve ağacına kondu. Şimdi ise kelebeği unutup, ağaca ve meyvelerine dikkatle bakıyordu. Dikkati her yeni gördüğü nesne üzerinde yoğunlaşıyordu. O da dikkat ve göz alıcılıkla süzüyor, duyguları depreşiyor, kabarıyor ve içi içine sığmayacak haleti yaşıyordu.

Köşkün kapısına gelmişlerdi. Melekler:

— Selam sana, hoş geldin! Temelli olarak gir, dediler.

— Selam size de olsun! dedi.

İnci ve yakut işlemeli kapıdan bahçeye girdi. Bahçeyi müşahede etmeye başladı: Gümüş parlaklığındaki yapraklarla dizili narin ağaçlar ve bu ağaçlarla çevrili köşk, kubbemsi yapısıyla uzayıp giden, inci gibi parlayan bir yapı, yüksek sütunlar, bilemediği madenlerden işlemeli desenler, göz alıcı nakışlar, renkler... Bahçe içinde fışkıran sular, fıskiyeler ve pınardan havuzlar, yüzeyde akıp giden berrak-billur nehircikler, onları çevreleyen çiçekler, yeşillikler...

Avluda onu cennet hizmetçileri gençler, çocuklar olan vildanlar bekliyordu. Onlar sevinçle, gülen yüzlerle, ellerindeki buhurdanlıkla ona eşlik ederek:

— Hoş geldiniz efendimiz! Mekânınız kutlu olsun, dediler.

— Sizler kimlersiniz?

— Efendimiz, bizler daima emrinizde olan hizmetkârlarız.

Orhan, daha köşkün merdivenlerine varmadan, o yakut merdivenler üzerinde duran hizmetçi kız onu görmüş ve hemen koşarak köşke girmiş, ceylan gözlü cennet kadınlarına haberi, müjdeyi vermişti.

— Hanımefendiler! Beyefendi geldi.

— Sen onu gördün mü gerçekten?

— Evet! Kendisine hizmetçiler eşlik ediyor.

İçeride tatlı bir telaş vardı. İki huri de sevinç içinde hızlıca hazırlanmaya, süslenmeye başladılar. Aslında her şey hazır ve yerli yerindeydi. Bu sadece sabırsızlık telaşı, beklenen müjdeye biran evvel ulaşma heyecanıydı.

Hizmetçi kız, haberi verdikten sonra yine kapıya koştu, eşikte eli pençeli divanda durdu.

Hizmetçi gençler Orhan'a merdivenlere kadar eşlik ettiler ve orada durdular. Orhan merdivenleri yalnız çıkıyordu. Başını hafif kaldırdığında hizmetçi kızla göz göze geldi. Kız tebessümle ve müjdeli bakışla karşılıyordu onu. Orhan yüzü ay gibi parlayan kıza bakıyor "Beni bekleyen eşlerimden biri olsa gerek" diye düşünüyordu. Son basamaktan sahanlığa adımını attığında, ay yüzlü hizmetçi kıza:

— Allah'ın selamıyla, dedi Orhan sevinçle.

— Selam size olsun efendim! Buyurun! Ben hizmetçinizim, hanımefendiler sizleri içeride beklemekteler.

Orhan şaşırdı, az da utandı. Ay yüzlü, güzel gözlü kız hizmetçiyse acaba huri eşleri nasıldı?

Adımını içeri attığında, köşkün görünenden çok farklı ve hoş olduğunu gördü: Mercan kayalar üzerine inşa edilmiş, rengârenk mücevher taşlarıyla örülmüştü. Tavanı mavi atlastan, şimşek gibi parlıyordu. Yakut direklerle yükseltilmiş çeşitli geometrik şekilde çadırımsı yapılar gördü. Bu çadırlar üstten revaklarla birbirine bağlı uzayıp gidiyordu. İçerisi nurlu, hoş kokulu ve iç ferahlatıcıydı.

İlk huri eşi inci ve yakuttan olan çadırından saklı yumurta beyazlığı gibi karşısına çıktı. Başındaki inci taçla, ipekli narin elbiseler içinde, ceylan gözler, alımlı ve yüzü güneş gibi parlayan huri eşi, gülücüklerle Orhan'a yöneldi. Orhan, kısa süreliğine bocaladı. Ortamın güzelliği mi, yoksa eşinin güzelliği mi onu büyülemişti bilinmez, ama sevinçli, gururlu bir ruh halini yaşıyordu. Huri eşi onu karşıladı.

— Hoş geldin efendim! Ben senin sevincin, sen de benim göz aydınlığımsın. Ben ölümsüz ve ebediyim. Ben yumuşak huyluyum; zarar vermem. Ben hoşnudum; kızmam. Ben burada kalıcıyım, göçmem.

— Hoş bulduk! diyebildi Orhan. Latif duyguları depreşti ve ardından "Allah'a hamd olsun ki, bizi ziyadesiyle nimetlendirdi ve sizleri bize eş kıldı" dedi.

Daha ilk eşiyle tanışma faslını bitirmemişti ki, ikinci huri eşi çıkıp geldi. Orhan onu da hayran hayran süzdü, bakışıp, tanıştı. İkinci huri de ilk hurinin sözlerini tekrarladı. İki huri eşi kulağa tatlı gelen sözlerine başladılar:

— 'Şüphesiz Allah bizleri yeni bir yaratılışla yarattı. Bizleri daimi bakire kıldı ve bizleri eşlerine düşkün yaşıt kızlar kıldı.' [186] İnciden çadırlar içinde perdelenmiş hurileriz. Senden önce bize ne cin ne de bir insan dokunmuştur. 'Bizler iyi huylu, hayırlı, güzel hanımlarız. İnşaallah daima seni mutlu ederiz.'[187]

— Mükâfatı, rızası sonsuz olan, mutluluğu veren Allah'tır.

İlk eşi onu çadırına buyur etti. Gözleri eşinin letafeti üzerinde kalmıştı; yüz, huy, elbise güzelliği içinde bir eş ve üstelik daima kendisini hoşnut edecek, kendisine düşkün, ölümsüz, ebedi eş... Güler yüzlü, kızmanın, kırılmanın, üzüntünün sudur etmeyeceği eş... Allah'ın bu rahmeti, mağfireti, sonsuz şükürle de karşılanamaz.

Çadırın içindeki divanı gördü; atlas işlemeli parlak örtüler, sıra sıra yastıklar ve yere serilmiş yumuşak tüylü halılar... Dizili kâselere gözüne ilişti.

Çehresini seyre dalan huri eşi, hemencecik inci tepsi içinde o'na bir kâse sundu.

— Bir kâse süt içiniz, efendim! Yorgunsunuz.

— Teşekkürler, dedi.

Doya doya içti. Sütün tadı bambaşkaydı, bu dikkatini çekmişti.

— Nereden bu süt?

— Bu süt, hayvandan sağılmış değildir. Allah'ın sizlere hazırladığı süt nehrindendir.

— Elhamdülillah! O, nimeti bol olandır.

— Afiyet olsun, efendim!

Divandaki yastıklara yaslandı, hâlâ o güzelliklere doyamamıştı. Eşiyle tatlı bir sohbete başladı. Çadırdan dışarının nurlu hâlini görüyor, şelaleler, pınarlar, meyveli ağaçları seyrediyordu. Çadırlardan dışarısı izlenebiliyor, ama dışarısı çadırın içi görülmeyecek şeklindeydi.

Ne kadar zaman geçti bilmiyordu fakat melekler izin isteyerek yanına gelmişlerdi:

— Selam olsun, dediler.

— Selam olsun size.

— Allah'ın bir müjdesi için geldik; yaşayacaksınız; artık ebediyen ölmeyeceksiniz. Burada ikamet edeceksiniz; artık ebediyen göçmeyeceksiniz: sağlıklı olacaksınız; artık ebediyen hastalanmayacaksınız.

— Minnet Allah'ındır, O Vehhap'tır.

Melekler müjdeyi verip ayrıldılar. Huri eşiyle yine baş başaydı. Burada gece yoktu, uyku yoktu, yorgunluk yoktu, bıkkınlık-usançlık yoktu. İkinci huri eşini unutmuş gibiydi.

Saygılı edasıyla çadırın kapısında hizmetçi kız göründü.

— Efendim! Belki unutmuşsunuzdur, diğer huri eşiniz sizleri davet etmek istemektedir.

Yeni hatırlamış gibi:

— Hemen geliyorum, dedi biraz mahcup olarak. İlk eşinden müsaade ister gibi konuştu:

— İzninle sevgili eşim.

— Sen ne güzelsin, ne hoşsun; gelişini sevinçle bekleyeceğim.

Diğer huri eşinin çadırına varmak için revak aralığından geçti. Eşi, ayakta, sevecen ve ışıl ışıl gözleriyle onu bekliyordu.

— Selam olsun sevgili eşim! dedi.

— Hoş geldiniz efendim! Selam üzerinize olsun.

— Şaşkınlığım ve nimetlerin harikalığındandır ki seni beklettim.

— Biz razı olanız, kıskanmayız. Karşılıksız sizi sever, size düşkünüz, buyurunuz efendim.

Divan'a oturdu, yaslandı. Dışarıyı izlemeye başladı. Çağlayan sulara bakıyordu. Bahçede sevinçle gezinen hizmet için koşturan gençlere uzun süre bakıp kaldı. Kim bilir zihninde neler geçiyordu? Eşiyle göz göze geldi. Oysa eşi o geldiğinden beri bakışlarını ondan çevirmiş değildi. Elindeki inci tepside bir kâse uzattı.

— Buyurunuz, bal şerbeti içiniz efendim!

— Nimetlendiren Allah'a hamd olsun, deyip kâseyi aldı. Besmele çekerek kana kana içti. Bal şerbetinin tadının doyumsuz hoşluğunu fark etti.

— Bu bal şerbeti nereden? diye sordu.

— Efendim! Buradaki bal, arılardan elde edilmiş değildir. Bu, bal şerbeti akan nehirdendir.

Dizili yastıklara dayandı sonra uzandı. Güler yüzlü eşiyle tatlı sohbete başladı. O sırada yine melekler izin istemiş yanına gelmişlerdi.

— Sana selam olsun.

— Selam size olsun.

— Allah'ın nimetlerinden, güzel rızıklarından memnun musunuz?

— Şüphesiz Rabbim bizlere ziyadesiyle ihsanda bulunmuştur.

— Rabbimiz sizin daha bilmediğiniz nice nimetlere sahiptir. O bol lütuf sahibidir. Size şu müjdeyi veriyoruz ki; bundan sonra sizin için susuzluk ve açlık yoktur. Canınızın istediği her şeye ulaşabilirsiniz. Artık def-i hacet ihtiyacınız olmayacaktır. Yiyip içtikleriniz hoş kokulu bir terlemeyle ifrazat olacaktır. Ebedi olarak mutlulukta ve esenlikte olun!

Melekler müjdeyi verip ayrıldılar. Orhan, eşinden müsaade isteyerek çadırdan çıktı. Bahçedeki havuzların çevresini dolaştı, renk renk, çeşit çeşit çiçeklere dokundu, kokladı. Üstünde duran ağaç dalına gözü ilişti. Meyveyi almak için elini uzattı, dal eğilip meyvesini sundu. Meyveyi kopardı, muza benziyordu. O anda:

— 'Bu daha önceden rızıklandırıldığımız şeydir, dedi.

— Hayır! Sadece dünyadakine benzer şekilde size sunulur,' [188] dedi bir ses. Dönüp baktığında arkasında melekleri gördü.

Meyvenin tadına baktı, gerçekten tadı çok farklı ve çok tatlıydı. Şekil olarak dünyadakine benzese de burada bulunan her şey tat ve koku olarak çok daha güzeldi. Cennette her dilek çabucak kabul olunuyordu. Adeta her şey kişinin hizmetine sunulmuştu. Orhan, yeni aklına gelmiş gibi, ailesini, arkadaşı Mehmet'i düşündü. Onlar da buradaydı. Kararını verdi: Annesi ve babasını ziyaret edecekti. O bu niyete girince, yanında hazır binek buluverdi. Bineğe binmesiyle göz açıp kapayıncaya kadar bir köşkün kapısında buldu kendini. Ne hoş, ne güzel yer.

Anne ve babasının köşkü olmalıydı. Onları cennette

görmek, cennette onlarla görüşmek de apayrı heyecan dolu bir duyguydu.

Onu hoşlukla annesi Münevver Hanım karşıladı. İkisi de şaşkındı. Orhan güzelleşmiş, olgunlaşmıştı. Ya annesi... O da güzelleşmiş ve genç bir kız oluvermişti. "Anne!" diye hitap etmek bile zordu.

— Allah'ın selamıyla anneciğim! dedi.

— Allah'ın selamıyla, hoş geldin!

— Hoş bulduk, sizleri nimet içinde ve mutluluk içinde görmek beni sevindirdi.

— Cenab-ı Allah'a hamd ve şükür olsun. O bize hidayeti verdi ve bizi nimetlendirdi.

— Anneciğim! Çok güzelleşmiş ve gençleşmişsin.

— Oğlum! Sen de güzelleşmiş ve olgunlaşmışsın.

— Peki! Babam nerede?

— Bahçelerde dolaşıyor.

Onlar konuşurken sevimli iki küçük oğlan yanlarına koşarak geldiler. Orhan küçük çocukları görünce tuhaf tuhaf baktı. Annesine sordu:

— Anne bunlar kim?

— Oğlum! Bunlar senin kardeşlerin. Küçükken, doğumdan birkaç ay sonra vefat etmişlerdi. Cenab-ı Allah bugün onları bize yine çocuk olarak verdi. Ve annelik duygum, şefkatim burada da dipdiridir. Bu onların vefatına olan sabrım ve Allah'a dayanmam sonucudur. Rabbim böyle lütfetti.

Orhan yeni karşılaştığı bu kardeşlerine sevgiyle baktı, kucağına aldı, öptü, kokladı. Çocuklarla neşe içinde biraz konuştu. O sırada babası Abdullah Bey çıkageldi.

— Oğlum hoş geldin!

— Hoş bulduk babacığım, bayağı gençleşmişsin, bizim yaşımıza gelmişsin.

— Burada artık hepimiz yaşıtız. Artık ihtiyarlık, ölüm yok.

Abdullah Bey,bunu söylerken gülümsemişti. Orhan da hem sevinç içinde hem de onlarla latife yapmaktaydı.

— Nasıl buldunuz burayı?

— Cenab-ı Allah, bizim aklımızdan geçmeyen nimetlerle bizleri mükâfatlandırdı.

Pınar başında kurulan yüksek koltuklara oturup, dünya anılarından konuşmaya başladılar. Hizmetçi gençler etraflarında pervane olup hizmet ediyorlardı.

Orhan, annesi ve babasına dönerek:

— Keşke Ramazan ve Zeynep de gelselerdi, dedi.

— Yavrum onlar da şimdi sevdikleriyle beraberdirler, gelirler.

Bu konuşmaları daha bitmemişti ki, Ramazan ve Zeynep de yanlarına gelivermişlerdi. Onlarla da güzelce bir hasret giderdiler. Orhan için ailesi bu kadardı. Dünyada evlenmediği için çocukları, torunları yoktu. Ramazan ve Zeynep ise dünyada evlenip çoluk çocuğa karışmışlardı.

Ramazan ve Zeynep müsaade istediler.

— Orhan Abi! Sen evlenmeden göçüp geldin, biz ise evlendik, çoluk çocuğa karıştık. Çocuklarımız da gelip bizi görecek.

Orhan, onların kendi ailelerinin de olduğunu yeni fark etmişti.

— Tabii! Tabii! Müsaade sizindir, dedi. Yalnız en kısa zamanda hepsiyle tanışmak isterim.

Onlar gittikten sonra, Orhan da annesinden ve babasından müsaade isteyerek, küçük kardeşlerini öpüp ayrıldı. Şimdi de Mehmet'i ve Hacı Mustafa'yı merak etmişti.

Sunulan binekle Hacı Mustafa ve Mehmed'i soracaktı. Meğer onlar önceden gelip onu sormuşlardı. Hepsi karşılaştılar.

— Esselamu aleyküm Hacı Amca, Mehmet kardeş!

— Ve aleykümesselam, hoş geldin, buyurun!

— İkinizi de neşeli gördüm. Hacı Amca diyorum, ama gençleşmişsiniz, delikanlı olmuşsunuz. Mehmet! Sen olgunlaşmışsın.

— İyi de sen de olgunlaşmışsın.

— Ne yapalım arkadaşlar! Pınar başına geçelim mi? dedi Orhan.

Konuşarak, 'dikensiz sedir ağaçları ve salkımları dizili muz ağaçları arasında, gümüş parlaklığındaki yolda ilerleyerek, kendilerini çevreleyen yayılmış gölgeler altında yavaş yavaş çağlayan suyun yanına vardılar.' [189] Hacı Mustafa konuşuyordu:

— Ben de çocuklarımı, torunlarımı gördüm. Allah'a çok şükür zürriyetimden çoğunlukla salih kimseler çıkardı.

Hacı Mustafa'nın konuşmasına ara verdiğini gören Mehmet, söze girdi:

— Köşküme vardım, her şey hayret vericiydi. Eşlerimle buluştuktan sonra, yanıma melekler vardı. Onlara: " Ben o kadar amel etmedim, bunca mükâfatı nasıl hak ettim?" diye sordum. Onlar da gülümseyerek dediler ki: "Şüphesiz görmeden Rab'lerinden korkanlara gelince onlar için bir mağfiret ve büyük bir mükâfat vardır." [190] Rabbimiz kendisine gıyabında iman edip takvada bulunanları, bol mağfiretle mükâfatlandırır. Sana gelince, Cenab-ı Allah senin kötülüklerini hayırlara çevirdi; çünkü sen sağlam bir tevbe ile o kötülüklerine çizgi çekmiştin. Amelin az da olsa bilesin ki Allah, her ecri kat kat karşılık ile mükâfatlandırır." Onlar çeşitli müjdeler verdikten sonra ayrıldılar.

— Şöyle yüksek koltuklara geçelim dedi, Orhan.

— Hem de bir şeyler içeriz, diye ekledi Hacı Mustafa.

Koltuklara oturup, kâselerden içerek konuşmaya devam ettiler. Mehmet sözü aldı:

— Cennetin, bu harika güzelliklerini tarif etmek için gerçekten kavramlar yetmiyor. Acaba bizler bunlara layık mıydık?

Hacı Mustafa, ağır ağır başladı söze:

— Bizleri bu makama ulaştıran Allah'a hamd olsun. Kuşkusuz Rabbimiz dâr-ı dünyada bizi imtihan etti. Bize Kur'an'ı, Resulü (a.s) gönderdi. Kalbimize hidayet nurunu ilka etti, bizleri sürekli "Ey iman edenler! Yakıtı insanlar ve taşlar olan ateşten kendinizi ve ailenizi koruyun" **191** diye uyardı. Kur'an'da Firdevs cennetine, yüksek makamlara erişecek olan Ashasb-ı Yemin'in özelliklerini anlattı. Bizler de o özellikleri yerine getirmek için çabaladık. 'Namazlarımızda huşuda olmaya çalıştık. Boş şeylerden yüz çevirdik, zekâtımızı verdik, ırzımızı koruduk. Emanetlerimize, sözlerimize riayet ettik. Namazlarımızı daima muhafaza ettik ki' **192** Firdevs'e ulaşalım.

Bizler dünyada adaklarımızı yerine getirir, şerri yaygın olan bir günden korkardık. Biz malımıza karşı arzumuz olmasına rağmen başkasına verirdik. Yoksula, yetime, esire yemek yedirirdik ve onlara da şunu söylerdik; "Sizi ancak Allah rızası için yediriyoruz, sizden ne bir ücret ne de bir teşekkür bekliyoruz. Çünkü biz, kaşları çatık, asık suratlı bir günde Rabbimizden korkarız."[193] Bu amellerimizin ihlâsındandır ki, Kerim olan Allah, bizi kıyametin şerrinden, dehşetinden korudu. Yüzlerimize güzellik ve parlaklık, gönüllerimize bir sevinç verdi.

'Bize iki cennet -Firdevs ve Me'va cennetlerini!- verdi. Her ikisi de yemyeşildir. İkisinde de fışkıran iki pınar vardır. Ve ikisinde de emsali görülmemiş meyve, hurma ve nar vardır. Ve bize Cenab-ı Allah çadırlar içinde perdelenmiş, ceylan gözlü, güler yüzlü, bizden bıkmaz, bize düşkün huri eşler lütfetti.' [194]

Hacı Mustafa durakladı, Orhan söze girdi:

— 'İşte kötülüğe karşı sabretmemiz ve hasenatı işlememiz dolayısıyla mükâfatımız cennet oldu. Giyeceğimiz ince ve kalın ipekten yeşil elbiseler, takılarımız gümüş bilezikler oldu. Katkısı kâfur olan tertemiz içecekle dolu kadehlerden içeriz.' Bakınız! Kâfur pınarının suyunu istediğimiz yerden nasıl da akıtıyoruz?

— Arkadaşlar! dedi Mehmet söze dalarak. 'Şu etrafımızdaki ebediyete erdirilmiş, inci gibi saçılmış çocuklar ve genç hizmetçilere emredeyim de, katkısı zencefil olan cennet şarabından bir kadeh selsebil getirsinler.'

— Hay! Hay! dedi ikisi de.

'Tahtlarına yaslanmış, ne bir güneş ışığı ve sıcağı ne de bir zemherir soğuğu olmayan gölgeliklerde sohbete dalmışlardı.

Vildanlar ve ğılmanlar gümüşten billur gibi kap ve bardaklarda zencefilli cennet şarabını dolaştırdılar.' İkram ettikten sonra onlara döndüler:

— Efendilerimiz, dediler. 'Burada tarifi mümkün olmayan bir nimet ve büyük bir mülk görürsünüz. İşte bu nimetler sizin için bir mükâfattır ve çalışmanızın karşılığıdır.' [195]

— 'Allah'a hamd olsun ki, O bize üzüm bağları, bahçeler, dolu kadehler sunduğu gibi; burada ne bir boş ve ne de bir yalan söz işitiyoruz,' [196] dedi Mehmet.

— " İşleye geldiğiniz salih ameller sebebiyle afiyetle, yiyin ve içiniz," [197] dedi gençler ve ayrıldılar.

Boşalan bardakları, kapları götürdü hizmetçiler. Onlar yine de aralarında konuşmaya başladılar. Söze Orhan başladı:

— ' Cennet, takva sahiplerine vaad edilmişti. Allah'a samimiyetle yönelen, emir ve yasaklarını gözeten, görmediği halde Rahman'dan korkan; Allah'a yönelmiş kalp ile gelenler için burada ne isterlerse vardır ve Allah katında bunlardan daha fazlası da vardır.' **198**

— Bakalım, daha ne nimetler göreceğiz, dedi Hacı Mustafa. Başka konulardan söz açmak isteyen Mehmet konuştu:

— 'Doğrusu, dünyada eskiden arkadaşlık ettiğim Ruşen'i hatırladım.' İlk zamanlarda onunla aynı fikri paylaşıyorduk. Daha sonraları Cenab-ı Allah'ın hidayetiyle o fikirden uzaklaştım ve sağlam İslam bilincini edindim. O zamana kadar Ruşen'in çirkin, maskeli yüzünü görmemiştim. Bir gün yanıma geldi; alaylı ve düşük görür gibi bana "Sen gerçekten dirilmeyi tasdik edenlerden misin" diye sordu. O kızgın halimle "Evet!" demiştim. O da bu sefer daha alaycı tavrıyla "Yani biz öldüğümüz ve bir toprak, bir kemik yığını haline geldiğimiz zaman mı, gerçekten biz mi cezalandırılacak kimseler olacağız?" demiş, kahkaha atarak yanımdan ayrılmıştı. Kuşkusuz o dünyada sevinçte ve gururdaydı.

— Arkadaşlar! "..Siz onun durumundan haberdar mısınız?"

— Hayır! Onu hayırlı kimseler içinde görmedik.

Üçü bunu aralarında soruştururken Hakim olan Allah'ın izniyle 'cehennemin ortasında ateşler içindeki haliyle onlara gösterildi.' Ruşen, azap içinde kıvranıyordu. İnleme sesleri korkunç bir ses tonuyla işitiliyordu. Üçü de, gördüğü azaba bakarak cennet sakinlerinden olduklarından dolayı Allah'a şükrettiler. Mehmet, Ruşen'e hitap etti:

— " Allah'a and olsun ki sen neredeyse beni de helak edecektin. Rabbimin nimeti olmasaydı ben de senin gibi orada, cehennemde hazır bulundurulmuş olacaktım. Peki nasılmış?! Biz ilk ölümümüzden başka bir daha ölmeyecek ve biz azap görmeyecek kimseler değil miymişiz?" **199**

— Rabbimize karşı isyanda olduğumu itiraf ettim, dedi Ruşen. Lakin umudum kalmamıştır. Pişmanlığım anlatılamaz, ancak faydası da yoktur. Sadece cahilce büyüklenmiş, Allah'a karşı gelmişimdir.

Cehennemdeki görüntüsü kayboldu. Üç arkadaş yine Allah'a şükrederek, hamd ve senada bulundular. Ruşen'in bu durumu Orhan'a Atilla'yı hatırlattı.

— Ben de Atilla'yı merak ettim, dedi Orhan. Acaba o ne durumdadır? Salih kimseler arasında görmedim de.

— Allah bilir dediler. Cenab-ı Allah izin verirse onu da görebiliriz.

Onlar onu da dehşetli azap içinde gördüler. Acı ve elem içinde kıvranıyordu. Orhan Atilla'ya hitap etti:

— "... Sizi Sakar cehenneminin o dehşetli vadisine sokan nedir?

— Biz namaz kılanlar değildik. Yoksulu doyurmaz, bilakis hakir görürdük. Batıl fikirlere, söylemlere dalıp peşinden koşardık. Ve hesap gününe lâfzen inanırken nihayet ölüm bize gelip çattı." [200] Böylece hüsrana uğrayanlar olduk. Biz kendimize yazık ettik. Hak yol gelip karşımızda durmuştu, ama bir gün olsun o yolda yürümek istemedik. Bizi aldatan nefsimizdir.

O dehşetli tablo olduğu gibi yine kaybolmuştu. Üç arkadaş, kendilerinden üzüntü, ızdırap duygusunu aldıran Allah'a hamd ederek kısa bir süre sustular. Sessizliği Orhan bozdu:

— Arkadaşlar! Sizlerle beraber cennette bulunduğum için mutluyum ve sizlerle burada güzel zaman geçirdik. Eğer müsaade etseniz, şehadete ulaşıp da Allah'ın güzel nimetlerine ulaşan şehid arkadaşımı ziyarete gideyim!

— Müsaade senindir, biz de burada seninle mutlu olduk, inşaallah dilediğimiz zamanlarda sık sık buluşuruz.

— İnşaallah! Allah'ın selamıyla.

— Allah'ın selamıyla.

Orhan onlardan ayrıldı, sunulan binekle göz açıp kapayıncaya kadar, şehid arkadaşı M. Nuri'nin köşküne vardı.

Onu zevkli bir meşguliyette ve hanımlarıyla gölgelerdeki tahtlarda yaslanmış olarak gördü.

— Allah'ın selamıyla, Ey Allah'ın sevgili kulu şehidim!

— Allah'ın selamıyla Orhan! Hoş geldin.

— Sizleri hoş buldum, afiyette ve sevinçtesiniz.

— Allah'a hamd olsun.

İki dost arasında sıcak bir kucaklaşma oldu. Çok zaman geçmiş olsa da onlar için mazi sanki dündü. M. Nuri misafirliğe gelen arkadaşına gülümseyerek öneride bulundu.

— Buyurun, şöyle bahçeye geçelim, orada konuşuruz.

— Ama benim koşuşacak konularım çok uzun sürecek ona göre, dedi Orhan şakalaşarak.

Orhan'ın dikkatini çeken; arkadaşının yanına durmadan meleklerin gelip gitmesiydi. Ve her uğrayan melek "selam" sözcüğünü söyleyip gidiyor. Sürekli bir neşe ve sürekli Allah'ın selamıyla müjdelenme var. Orhan merakını gidermeliydi. Dayanamayıp sordu:

— Şehid kardeşim! Burada sürekli "selam" sözünü işitiyorum!?

— Bizim burada öyle. Melekler durmadan gelip gidiyorlar. Bizleri her gördüklerinde "selam" diyorlar. 'Bu Allah'ın daha önceden vaad ettiğidir.' [201] Biz dahi aramızda temenni ve dileklerde "selam!" deriz. 'Dualarımızın başlangıcı; Sübhaneke Allahümme'dir. –Ey Rabbimiz! Sen bütün noksanlardan münezzehsin.- Ve dualarımızın sonu da Elhamdulillahi Rabbil Alemin'dir.' [202]

— Sizleri çok neşeli, meşguliyetli ve nimetler içinde gördüm, Rabbim amellerinizi kat kat ecirle mükâfatlandırsın.

— "... Şüphesiz Cenab-ı Hak tüm mü'minlere cenneti vaad etmiştir. Fakat Allah, cihad edenleri oturanlar üzerine daha büyük bir mükâfatla üstün kıldı." [203] Yüksek dereceler, mağfiret ve rahmet vaad etti:

— Malıyla, canıyla Allah rızası için çabalayan ve şehidlik mertebesine ulaşanlara kuşkusuz yüksek mertebe gerektir!

— İçimizde sahabeler, sıddıklar, âlimler, şehidler ağırlıklı olsa da her kesimden Allah rızası için amel edenler de var. Çünkü burada bulunan bizler, 'Allah'a olan ahdimizi yerine getirdik, sözümüzü bozmadık. Allah'ın emrettiğini, sıla-ı rahmi daima yerine getirdik. Rabbimizden çokça korkar, hesabın kötüsünden endişe ederdik. Allah'ın rızasını arzu ederek sabrettik. Namazı hakkıyla kılar, rızıklandırıldığımız nimetlerden gizlice ve açıkça Allah yolunda sarf ederdik. Kötülüğü de iyilikle savardık.' [204] Allah yolunda tüm çabamızla didinip gerektiğinde malımızdan gerektiğinde canımızdan vazgeçtik.

— Güzel amellerin ardından, Allah'ın sevgili kulları olarak yine güzel, latif, lezzetli nimetlere eriştiniz!

— "... Allah, yolunda öldürülenlerin amellerini boşa çıkarmaz." [205] İnsan için dünyada en değerli nimet candır. Bu değerli nimetini, Allah yolunda sarf eden, daha değerli nimetlerle mükâfatlandırılır. Bu, Rabbimizin geçmişten gelen vadidir. Bak şu nimetlere! Bu, nimetleri daha önce ne bir göz görmüş ne de bir akıl düşünmüştür. Burada hepimizin beraber nimetlendiği asla bozulmayan ırmaklar, tadı değişmeyen sütten ırmaklar, içenlere lezzet veren şaraptan ırmaklar, safi baldan ırmaklar, bağ-bahçeler, pınarlar, şelaleler, havuzlar ve yeşillikler var. ' İçimizde Sabikun ehli-Takvada en önde gelenler ve Mukarribun- Allah'ın sevdiği ve kendisine yaklaştırdığı kişiler olmasıyla Cenab-ı Allah, bize Adn ve Naim olmak üzere iki cennet verdi. Cennetler çeşit çeşit meyve ağaçlarıyla dolu. İkisinde de akan iki pınar vardır. Her meyveden olgunlaşmış haliyle çifter çifter vardır. Döşeklerimiz astarları kalın atlastandır.'[206] Mücevherlerle işlenmiş tahtlarda otururuz. Altın bilezik ve inci takılar takınır, ipek elbiseler giyeriz. Şüphesiz Rabbimiz Ğafurdur, Şekur'dur. O Rab ki fazlından bizi cennete yerleştirdi. Bize ne yorgunluk ne de usanç dokunur. Hamd layıkıyla O'nadır.

İki pınarın arasına gelmişlerdi. İşlemeli tahtlara oturup, yaslandılar ve gölgelikte konuşmaya devam ettiler.

— Bize pınardan doldurulmuş kadehler isteyelim! dedi M. Nuri. Ne de olsa misafire ikram etmek gerekir.

— Rızıklandırıldığınız nimetlerden tatmak elbette çokça hoşuma gidecektir.

M. Nuri, etraflarında pervane gibi dönen genç hizmetçilerden pınardan akan cennet şarabıyla doldurulmuş testiler, ibrikler ve kadehler istedi. Gençler isteği derhal yerine getirdi. Allah'ın ismini zikrederek, sunulanı içtiler. Bu şarabın tadı Orhan'ın tuhafına gitmişti.

— 'Bu içecek bembeyaz, çok lezzetli, ne sersemletiyor ne de sarhoşluk veriyor, sanki misk kokuyor, dedi.

— Bu mühürlü halis bir şaraptır, dedi M. Nuri. İçtikten sonra misk kokusunu yayar. Şarabın katkısı Tesnim'dendir. Tensim ise şu gördüğün şarıl şarıl akan, berrak, beyaz köpüklü pınardır. Bunu ancak Allah'a yakın kılınanlar içer.' [207]

— Yüzünde ve gözlerinde böylesi nimetlenmiş olmanın parıltısını görüyorum.

— Cenab-ı Allah'ın bize fazlı sadece bunlar değildir. Bizim kaplar tamamen altından ve zümrüttendir. Eşlerimiz altın tepside dolu kadehleri sunarlar. Bu eşlerimiz de ikisi dünyada saliha olan mü'min kadınlardandır, onlar burada cennet hurilerinden de üstün kılınmışlardır. Diğer yetmişi de siyah iri gözlü, göğüsleri yeni tomurcuklanmış yaşıt kızlar, daimi bakire olan hurilerdir. Onlar sedeflerinde saklı olan inciler gibidir. Eşlerimizin gözleri bizden başkasını görmez. Yüzümüzü temaşa ederek zevk alırlar. Bu nimetler, 'biz dünyada ailemizin yanındayken Allah'tan korkan kimseler olmamızdandır. İşte Cenab-ı Allah bize lütfetti de derilere nüfuz edici o azaptan bizi korudu. Biz bundan önce de O'na dua edenlerdendik. Şüphesiz ki Berr ve Rahim O'dur.' [208]

Canlarını çeken kuş etini yediler. Meyvelerden tattıktan sonra Allah'a hamd ettiler. Yıldız gibi parlayan yüksek odalara gözü ilişen Orhan:

— Buralarda ağırlananlar da kim? diye arkadaşına sordu.

— Onlar ümmetlerin öncü bireyleri, Hz. Muhammed'in ileri gelen sahabeleri, Hz. İsa'nın havarileri, Hz. Musa'nın yardımcıları ve daha nice kutlu insanlardır.

— Aileleriyle beraber mi kalıyorlar?

— Onlar, dar-ı dünyada "Rabbimiz! Bize zevcelerimizden ve nesillerimizden göz aydınlığı olacak salih kimseler eyle ve bizi takva sahiplerine imâm-rehber kıl." diye dua ederlerdi. Cenab-ı Allah, dualarını kabul etti, zürriyetlerinden salih önderler kıldı. O mü'minler Allah yolunda sabırlı olmaları, öncü olmaları nedeniyle böyle yüksek odalarla mükâfatlandırılırlar.

— Daha yüksek dereceler de var demek ki?!

— En yüksek cennet derecesi Resul-i Ekrem'e (a.s) aittir. O ve ailesi "Vesile Makamı"ndalar. Tüm mü'minlerin ezan duasında Resulullah için istedikleri makamdır.

— Doğrusu Allah Resulü'nü görme arzum doğdu.

— O zaman yakında görürsün, ama önce Allah'ın biz mü'minlere olan vaadini görelim, O'nun o güzel cemalini seyredelim.

— Ne demek istedin?

— Zaman, Cuma'ya denk geliyor. Bugün Cenab-ı Allah'ın bizi O'nun cemalini görmemizle mükâfatlandırdığı gündür. Önce Rabbimizin Nur'unu temaşa edelim, bu yöndeki duygularımızı doyuralım. Sonra da Allah Resulüyle Kevser ırmağı başında buluşalım.

— Bunu bilmiyordum, öyleyse acele edelim.

Orhan müthiş bir duyguya kapılmıştı. Bir mü'minin en büyük özlemi bu olsa gerek.

Cennet sakinleri yeni bir mutluluğu yaşayacaktı. Bütün mü'minler hızla beyaz, misk akıtan vadiyi doldurmuşlardı. Platform uçsuz, bucaksız görünüyordu, dairemsiydi. Ortada insanların bilmediği maddelerden süslü, heybetli kürsü duruyor, Kürsünün çevresine nurdan minberler kuruluydu. Resuller öncü olarak gelip yerlerine oturdu. Resullerin hemen çevresinde kürsüler kuruluydu. Bu altın kürsülere Sabikun sınıfından olan sahabeler, âlimler, şehidler gelip oturdu. Geriye kalan tüm ehl-i cennet miskten olan tepenin üzerine oturdular. Hepsinde bir bekleyiş hâkimdi. Sevinçli ve şenli bir bekleyiş...

Önce gözleri kamaştıran nur tecelli etti, mü'minler nurunun hazzında dururken, Aziz ve Celil olan Cenab-ı Allah, yüksek makamından Cemalini kürsüde izhar ediyordu. Gözler doyumsuz, duygular cenneti unutmuştu. Bu ne müthiş lezzetti!

Cenab-ı Allah'ın nidası tüm haşmetiyle ve latifliğiyle kulaklara neşe verdi.

— Size verdiğim sözü yerine getirdim. Nimetimi size tamamladım. Burası benim ikramda bulunacağım yerdir. Dileyin benden ne dilerseniz?

Rablerinin cemalini temaşa eden gönüller hiçbir şeyi istemez oldu. Cemalin tezahürünü temaşa etmek kadar başka ne dilek arzulanabilirdi ki!

— Rabbimiz dediler, biz razı olanlarız ve hoşnutuz. Yaratıklarından hiç kimseye vermediğin nimetleri bize verdin. Daha ne isteyebiliriz ki!

— Size bundan daha üstün olanı vereceğim. Sizin üzerinize rızalığımı indirdim ve bundan sonra size asla gazaplanmayacağım.

Bu ilelebet Allah'ın hoşnutluğuydu. Bu nimetlerin içinde mutlulukla, sevinçle sonsuz kalmaktı.

Önlerine, gözlerin görmediği, kulakların işitmediği, hiçbir insanın kalbinden geçmemiş yiyecek ve içeceklerle dolu sofralar kuruldu. İkramlar yapıldı, hediyeler dağıtıldı. Vehhab olan Rabbin sonsuz ikramlarıydı. Üzerlerinde beyaz beyaz bulut kümeleri oluştu. Ardından yağmur damlalarından misk yağdı. Esen rüzgâr da misk ve zaferan kokuyordu.

Bu an bitmez gibiydi, gönüller kana kana içmiş, bedendeki her hücre payını almıştı. Buradan ayrılıp gitmek de zor geliyordu.

M. Nuri, mest olan Orhan'a yanaştı, dokundu.

— Hadi şimdi Allah Resulü'nün (a.s) Kevser'ine gidelim. O izzetli Resul'ün ikramından pay alalım.

— Rabbimin cemalini temaşadan dolayı hâlâ kendime gelemedim. Bu hayranlığım bitmez gibi.

— Bolca lütuf sahibi Rabbimize hamd olsun!

Bineklerle Allah Resulü'nün (a.s) Kevserine varmışlardı. O Resul ki hem dünya hem ahiret saadetiydi mü'minler için. Kevser ırmağı başında tatlı gülüşü ve inci dizilişli dişleri arasında süzülen tatlı sözlerle ümmetine selamet diliyordu. İkisi de Resul-i Ekrem'in yanına vardılar, onu yakından O'nu gördüler. Elinden tutup sıktılar. Yani O'na dokundular. Onunla selamlaşıp konuştular, gülücüklerini aldılar. Dünya hayatında görmedikleri mübarek insana dokunmuşlar, dileklerinden pay almışlardı.

Kevser ırmağı, cennetin yüzeyinde akan, kardan beyaz, baldan tatlıydı. Kıyıları iri incilerle döşenmiş, yakut yatak üzerinde, toprağı katıksız misk, çakılları inci, üstü açık parıltılı billûr bir ırmaktı.

Cennetteki en lezzetli içecekti. Doyasıya tatmışlardı. Bütün bunlar hayal bile edilemezdi. Hayranlığını gizleyemeyen Orhan, şehid arkadaşına döndü:

— Müthiş güzel anlar yaşadık, dedi.

— Kuşkusuz sonsuz kudret sahibi Rabbimiz durmaksızın nimetleriyle bizleri taltif etmektedir.

— Sabırsızlıkla bu anları yine bekleyeceğim. Allah'ım şükürler olsun Sana.

— Resuller dahi bu anı sabırsızlıkla beklerler. Artık ayrılma zamanı geldi. Bu sevinçli anlarımızı eşlerimizle de paylaşalım. Allah'ın selamıyla.

— Allah'ın selamıyla.

Orhan, bir çırpıda köşküne vardı. Hizmetçiler şen halleriyle onu intizardaymış gibiydiler. Eşleri de divanda onu bekliyordu.

— Selam! dedi:

— Selam üzerinize olsun efendimiz! Hoş geldiniz, sefalar getirdiniz, bizler sizi gerçekten sevenleriz. Az bir ayrılığınız bile özleme dönmüştü. Gidişinizden daha güzel kokulu ve daha alımlı bir halde yanımıza döndünüz. Ne güzel olmuşsunuz!

— Her dilediğini yaptıran Aziz ve Cemal sahibi olan Rabbimizle buluştuk. Elbette güzel rayihalarla, sürurlu yüzle size dönmemiz gerekirdi. Hamd Alemlerin Rabbi Olan Allah'adır.

SON

ROMANDA GEÇEN AYET, HADİS VEYA MEFHUMLARININ NUMARALARI

Bakınız:

1 (Bakara: 31)
2 (Müslim, Zühd: 3/2290)
3 (Tevbe: 31)
4 (Yusuf: 106)
5 (Vakıa: 83-87)
6 (Kaf: 22)
7 (Kaf: 19)
8 (Sebe: 54)
9 (Enfal: 50)
10 (Enam: 93)
11 (Nahl: 32)
12 (Furkan: 22)
13 (Nisa: 18)
14 (Araf: 37)
15 (Mü'minun: 99)
16 (Mü'minun: 100)
17 (Nahl: 28)
18 (Hucurat: 7-8)
19 (Ar'af: 25)
20 (Ali İmran: 19)
21 (Mü'minun: 86-87)
22 (Bakara: 154)
23 (Ali İmran: 169)
24 (Fatır: 5)
25 (Enbiya: 1-2)
26 (Kaf: 3-4)
27 (İsra: 49-51)
28 (Yasin: 50)
29 (İnfitar: 3-4)
30 (Tekvir: 6)
31 (Enbiya: 104)
32 (Tur: 9)
33 (Hakka: 16)
34 (Mearic: 8)
35 (Tekvir: 2)
36 (Mürselat: 8)
37 (İnfitar: 4)
38 (Zümer: 68)
39 (Mü'min: 16)
40 (İbrahim: 48)
41 (İsra: 52)
42 (Kamer:7)
43 (Kamer: 8)
44 (Saffat:17–18)
45 (Nebe: 18)
46 (İbrahim: 43)
47 (Yasin: 53)
48 (Kamer: 6)
49 (Yasin: 52)
50 (Saffat: 20)
51 (Mülk: 27)
52 (Taha: 106-107)
53 (Taha: 55)
54 (Enam: 94)
55 (Taha: 102–104)

56 (Hakka: 17)
57 (Maide: 117-118)
58 (Kalem: 42)
59 (Kalem: 43)
60 (Mü'min: 17)
61 (Kehf: 48)
62 (Casiye: 31-32)
63 (Mücadele: 6)
64 (En'am: 38)
65 (Fecr: 23)
66 (Kehf: 53)
67 (Yasin: 60-65)
68 (Mü'min: 18)
69 (Tekvir: 13-14)
70 (Zilzal: 7-8)
71 (Kasas: 42)
72 (Kaf: 27–29)
73 (Saffat: 26-32).
74 (Zümer: 56–58)
75 (İbrahim: 21)
76 (Taha: 124-126)
77 (Mearic: 11-14)
78 (Kaf: 23)
79(Casiye: 29)
80 (İsra: 14)
81 (Kehf: 49)
82 (En'am: 22-24)
83 (Fussılet: 20)
84 (Zuhruf: 38)
85 (Kaf: 28)
86 En'am: 27)
87 (Fussilet: 21)
88 (Hakka: 25-35)
89 (Saffat: 22-24)
90 (Kehf: 52)
91 (Furkan:17-19)
92 (Sebe: 40-41)
93 (Yunus: 28-29)
94 (Kasas: 62-63)
95 (En'am: 128, 130)
96 (A'raf: 53)
97 (Secde:12)
98 (İbrahim: 44)
99 (Nahl: 27, 38, 39)
100 (Kasas: 65)
101 (Bakara: 143)
102 (Ali İmran: 77, 91)
103 (Maide: 18-19)
104 (Maide: 62-65)
105 (Maide: 70)
106 (Maide: 72-73)
107 (Maide: 109)
108 (Maide:110–113, 115-119)
109 (Al-i İmran: 113–115)
110 (Tekâsür: 8)
111 (Hicr: 99)
112 (Teğabun: 16)
113 (Talak: 2–3)
114 (Enfal: 29)
115 (Kassas: 24)

116 (Bakara: 185)
117 (Mü'minun: 1-2)
118 (Araf: 8)
119 (Maide: 119)
120 (Furkan: 70)
121 (Hakka: 19-20)
122 (Nebe: 40)
123 (Hadid: 14)
124 (Hadid: 12)
125 (Hadid: 13)
126 (Hadid: 14)
127 (Meryem: 86)
128 (Casiye: 34-35)
129 (Meryem: 69)
130 (Mü'min: 46)
131 (Furkan: 14)
132 (Bakara: 175)
133 (Enbiya: 46)
134 (Yunus: 7–8)
135 (Şura: 44)
136 (Al-i İmran: 10)
137 (En'am: 27)
138 (En'am: 28)
139 (Enam: 29)
140 (Mürselat: 29–39)
141 (Tur: 13–16)
142 (Mülk: 7–8)
143 (Mülk: 9-10)
144 (Beled: 19-20)
145 (Araf: 38–39)
146 (Mü'minun: 105)
147 (Mü'minun: 65-67)
148 (Ahkaf: 20)
149 (Ahkaf: 34)
150 (Şuara: 96–102)
151 (Sebe: 31–33)
152 (Fatır: 37)
153 (Sad: 59–60)
154 (Mü'min: 48)
155 (Mü'min: 10–12)
156 (Fussilet: 29)
157 (Müminun: 106)
158 (Müminun: 109–116)
159 (İbrahim: 16-17)
160 (Kehf: 29)
161 (Hacc: 19)
162 (Enbiya: 39)
163 (Ankebut:12)
164 (Sa'd: 62–63)
165 (Mü'min: 50)
166 (Mü'min: 71-72)
167 (Vakıa: 52–56)
168 (Muhammed: 15)
169 (Mü'min: 73–74)
170 (Mü'min: 75)
171 (Bakara: 166-167)
172 (Mü'min: 84)
173 (A'raf: 41)
174 (Ğaşiye: 5–7)
175 (Müdessir: 42-47)

176 (Bakara: 204–206)
177 (Duhan: 43–49)
178 (Müdessir: 12–29)
179 (Tevbe: 34)
180 (Tahrim: 8)
181 (Zümer: 74)
182 (A'raf: 47)
183 (Nisa: 48)
184 (Nisa: 40)
185 (Araf: 43)
186 (Vakıa: 35–37)
187 (Rahman: 72,74)
188 (Bakara: 25)
189 (Vakıa: 28–31)
190 (Mülk: 12)
191 (Tahrim: 6)
192 (Mü'minun: 2–11)
193 (İnsan: 7–11)
194 (Rahman: 62, 64, 66, 68, 72)
195 (İnsan: 13, 15-21)
196 (Nebe: 32, 34, 35)
197 (Mürselat: 43)
198 (Kaf: 32, 33, 35)
199 (Saffat: 51-59)
200 (Müdessir: 40–47)
201 (Yasin: 58)
202 (Yunus: 10)
203(Nisa: 95)
204 (Rad: 20–22)
205 (Muhammed: 4)
206 (Rahman:46,50,52,54)
207 (Mutaffifin: 25–28)
208 (Tur: 26)